世外逃缘

古保祥　著

中国社会出版社

图书在版编目（CIP）数据

世外逃缘／古保祥著．—北京：中国社会出版社，2014.12

ISBN 978-7-5087-4905-1

Ⅰ.①世… Ⅱ.①古… Ⅲ.①长篇小说—中国—当代 Ⅳ.①I247.5

中国版本图书馆 CIP 数据核字（2014）第 283081 号

书　　名：世外逃缘
著　　者：古保祥

出 版 人：浦善新
终 审 人：李　浩
责任编辑：彭先芬　　　　**责任校对**：郭凯鸽

出版发行：中国社会出版社　邮政编码：100032
通联方法：北京市西城区二龙路甲 33 号
电　　话：编辑室：（010）58124862
　　　　　销售部：（010）58124848
　　　　　传　真：（010）58124856
网　　址：www.shcbs.com.cn
　　　　　中国社会出版社官方旗舰店
经　　销：各地新华书店

印刷装订：中国电影出版社印刷厂
开　　本：170mm×240mm　1/16
印　　张：15
字　　数：250 千字
版　　次：2015 年 1 月第 1 版
印　　次：2015 年 1 月第 1 次印刷
定　　价：23.00 元

目录

1. 年轻的流浪汉

七月的北京城，高压式的热浪淘汰着世间万千生灵。王府井大街上依然人流滚滚，群情躁动。然而，孤寂的人承担着太高的城市生活压力，他们不得不昼夜奔波。为了偿还房贷，他们情愿将自己的全部身心投入到一场有关于生命与生存的斗争里去，没有人敢停下来。

注定有人想特立独行，这个人就是流浪汉清海。

流浪汉也是有个性的，在都市中寻找自己的立足点。他不想让自己的梦想失去依托，但北京城日夜都在拆迁，他仅有一幢房子，已在弥漫的烟尘中失去了立足地。他不得不到处奔走，寻找属于自己的另一处坐标。

清海蜗居在一处破旧的宅院前，宅院小得可怜，只能容下自己的身体与梦想。这是他的先生留给他的，没有啥手续，但时间久了，周围的人都认得他。他属于弱势群体，没有人再去难为他，于是，这块地方自然而然地就成了他的领地。

先生临死前说得清清楚楚：将来如果想享福，就一定要找个远离闹市之地，找一座大宅院，修自己的行，践自己的德。

清海保持着传统的生活方式，他吃素食，不沾油腥，不闻野花。倘若有一两个小女孩，在情人节当天，扔一朵花在他的面前，他会不闻不问，大度地绕花而行。正因如此，他所在的住所前才会偶然有一丝香火存在。

有娘俩经常过来骚扰他，娘子大火烧坏了半面容颜。男人与一只小狐狸找了个新的狐狸窝再续前缘去了。小女孩生下来便有些残疾，但思维活跃，是那种人见人爱的美人胚子。

清海不撵她们，他绝不会伤害生灵。他任凭原来爱他的女孩子将自己的脑袋刺开了花，也不反抗，只是笑着忍受，直到血流得差不多了，女孩子吓得狼狈逃窜之时，他才收回了自己残破的身躯。

娘子姓千，叫百爱。女儿不姓千，姓万，叫万金。

万金远远地听人叫清海的名字，才知道他的名字叫清海。她说自己的娘已经相中了一块地方，让流浪汉迁过去。清海心里十分感动，但有一丝不祥的预感油然而生。流浪汉也想拥有一场惊天动地的爱情，但他的心马上死掉了。他想到先生的遗言，包括自己的命运，自己终生不可以沾染女色。

没有生机的生活不叫生活，没有女人的日子不叫日子。

流浪汉心里异样放彩，夜时却怪梦连连。先生举着大锤，站在长城边上面对着放浪形骸的自己大放厥词。清海从梦中惊醒，后悔不迭。他应该给先生解释清楚的，自己绝不能随便动了春心，可是机缘难得。万金对自己像爹，爹哪会拒绝女儿的要求?！万金是千百爱的女儿，这样联想下来，爱便有些不可收拾。

清海的住处的确成了一块心病，巴掌大的地方只容得下一个人站脚，如果来了客人，插不进脚去。

谁说流浪汉没有朋友？那娘俩就是明证。

清海每天不得不将自己的行李搬出去，晚上再搬回来，否则，一旦有人光临，这个地方充满了汗水的味道。没有人会喜欢这样的怪味。

当然，除了千百爱。

流浪汉有时候会动春心，动了以后便会到千百爱家里。万金不依不饶地赖着他要出去玩耍，千百爱会心地笑。家里的地盘里一旦有了男人的味道，便会生机勃勃。

千百爱使了个伎俩将女儿骗了出去，说是去给清海买一份麦当劳回来。千百爱这样说话的时候，便掏出了一沓钱，惹得流浪汉目瞪口呆。他从来没有见过这样多的“小红鱼”，就像他从来没有拜倒在一个女人的石榴裙下一样。

千百爱说这儿有三间屋，西边一间我娘俩住，东边你住，不要房租。

流浪汉说这样虽好，但我原来的地方却是块风水宝地，总不能闲下来；一旦废弃，会有建筑部门上门强拆的。

千百爱眯缝着眼睛看流浪汉，看花了眼后，便笑了个前仰后合。

总会有用的，要不然，当成我们约会的地方罢了。

流浪汉脸红红的，觉得约会这样的词不适合自己，便说道，叫“随缘室”吧。

千百爱夸奖他懂得佛法术语，就说，叫“随缘室”吧。于是二人便翻腾起东西来，将整个院子折腾得鸡飞狗跳，一天下来，疲惫得要死。

“随缘室”腾空后，流浪汉没有再住过，只是白天过来当临时住所。千百爱说这个地方早应该改为生活场所。

清海没有办法，他拗不过女人。天下许多男人，一般都拗不过女人。

花花绿绿的东西堆满了“随缘室”，有婴儿用的铃铛，还有小时候穿剩下的衣服。或者是洗衣服的时候过来，反正也没有多远，有一个水龙头，正好接好了。水流声响起时，随缘室里挂满了衣服，姹紫嫣红的，左排是娘俩的，右排全是流浪汉的。流浪汉的行头，上衣、下衣和内衣，内衣是流浪汉自己洗的，外衣统统交给了千百爱。千百爱不爱洗衣服，但自从遇到流浪汉后，她爱上了洗衣服。万金不喜欢玩耍，自从遇上流浪汉后，她觉得自己的青春岁月刹那间降临了，她结识了许多玩伴。

流浪汉住在新的地方十分不自然，晚上老睡不着，睡不着便想先生。有时候，先生便会不请自来。先生始终是横亘在他与千百爱之间的一条鸿沟。先生总是这样告诫自己：女性惹不得，惹了必然引火烧身。

千百爱的老公过来过几次，他是故意过来找碴儿的。凡是自己丢弃的女人，他都不会轻易放弃，凡是自己的女人找了新的老公，他都会过来拜望人家。这是自己的规矩，赌徒也有自己的道路要走。流浪汉怕他过来，老躲在被窝里不敢出来，在被窝里思索时，他老看见先生端坐在自己面前，向他要水喝。

2012年4月5日星期四下午15：16。

2. 无情的排挤战

流浪汉的日子并无幸福可言，就像一颗甜蜜的糖块扔在你的面前，却让狗给叼跑了，你只能远远地看着大叫着，像狗一样大叫着。

清海除了流浪外，便是隔着一纸窗帘，看对面的母女俩在那边无休止地聊天、侃大山。他有时候还想，这样的日子是否叫幸福和快乐？

他过来的第一天晚上，母女俩一改往日的肉食为主的食物。她们精心安排了素食，千百爱告诫万金说家里来了新的男主人，一定要痛改前非，不要再喜食动物的肉，要食素，流浪汉是吃素的。

但流浪汉也不是吃素的。

流浪汉每天就是到处转悠，虔诚得要命。千百爱与万金则跟在他的身后许愿，愿望太多了，隔着太阳的光芒流淌得四处都是。流浪汉没有愿望，一个真正的流浪汉，愿望就是不再流浪。

清海充其量只是半个流浪汉，他除了色戒外，什么戒都破过，他甚至与人打过赌，喝过酒。但往事不堪回首，回首伤神。

万强站在天井当院里，看自己喜爱的牵牛花一蔓蔓地掠过青草地，延伸到正屋里。万强没好声地怒骂着：这个败家的娘们儿，我才离开几天，便将好好的院子整成了一块烂地。

当时娘俩不在，流浪汉以为是客人到了，喜出望外地迎接万强。他不知道万强竟然是这儿原来的主人。现在虽然旧貌换新颜了，但毕竟人家曾经是这儿的东道主。

流浪汉问道：你是何方客人？

万强煞有介事地答应着：喏，是的。你也在这儿？

这个败家的娘们儿，怎么招来个流浪汉住在这儿，将这儿变成什么了。

清海没有听清楚，想给人家释疑。

您有什么心事吗？我是个心理学家，也许，我会帮上您的忙的。

你当然会帮上忙，我许的愿是想揍你！你占了我们家的便宜，硬件，你住了我们的，吃了我们的；软件嘛，你自己知道，你占没占我娘子的便宜？在这么大的北京城，没有敢吃我万强豆腐的！你可好，一个俗人也就罢了，一个方外之人，竟然与我的娘子女儿住在一起，说出来不好听呀。

流浪汉打了个冷战，不过马上镇定，说道：

您见笑了，不是我非要过来，实在是她喜缘，非让我过来不可。我不听的话，她就让我家毁人亡。我是想过来安慰一下她的脾气，爱是无边的。

讲得好，你是真不了解她呀？不过，我还是要警告你，离她远点儿，给我交房租吧，按照北京城目前的房价，每平方 3 万元。不过那是楼房，政府地价太高的结果，你给我按照每平方 1 万吧。可以按揭，每月计算成 300 块钱，如何？

流浪汉的脑筋有些转不过弯来，他没有学过数学，任凭这个无趣的家伙将自己带进了万丈深渊里。流浪汉觉得这个坑有些太深了，想起自己那偏安的小家来，觉得实在是好，如果将来有人用的话，那儿是不容侵犯的，我可以再搬回去。

要不，我搬回我原来的地方吧。

这个随你，我俩虽然离了婚，但毕竟，我们有过一场。所以说，我还是希望你自重点儿。流浪汉嘛，有些事情可做，有些事情千万不要做，否则会下地狱的。

万强的言语中透露着一丝纠缠不清，清海由不得这样纠结。

清海收拾了自己的行装，先回去张望了半天工夫，果然，在盛满衣服的破家前，竟然有无数名流浪汉在守着，他们在等待清海回家。

罪过，简直是罪过透顶。

看着满屋花花绿绿的衣服，清海不知道如何下手，后来索性闭了眼睛，开始收拾起来。刚摸索到一件软绵绵的蕾丝物品时，他感觉实在是清爽得很，便睁开了眼睛。这是女先生的内衣，一股清新的芳香染遍全身，仿佛受到了羽化一样的待遇。

原来这世间，果然有更加美好的东西，只是缺少发现爱的眼睛罢了。

流浪汉惊慌失措地将那件东西藏了起来，然后便开始将衣服叠放整齐。直到太阳下山的时候，衣服摆放得差不多了，他才回到千百爱的家里。

千百爱正站在门口等他，见他疲惫的身躯，慌忙作乱的样子，好像经历了一场世纪性的大拼杀。她问道：

你，怎么了？怎么满身是汗？将衣服脱下来吧，我给你洗洗，以后别客气了。万金今天已经告诉我了，她愿意叫你爸爸。

可是——清海反对道：毕竟没有血缘关系，还是不叫吧。我总觉得流浪汉有流浪汉喜欢做的事情，我还是走吧。现在房租这么贵，你可以将房子租出去的。我没有钱，吃饭也拮据得很。

这是什么话?！我有存款，这是我们离婚的时候留下来的，就是吃利息也够吃了。总不能看着你挨饿吧？我与佛法有缘，这可是你说的，并不是所有的女人与佛法都有缘。再说了，我也没有强求你任何东西。我奢想的东西，你也给不了。你想的东西，我倒是可以考虑。如果一个女人，无法为心爱的男人付出自己的所有，那就是天底下最可怕的事情了。我能够做到。你一个流浪汉，竟然六根不清净，想得如此多，不觉得贻笑大方吗?

这是清海听到过的天底下最美丽的抱怨，出自一个女人之口，简直就是一份爱的质询。虽然有些歇斯底里，但心爱的人能够将自己想说的话摆放出来，这就是一种人类的进步。

2012 年 4 月 6 日星期五 7：58。

3. 清静之地的相亲会

清海的内心挣扎了几分钟后，便原地踏步了。他答应了一个女人的简单请求，如果一个男人，连一个喜爱自己女人的请求都满足不了，那还算什么男人？

衣服重新归整到位，清海故意自己去整理衣服，害怕自己的小伎俩被千百爱发现了。他将蕾丝轻轻地掏出来，最后放在鼻子上闻了后，扔进衣服堆里。那件小物品，如泥牛入海，远远地瞧过去，再也看不见踪迹，更不会有人察觉，这件衣服，曾经在一个流浪汉的手里做过片刻的停留。

万强并未善罢甘休，他请来北京城最后一个媒婆，要将千百爱重新嫁出去。如果她重新组建了家庭，那么这个地方却真正成了清静之所，掏一些租金，清海便可以毫无顾忌地念自己的经，超度自己的灵魂。

千百爱表示强烈反对。京城第一媒婆百花看着千百爱仪态万方，看到高兴处，竟然偷笑。

千百爱不知所云，觉得凡是媒人都缺乏教养。

百花拍了拍千百爱厚实的屁股，可惜地说道：如此好的身材，如果不嫁个富二代，简直是明珠暗投呀！

单凭一个身材，百花便给千百爱的爱情下了定语，惹得旁边的万强一个劲儿地龇牙，可一想到自己现在的老婆会虎视眈眈，便收敛起自己的性子，由衷地赞叹道：

太好了，百爱。我希望你幸福，千万别在一个流浪汉身上吊死自己。

尽管千百爱一直坚持，但百花却有自己的理解，她小声对万强说道：

像你这样好的前夫，世间少有的好男人，离了还兼顾前妻的生活，希望她幸福，真有风度。我以你为荣。相信我吧，就是拼尽我所有的才华，我也会让她成功的，我保证让她择个好的夫婿，让你放心，让大家都放心。

万强问她具体的步骤是什么。

百花媚笑道：当然是找个好的场所，让他首先将她拿下。这是现在所有男女恋爱的基本法则呀！甭看我老了，我可学会了与时俱进呀，我什么都会的。让他拿下她以后，她会服从的，服从的代价便是托付她的整个青春给他。

看来你有谱了，这个他是谁？

一个医院的副院长，整日里挣差价，手里特有钱。

可是，这于我有何好处呀？她有钱了，会给我吗？

当然会的。你有魅力，她成功后，你可以与她再续前缘。你们可以搞个暗中幽会，她是你的情人，你也是她的情人，这样子，三全其美。不过，就是苦了流浪汉了。

他又何苦！我们是帮他升天呢！他的职责就是思索，超度别人，也超度自己。他可倒好，现在与女人离得这么近，他的先生也不会答应的。所以说，我们这是一石五鸟之策呀！

无论如何，百花的话语起了至关重要的作用。下一步，就是将千百爱引出去，去见那个院长，然后让她上他的“贼船”。

千百爱明确表示反对这样的婚事。她不想再嫁了，守着女儿过挺好的。

万强说我已经与人家说好了，人家一个院长，可以治疗女儿的病症，你不想给她治病了？

千百爱才想起来，女儿得了不治之症，这样的病痛，每月都会发作几次，痛不欲生。这也是她接触流浪汉的主要原因。流浪汉懂心理，念经减缓人的病痛。流浪汉试过几次，屡试不爽。万金十分喜欢流浪汉念经的样子，万金说流浪汉念经的时候才是男人最帅的时候。千百爱头一次听说这样的爱的逻辑，她心有些震颤。她也是头一遭感触到爱情之外的另外一种情感。这种情感，想找却找不到，说是有缘，却万劫难逃。

院长还是过来了。他身材宽大，每日修身养性惯了，说话文绉绉的。他一进屋便看见了流浪汉，流浪汉只管低头思索，念心里的痛与爱。

千百爱素颜坐在床前，女儿万金躺在床上睡觉。

院长一下子扑了过来，流浪汉的思想戛然而止。他没有想到，院长会以这样直接的方式向千百爱发动进攻。

千百爱的内心挣扎着，想一下子躲开他的纠缠，却发现院长一下子扑到了床头，看着万金的脸色大惊失色起来。

她有病？这种病，是我一辈子都在研究的RH病。我一直找这种病的源头，没有找到。现在，我却在这样的相亲会上发现了她，太好了。

万强躲在暗处，十分不悦，他觉得院长的嗅觉太长，一场相亲会，竟然整成了一场看病会。不过这样也好，女儿有救了。

顾不了千百爱了，院长兴奋地将万金的衣服扯开看她的皮肤。万金吓得直往后缩，却没有人阻止院长的行为。在所有人看来，他的这种行为是出于职业本能。但总有些特立独行的家伙干出一些非人的勾当来，比如某个医生借看病之名，去占人家小女孩的便宜。

就正常逻辑来说，一个医生，是不允许那样做的。而院长绝对是那种十分理性的人，他这样做，有他自己的理由，有他的治疗方式。

流浪汉停止了思索，他抬起眼睛看着这个家伙。在哭泣声中，院长看到了万金的皮肤上有不少小的颗粒。

他大声说道：幸亏遇到了我，你有救了。

万金被院长抱走了，她也没有反抗的意思。千百爱想说什么，但一想自己处于下风头，便停止了行动。

万强巴不得让女儿先行过去，这样便有了基础力量，等水到渠成，就由不得千百爱不改变主意。

流浪汉是这样想的：我不能阻拦，我现在是最薄弱的环节，所有优势不趋向我。我应该在缄默声中等待爆发的机会。

万金与院长走后，流浪汉跳了起来，以从未有过的方式数落道：

万金为何要被抱走？不相信我的医术吗？天底下最好的医病方式便是念经了。我已经有了初步的效果，这也是我搬离我原来家的主要原因。可是，你们给我这样的机会了吗？

2012年4月6日星期五10：35。

4. 万金的病情

院长抱着孩子离开时，眼里有明显的喜悦之情，这令现场的所有人禁不住深思起来。万金被抱走的第二天，千百爱便开始骂两个男人毫无用处。

万强想走，千百爱却诅咒他：没用的东西，女儿也保护不了。

流浪汉也想走，他看开了，这是个是非之地，除了增加欲望外，清静一点儿也不可能，只会令自己多生闷气。

清海刚想迈步出去流浪，这是他多年前做的工作了，昨晚先生告诉他：这些基础性工作，一点儿也不可以丢掉，这是赖以生存的本能。

千百爱的目光转移到他的身上，话语明显多了层怨怼：

流浪汉也是无能之辈，男人们都在场，却让人家抱走了孩子。这传出去，你的香火也兴盛不起来。

流浪汉与万强有些无奈，目光相对之处，头一次有了一种相互怜悯。

流浪汉小声说道：孩子我会抱回来的，豁出去了。

万强也没好气地嘟囔道：总会有办法的，我们一块儿去。

两人协商好了，去找院长。此时的院长却正抱着孩子在郊外游玩，院长的老婆，一个不会生育的女人，爱恨交加地看着他们二人傻笑。

三个人同时赶了过去，院长护住万金，院长的老婆迎了上来。

院长老婆大声说道：你们干吗？要抢走我的女儿吗？

瞬间便易了主人，孩子可是我们的。

流浪汉立即上前，大声说道：孩子是我们的！不是、是这位女先生的，你应该还给他们。

还给她，还给她，孩子就没救了。孩子有绝症，知道吗？傻乎乎的女人想一本正经地说话，却正经不起来。

院长拨开老婆，走到三人面前，看了看流浪汉，又瞅了瞅万强，最后看千百爱，半天后才说道：

孩子我留下吧，养大还是你们的。她有病，我有治疗条件。我妻子也有病，见孩子就没命，不见孩子更没命。索性成全了我们吧，我给你们磕头了。

一个大男人，与另外一个大女人，轰然跪倒的声音蔚为壮观。现场一片“自私”崩溃的声音。

千百爱见不得半点怜悯，一点可怜劲儿，就让她不知所措，当听说他们的身世后，更加不知道如何处理亲情与可怜之间的关系。

流浪汉说道：应该成全人家，这也是成全孩子。这一计，救了多人的性命，如何使不得？

万强道：你骗人！媒婆百花说了，你没有老婆，你这是故意使诈。

我这与没老婆有啥区别？我可以一脚踹了她的，可是我不是那种人。她是我哥哥的老婆，哥哥中途短命，我只好留下了她。她现在物是人非，啥也不认，就认孩子。你说，我总不能看着她等死吧?!

一席话说下来，加重了众人对这个可怜男人的同情心。应该这样做，三人不约而同地吆喝起来。大家也齐声跪倒了，流浪汉心中感恩，万强也不知所措地搔头。这个不可一世的地痞流氓，头一次受到了震撼。

回去的路上，流浪汉与万强道：

你们感情尚好，应该重新复合。我会搬出去的。这本不是修身养性的好地方。我下午就去搬行李。

万强刚想说什么，千百爱说道：

我已经决定了，今生再不谈爱情。我要随先生流浪，当先生的关门弟子。

万强道：先生多虑了，我们本无感情，不能耽误彼此的青春。再说了，我已经找到了自己的知己了。实不相瞒，百花的女儿死了夫君，我们两情相悦，已经发了誓言，先生不用再麻烦了。

只几句话，各安其好，三人都找到了方向。流浪汉不知道该是窃喜还是悲哀。

万金再也没有回来，就当是一个好的女儿，进入尘世后，忘了关怀与亲情。

万强再也没有回来，他有些想痛改前非，想安心过自己喜欢的生活。

只剩下流浪汉与千百爱，还有个媒人叫百花的，没有挣着媒人的份子钱，三天两头过来骚扰他们。千百爱恨不得找个铁杵，磨成针后，将百花扎得一命呜呼。

流浪汉为了安全起见，以原来的小屋为代价，换取了百花不再纠缠，百花住进了清海原来的小屋。

不久他们这儿却热闹起来，新大街在前方开发着，每日里烟尘四起。流浪汉的静修无法正常进行，于是便躲到床下面。千百爱将住所里的衣服整理成堆，找了张桌子，在自己的床前摆放着，衣服好像富士山一样可爱。

流浪汉与千百爱不说话，千百爱无事可做时也不静修，就是在流浪汉面前念叨自己以前的旧事，旧事说得风生水起、声情并茂的，惹得流浪汉有些心猿意马。

流浪汉毕竟是流浪汉，不敢轻易越雷池半步。他每次做梦时，先生总会叮嘱自己，哪怕生在艳窝里，也不能动心，岿然不动是我辈的本色。

流浪汉记得先生年轻时候，曾经有一两个女人挂名在先生那儿当弟子，先生几度失控，最后一次被人家摁在大街上大打出手。两个女弟子，被迫离开了，被家人逮住后便折磨个半死。有人控告这儿是邪教组织，不然不会有风月之事产生。先生便离井背乡地做了北漂一族，来到北京城后，布道好施，费尽心机占据了“一亩三分地”，好不容易才有了落脚之所。所以先生对自己的人生做了总结：绝对不要对女人产生联想，“女人是老虎”是经典的通用之言。

千百爱只是每日里整理衣服，她将自己也当成了衣服。女人如衣服，男人应该是穿衣服的人。千百爱每日里想造故事出来，变着花样地在流浪汉面前摆弄自己的身姿。清海觉得千百爱是先生派来考验自己的人，与其说死守，倒不如做点实事，这样就可以分散彼此的注意力。

清海便对千百爱说道：我师父曾经留给我一尊佛像，但有些旧了，是否找个人来，镶上金边，佛像应该保持金身的。

千百爱喜上眉梢，觉得清海终于有任务派给自己了，便跑前跑后地忙活起来。

千百爱请来了百花，百花不敢看流浪汉的眼睛，她故意蹑着步子，小心翼翼地与流浪汉打招呼。

听说百花来帮忙时，流浪汉赶紧起身表示欢迎。要知道，修一尊佛像，需要许多人的帮忙。

2012 年 4 月 7 日星期六 9：59。

5. 佛像事故

千百爱还是找来了一大帮的工匠，他们将衣服扔得七零八落的，有些人干脆虎视眈眈地坐在旁边的椅子上不干活，瞅着流浪汉与千百爱傻笑。

千百爱不解地问他们：干活是你们的本职工作，你们看啥？

为首的是一个大个子，回答道：

工钱不说，环境不清静，你们这儿的条件有些恶劣。

千百爱气不打一处来，呵斥道：

说啥呢，谁不干净？我们这儿是清静之所，有啥不干净的?!

这原本与我们无关的，可是呢，流浪汉与一个女人在一起的，真没见过！我们这帮农民工兄弟，可是有人情味的，有些事情，不得不说出来的。打工也得有打工的道德，我们对有碍风化的问题，还是要作坚决斗争的。

流浪汉不理会他们，只管一个人收拾佛像上面的浮尘。搬了两次后，佛像中间已经开了条缝，就好像流浪汉的脑袋上面有了裂痕一样。清海十分心疼。

不管其他的，大个子讲了工钱，这工钱与北京的房地产水平相当。流浪汉不会谈价格，不吭声。他手里没有钱，用的全是千百爱的。千百爱韧劲十足地砍着价，直至夕阳西下，工钱才差不多谈拢了，约定好明日开工。

晚饭时分，千百爱煞有介事地蒸了几屉馒头，香气宜人。千百爱说道：先生，吃饭吧。

这是头一次，她叫他先生。

流浪汉知趣地过来盘腿坐下，千百爱说道：

我们需要挣钱呀，不然佛像可修不了了。我的钱，万强给冻结了，他银行里面有人，暂时用不了。如果没有钱，我们得喝西北风去。

挣钱可以，我会化缘，我明日就去。

你得聪明点儿，化缘时，讲些好听的。我觉得百花说得有理，得创新，一成不变的东西，谁喜欢？流浪汉也是人，你得学着点儿。

我自有道理，不敢学她，否则，便坏了风气。

不管如何，人家客人多，你这儿却无人问津，不服不行。再说了，人家也没有做伤害风化之事。她那么大岁数了，你如此矜持，她可能吗？

流浪汉第二天果然出去了，却一无所获地回来了，中间喝了点溪水，与其说是溪水，倒不如说是工地流出来的脏水。以前没有出过远门，这次一下子走了几十里地，累得够呛。没有人可怜一个流浪汉，这座城市岂止是容不得一个流浪汉，容不下的人多如牛毛。

流浪汉路过原来的小屋时，百花已将这儿变成了一座宫殿式的建筑了，地方虽然小，人却不少。原来这儿门可罗雀，现在倒好，由于男人多了，一些小商品摆成了堆，什么都有卖的，连卖小儿教材的商户们，也认为是难得的良机，将教材摆到了这儿叫卖。一些小商贩更是肆无忌惮地叫卖着女人的东西，生意出奇的好。

百花是忙人了，不停地收着钱。原来她有提成的，这是她的新规定。

能够在短期内，叫半座城市重生或者让一段集市由冷清变成热闹的人，绝对不是一个凡人，也不会是一个男人。

这世界其实就是由女人建成的，男人只是女人的附属品罢了。

清海无助地看着，觉得应该发表一下自己的看法。大家可能是被表面的障眼法迷惑了，他高喊了一声，声音极其响亮，震得半条街市嗡嗡响。

百花一眼便看到了他，当时的她，正迈着硕大无朋的步伐从这条街市走到那条街市中间，听到熟悉的声音，马上捂紧了钱袋子。

原来是先生呀，我当是谁呀！你可是我最后一门亲事的当事人。现在，我改行了，我觉得出家挺好的。先生请坐，吃糖。

一大把糖块硬塞了过来，由不得流浪汉反抗。有时候许多事情十分稀奇古怪，如果一个男人给你东西，你大多会拒绝的，而换作是一个女人，你就会从鼻子下面开始酸麻，一股脑儿地，所有的感动神经全部被牵引起来，不管是勾引抑或诱惑，管她是青春抑或半老徐娘。

男人就是这样的动物。

清海言不由衷地接过糖，撕开一块放进嘴里，甜美的感觉油然而生，原来许多幸福在一刹那间便会袭击你。

2012 年 4 月 9 日星期一 10：30。

6. 清海的离开

整件事情的过程依然按部就班地进行着。

清海从百花那儿回来时，化到了一千多块钱的份子钱，这是百花送给他修缮佛像用的。

这件事情，以流浪汉的妥协与百花的慷慨而草草收场。

千百爱在等他吃饭，饭是千百爱做的。千百爱愿意做一个每天为一个男人做几顿饭的人，现在，已经没有几个女人，有她这样的逻辑了，否则饭馆子生意都得倒闭。

清海将一千块钱放在千百爱面前，脸上满是喜悦之情。

千百爱大笑起来，就好像一朵花，突然被一只鸟儿惊了花蕊，满是愤怒地张开着。

这如何够？千百爱嗔怪道。

不够？足够了，清海疑惑地望着面前这个女人。

你知道工钱多少吗？一万块钱，最低一万块钱，原来大个子要两万块呢！

修个佛像就要这么多钱？流浪汉不知道现在的物价有多高？不知道 CPI 已经跑赢了 GDP？他一直当自己是外人，方外之人。方外之人如何了解世事沉浮，如何管得了天下苍生?!

千百爱不一样，她每日里红尘里红尘外地瞎跑，晚上回家时是错坠红尘外，白天谋生时又回到了现实，好像坐着火车，由一个乡下小镇一下子到了北京。在小镇上吃饭时面条是三块一碗，到了北京城，一碗面条便变成了八十。

不管如何，千百爱的责怪是有道理的，流浪汉脸上冒起了汗水。

不用着急，我也要到钱了。我去找院长，看女儿，院长给了一万块钱，说是要我回家补补身子。

补身子的钱，如何疏通修复佛像？流浪汉有些不甘心不情愿。

如何使不得，这有什么区别吗？

千百爱一脸无奈，且觉得他过于迂腐。

我说不行就不行！还不是人家有条件送过来的，我不能用这样肮脏的钱去修复佛像。

千百爱站起身来，大声质问道：你到底修还是不修？

流浪汉觉得自己刚才在百花面前丢了面子，是人太多了。人有时候就是碍于面子，众目睽睽之下，栽了跟头，现在在另一个女人身上得找回来。

不让修！我是主人。

你算个屁?！主人，你瞅瞅偌大的北京城，谁承认你是主人，你以为自己在月球上呢？

算了，你不修，我修。我若修好了，会吸引人过来，到门庭若市的时候，我看你如何收场。你这个主人倒不如打破红尘钟，随我回到现实来。

流浪汉不吃饭了，扔了碗筷，索性盘腿而坐。

千百爱不管那么多，一个女子的激情一旦被振奋起来，会不可一世。

第二天一早，门外便热闹起来，千百爱带头，放了鞭炮，一干人等闯了进来，大个子吆喝众人：为了马上挣钱回家过年，快点干呀！

大家齐心协力准备挪佛像下来，流浪汉不让挪，双方僵持起来。

大个子与千百爱使了个眼色，大声吆喝着：来呀，大家将这个流浪汉牵回到红尘里。

众人一哄而上，将流浪汉搬了出去。流浪汉反抗着，无力且无助。

流浪汉被平移到水龙头处，大家干起活来。流浪汉顺势操起了水桶，满满的水，沿着自己的脖子浇了下来。

远处有看热闹的人走了过来，有眼光的商家们便议论道：

我看，这儿比那座住所更加热闹，有钱可赚。

你哪儿知道，那百花与流浪汉是一家的，他们准备联起手来，欺骗广大人民。我们也是顾客呀！

流浪汉听得脑仁疼，不管三七二十一地轰他们走。那些看热闹的人摆摆手，无奈地走了。

千百爱却一点儿不着急，佛像如盘了根一样，怎么样也搬不动。

千百爱过来观望，看了良久后，大声说道：用杠子撬撬，没问题的，大家不可急于求成。

流浪汉的心痛了起来，眼前看见了先生，他笑呵呵地说道：

你呀，待不长了，换个地方吧。

耳膜里有千百爱的怒吼声：有什么了不起的，让他挪个地方。

看来，都市非要将一个流浪汉逼上邪道不行呀！

正当流浪汉心烦意乱之时，轰然倒地的声响震耳欲聋，佛像倒在地上。众人惊呆了，看着满目疮痍。流浪汉跑了过来，看佛像碎成泥土，流浪汉的眼泪夺眶而出。

他看了众人一眼，转身离开了现场。

千百爱在后面追，众人也在后面追，千百爱追流浪汉，众人追工钱。

流浪汉没有目标，只管奔跑，后面的脚步声越强烈，他跑得越厉害。

百花也看见了流浪汉跑，她也跑了起来，她知道是出事了。

两个女人追一个流浪汉，在北京南四环路上，成了奇观。游客们以为好事出现，也跟着跑了起来。大家都跑了起来，汽车让了路，因为大家认为这个地方肯定是在举办马拉松比赛，不然怎会有如此多的才子佳人竟相奔走。

刹那间，交头接耳之时，众人选择了跟随。许多人喜欢跟随，这是一种时尚。比如说某地谣传断盐，一下子全城买盐，不分目标地不切实际地存盐。

流浪汉一直向西走，眼看着众人不见了，才敢猫在一处断碑前休息片刻。

流浪汉想一直向西走，不想再活了，无颜面师呀！

流浪汉以前一直想找个好的处所，无人区或者是很少人存活的地方，休闲一辈子，现在终于时机到了，虽然是逃离出来的，但毕竟是出来了。

男人有时候，是用一辈子在逃离某个女人。

千百爱与百花，如同燕子一样消失在北方的天空。清海不想再见到她们了，如果躲开了女人，这世界上有许多事情就会变得非常简单，心知肚明。

流浪汉漫无目的地向前走着，最终他竟然等来了三个人。

2012年4月9日星期一12：57。

7. 星二代的烦恼

准星眯缝着眼睛，看画面上那些乌七八糟的东西，仿佛突然间变成一大盆脏水，在一阵谩骂声中扣到自己的脸上。

准星奋不顾身地将电视机关掉了，全星站在他的身后。

两代星离奇地对峙着，全星怒问道：

谁让你看这些东西？我告诉过你，你叫准星，要学人家的演艺技巧，你怎么老看动画片？

爸，我喜欢这些东西。再说了，孩子们喜欢的，都是最好的，最单纯的，也是最纯洁的。我不喜欢成人片，让人看着恶心。

全星不可一世地走了过来，准备揪住准星的脖子不放，但他的手顿了下，一想到多年前死去的准星的母亲，便于心不忍。

全星说道：你知道外面叫你什么吗？

不就是富二代吗？有啥了不起的，你有钱，是你的。我将来要制作动画片，成人市场我不喜欢。

全星终于按捺不住性子，发狠心地举起手来，重重地扇在准星的脸蛋上，刹那间，就好像一个成熟的柿子，被人打成了万朵花开。

准星是哭着离开全星的。全星晚上接了戏，作为一个演艺界的大腕，他通常没有时间陪儿子，只好让保姆张大妈照顾他，看到准星不知道去了哪里，他小声叮嘱道：

不要紧的，他会回来的，准备晚饭就行。我知道他的脾气。

张大妈忙不迭地应着，她也巴不得这个明星走得远远的。他在时，气氛异常紧张；他一走，烟消云散。说句实话，张大妈不太喜欢这个架子十足的电影明星。

准星并没有按照全星布置的路线走，这一次，他决定离家出走，离开这个是非之地。心凉后，看什么东西都觉得沧桑。

准星的目标十分明确，他去看那个长得十分可人的小樱桃。

樱桃是准星结识的一个小女生，这是所有男生毕生追求的目标，能够遇到一个知己，尤其是红粉女郎。

樱桃并不是红粉，樱桃穿一身动画式的小衣服，一打眼看上去，就像是准星上辈子的情人，准星不健康的时候就去找她。不健康包括两种，身体与心理的。现在，准星的身体与心理都不正常，如果有指标的话，恐怕会达到零下好几级。

樱桃果然如及时雨似的在门口迎接他，他问道：你怎知我会过来找你?

樱桃开玩笑道：我听到上海最后一只喜鹊在叫啊！

樱桃的儿童诊所在一处偏僻的位置上，下面是山，上面还是山，中间是楼，有点像空中楼阁。

女人的能力是财富，也是一种距离，如果一个女人的智慧与能力超越男人，恐怕她会十分孤单。但樱桃不一样，樱桃会时刻保持着警醒状态，决不在一个男孩子面前轻易暴露自己的才华，每天就是若无其事地给孩子们看病，输液时孩子们没有哭，自己倒哭了个乱七八糟、梨花带雨。

孩子们不怕她，能够与自己一块哭的人，这世上没有几个。

樱桃有时候是一无是处的，这符合大多数男孩子的心思，能够倾力保护，绽放自己的所有思想，惹得一个女孩子的欢喜。

樱桃在为一个小女孩注射液体，液体流动的方向与血液流动的一致，准星听到了针头与自己肌肉碰撞的声音。

他俩终于开了尊口，只谈动画片，谈樱桃小丸子的故事。准星简直成了镇痛剂，孩子们惊讶地听着故事时，针管里的液体早已经悄无声息地注入小孩子的身体里，在那儿开花结果，健康的果实开了一树又一树。

樱桃不说话，注视着准星。他开始说自己的人生，谈父亲的教诲，硬生生安排下的路途，如何能够保证顺风顺水。

你父亲是个明星，我看过他演的电影，帅气阳光。你果然非同凡响。你应该尊重你父亲的意见，做一个听话的好孩子，听话的孩子不会被针头扎伤的。

不要像我，我是被父亲遗弃的，一辈子遗弃。没有亲人的生活，不叫生活。

准星用手去抚摸樱桃的脸，热热的，暖暖的，就好像自己的爱情，莫名其妙地爬上时间的肩头驻足。

樱桃绕了开去，说小孩子不能做大人的事情，你首先要做一个孝子。如果你父亲为你安排下一场爱情的话，我倒愿意是旁观者。

这是世界上最柔软的拒绝。

准星叹了口气，看天，阅地，看空气，看零时的露珠落在脸畔，想远去的钟声与东方明珠塔如何呼啸着走进另外一个脆弱的黎明。

准星还是决定回家去。

不知道心疼父亲的男孩成不了男人！樱桃说最后一句话时斩钉截铁。

他想好了，与父亲沟通，交涉。自己还要回来，找樱桃，自己要娶樱桃为妻，做动画世界，让爱情也走入动画世界，有了爱情的动画片一定是世界上最好看的动画片。

2012 年 4 月 10 日星期二 14：56。

8. 与爱情有关的潜规则

父亲出去了，准星一个人在等他。准星虽然恨父亲，但由不得旁人胡言乱语，那几个好事的老娘们走过准星身边时，准星突然间暴跳如雷地吼叫起来，吓得她们一个个花容失色，恨不得自己找个地缝马上钻进去躲避这一刻的狰狞。

父亲说今日要试戏，一个重要的角色，一部宫廷穿越戏，需要一个重量级的奶油小生，准星绝对是最合适的人选。无须考虑，不用多言，再多的话语也代替不了父亲的硬件安排与准星先天性的优越条件。

有人叫他，却是一个妇人，那眼神在哪里见过。准星一下子想到了樱桃，她们眼神极其相似，仔细看后却能够分辨出来：一个充满了世事浮尘，一个只是单调的纯真爱情。准星喜欢后者，所有人几乎都喜欢后者，但后者无法满足爱的欲望与金钱的需求。

一个妖娆的妇人坐在办公桌后面，看着他微笑着。准星不知所措，尤其是见到女人后更不知如何形容自己的心境。所有的男孩子都遇到过这种问题，不知道是否与爱情有关，却只知道慌里慌张的，像个受了伤的孩子。

妇人凑上前来，盯着男孩子看，男孩子把自己年轻的身体往后面退，直到与角落产生了碰撞。

你是全星的儿子？妇人终于开了尊口，说话的声音受过训练，婉转萦绕，如莺歌燕舞。

我是，您是？“您”字说得十分清楚，毕竟人家是长辈。

我是这儿的院长，梅青草，你父亲的顶头上司。他是我提拔上来的人，他现在是剧院的副院长，我也是他的经纪人。

梅阿姨！准星马上反应灵敏地叫了起来，听父亲说过您，您是我们全家的大恩人。

这孩子口齿伶俐，与我女儿不一样。梅青草刹那间将自己带进回忆里。

你是过来试戏的吧？没有问题，我也可以当你的经纪人。这样一个帅气十足的小伙子，一定会成为另外一个周杰伦。

说笑话了！准星将手放在胸前，感觉胸跳得厉害，将手挪到眼前，感觉眼睛里尽是光华，泪水不知何时掉了下来，与其说是感动，倒不如说是紧张。在一个成熟妇人面前，没有多少人能保持镇定自若的神情。她的目光咄咄逼人，像极了一道箭，你恨不得死在她的脚下，任凭她折磨蹂躏。

准星抬起眼睛看墙上，却意外地发现了一幅标语：成也潜规则，败也潜规则，成败皆在一瞬间。另外一边是：爱也潜规则，恨也潜规则，爱恨就在你我间。

落款却是梅青草字样，看来是她写的。

潜规则，不懂这样一个熟悉的词。

父亲过来了，一进门便说准星乱闯，这儿可是总裁的办公室，赶紧出去。一个小姑娘走了进来，拖着准星到了另外一间办公室里。

梅青草似乎对他这样做感到十分不满，她随口叼了根烟，应酬着：

你怎么回事？孩子过来了，我与他交谈几句，有何不可，我还能将你们父子都吃了？

不是，总裁，我是说他年幼，不懂世事。我让他来试戏，只是客串一个角色，您别介意。

全星的脸上满是汗水，梅青草扔了烟蒂，走到他的身边，笑道：

你小子别胡思乱想，我做事情是有分寸的。孩子毕竟是孩子。你知道，我有个女儿。

准星在一面墙上看到一幅画卷，走过去想看看下文，却意外地将画卷了个弯儿。画的后面是一道玻璃，玻璃的对面，赫然看到了另外一间办公室的场景。

我的天哪，他们这个剧院竟然有这么多的鬼机关！这儿看来是监视人的场所。

此时，父亲像只老鼠一样，正在为院长擦拭身体，身体包括各个部分。父亲嘴脸可恶，高大的形象全无。一瞬间，整个电视上传扬的潜规则事件，竟然赤裸裸地展现在他的眼眸里。

无论如何，他看不下去了，这个肮脏的画面。

樱桃，我要去找樱桃！无论如何也不会再答应父亲的任何请求了。

准星想离开，但出于男人的本能，他情不自禁地羞赧着脸，插紧了门闩，然后接着看。这是一个男人在自己儿子面前的最好表演。人生有时候就像是在演戏，只要有人演出，就一定会有观众。这世上没有随随便便的付出，父亲一定有求于人。

他们之间的逢场作戏在加速着准星的心跳。当男人的最后一刻羞耻观裸露在世间时，所有的爱恨变成了欲望，在纠缠中数落着自己天空里的星辰。

父亲大声叫着，梅青草的脖子抬得高高的，不该裸露的地方也大白于天下。就好像一个好事者，忽然间揭开了丑陋的红布，瞬间东窗事发的快感，袭击着三个人——两个男人和一个女人。

准星想到了樱桃，樱桃是自己的最爱，最爱的脸上总写满了喜悦。准星按捺不住地搓着手，就好像樱桃在自己的面前，他紧紧地抱住了她的身体，她的呼吸越来越紧迫，直到委曲求全地栽倒在爱的陷阱里。

准星尴尬地将遮羞布放下的同时，门被撞开了，童话站在他的面前，童话是刚才拽自己的小姑娘。

2012 年 4 月 11 日星期三 13：35。

9. 准星的人生选择

准星对童话没有好感，他认为这个女孩子心机多，刚见面印象就很不好，往后的岁月里，即使想改变看法也难。第一眼看到的，往往是最真实的，也最难忘的，尤其是一个男人对一个女人。

童话想解释什么，准星却反感地想走，他想找樱桃去，与樱桃厮守一辈子。挑战不是最好的选择，可逃避却不失为一种高明的手段。

童话说道：我不是有意的，我也是刚刚发现的。可能是前一任制片人走的时候落下来的。你的父亲安排我接待你，走吧，去试戏去。

我不想去了，准星说道，我要回家。

可是，救场如救火呀，就差你了，所有的演员都到齐了。

试戏现场，准星穿上衣服，却是一套太监的服装。准星不知所措地张望着四周，却发现有皇帝、宫女，就是差一个太监的角色，难道自己只是饰演一个太监吗？

刚想发作，却难为情起来。因为演员不分大小的，哪怕是个跑龙套的，你也要认真演，不要有丝毫的马虎。角色不分大小，许多名人都是从跑龙套过来的。

童话不停地给他摆弄着衣服的角度。让他试声时，他的嗓音浑厚有力，童话带头鼓掌，旁边的导演不干了，吆喝着：鼓啥子掌呀？他是太监，太监得捏着嗓子。

这世上最可怕的事情就是做太监，你所有的雄风需要雪藏起来，你原来的硬度会荡然无存，所有的礼义廉耻已经不再重要，有的只是一段畸形的人生路程。

由于不在状态，加上刚才一幕的刺激，准星丝毫没有入戏的感觉，眼前老是映现梅青草雪白的身体。正当他心不在焉时，突然导演的骂声传了过来：你怎么回事，死太监，说你呢！

准星握紧了拳头，准备迎头痛击。童话赶紧打圆场：

他第一次，第一次有些紧张，难怪呀。准星，你精神点呀！

原来是第一次呀，像个小女孩似的。女孩子的第一次也比你强呀！

童话的脸上瞬间红云密布，但她似乎习惯了，不容分说地过去捂住了导演的嘴巴：大导演，您大人莫怪小人过。他年龄小，知道事情少，原谅他。

准星想一拳揍在那好色又好事的导演脸上，然后迎接血流如注的快感，但童话的手一直握着他的手，由不得他胡来。

导演阴阳怪气地嘲笑起来：你这小妮子，与这男孩子有染吧？瞧你脸红的！你不答应我的条件，居然喜欢上了这个小白脸，你以后得注意点儿，小白脸没有好心眼呀。

准星仍然进入不了角色，他的心已死，一颗快要死亡的心，你如何让他体现点滴的鲜活？

导演终于沉不住气了，他亲自跳了过来，像个跳梁小丑般地揪住准星的肩膀，摆弄着姿势。这种感觉，准星从父亲的谈话中听说过。父亲刚刚出道时，啥也不是，不是明星，差点儿成为流星。他被一帮小女人摁在裤裆里面死缠烂打，非要他演一个濒死的角色。父亲不敢不从，每日里在裤裆里钻来钻去。父亲为此曾经夜夜流泪。

导演一点儿也没有放松自己的行为，他要求道：小德子，给朕笑一下呀！你的笑哪儿去了？

他本是想通过戏里的词，诱导准星入戏，准星根本就在现实里，以为是在取笑自己。终于，一颗巨型炸弹出了膛，拳头如雨点似的击打在一件生硬的物体上面，击出了火花，一下子不解气，两下，三下，直到鲜血淌了出来。

导演组的人愣了半天后，蜂拥而上，他们想好好教训一下这个不可一世的家伙。

童话咆哮着，阻挡着众人，又一阵雨点般的拳头落了下来，童话的门牙掉在地上。

住手，冷不丁头顶上传来一声武侠式的怒吼，声音铿锵有力，由不得众人再度放肆。

梅青草早已经收拾得利利落落的，没有半点儿服饰不整的样子。

导演像个哈巴狗似的坐到梅青草面前，他不停地哭诉着这个年轻人的暴行。

哭什么？像个男人吗？我看，你演太监最合适了。

准星不想看这个肮脏女人的脸，是她的不轨，破坏了父亲伟大的形象。如果一个父亲在儿子面前丢了面子，将是一件十分痛苦的事情。两个男人本是竞争者，两代人的逻辑也不相同，如果在爱的面前丢了尊严，如何能够维护这一段似冷似热的爱恨交加？

我觉得他出类拔萃，适合演皇帝的角色。梅青草的眼睛始终没有离开准星，她梦一般将自己的语言凌驾在对一个少年的保护之上。

导演傻眼了，医生走了过来，替他包扎伤口，现场气氛一下凝固了。

梅青草亲自下厨，饭菜质量上乘，期间一句话也不说。

这样的场合，全星心领神会，但他心里忐忑不安。一想到那可恶的潜规则，他就会觉得恶心，自己跳进去，曲意逢迎也就罢了，为何还让自己的儿子也跳进这洗不净的铅华？

但为了出名，为安排好一个未来，就必须勇于面对现实，当初自己如果不这样走，恐怕日子不会好过。现在倒也好，不是妻子，胜似妻子。但一想到这个可怕的梅青草在自己未成年的孩子身上下功夫时，他便觉得如喝了尿一样的恶心难受。

他索性哭了起来。一个大男人在最痛苦的时候才会哭，如果他不停地哭，他所哭的人一定是自己最割舍不下的人。女人如衣服，扔了也就罢了，孩子却是自己身上的灵魂，如何割舍得下!？一个大男人牵挂另一个大男人的最佳选择便是父子情深，这叫一脉相承。

梅青草有没有这样想，没有人知道。但准星却聪明得很，他干脆给梅青草跪了下去，认梅青草做干妈。

梅青草本来心中藏着万千心事，但一遇到这个鬼精灵的准星，她却没了谱，认自己为干妈，如何下得去手？

2012 年 4 月 11 日星期三 16：23。

10. 痛苦的抉择

梅青草脸上泛出少有的痛苦神色，她似乎对准星的选择有些犹豫不决，不想同意却又不好拒绝。在一种不忍和另一种不忍之间，她若有所思的眼睛死盯着准星，好像他成了她眼里的猎物，而她却碍于某种情分不敢私下里享用这样高贵的馈赠。

无论如何，到嘴的东西不能让他失去，哪怕只是碰了碰嘴唇。

梅青草定了定神儿，说道：你睡吧，我去外面睡。你父亲不会回来了，放心，这儿是你的家。你刚才认了我当干妈，就该认为这里安全，至少现在不会有任何问题。

准星没有想到她会留下自己，他紧张兮兮地朝着那枚假性的玻璃窗前凝望着，希望看到童话的表情，却没有，那间小小的私密观摩窗早已经死死地锁在那儿，没有人能够发现另一个女人焦急的面容。

童话果然一直躲在门后面，她一会儿掀开小窗向这边瞧，一会儿不知所措地想打电话给全星，可一想，找什么理由呢？

她从来没有一见面便爱上一个人，但是今天却应验了。有时候爱情十分简单，像风雨没过小腿，像晨雾漫过人间。

她看到准星去了里间，屋门大开着，准星的半条腿荡在床板上，梅青草却坐在自己的办公桌前，一脸的不镇定，时而朝里面望望，时而面对着镜子看自己憔悴的面容。

梅青草如青草蔓延般伸进了里屋，房门轻轻关闭了。童话闭上眼睛，任时间无情地漫过脸颊，变成痛楚无比的泪水。

如果一个心爱的男人，正和另外一个女人，在自己的瞩目下进行一场与爱情无关的交欢，估计所有的女人都会崩溃，都会大打出手。而童话却不能这样做，你与人家到底是啥关系？你怎么知道人家在里面做什么事情？

梅青草将自己的青草幔儿小心翼翼地摘下来，将胳膊挽成一朵花，罩在准星的头顶，她轻轻地搂住了这个令无数人心碎的男人。

准星醒来时，感觉胳膊酸疼，但周遭却十分温暖，一股子香味，袭击着他的神经。

竟然是梅青草，她像条蛇一样，紧紧抱着自己。她入迷地睡着，仿佛自己已经置身于另外一场幸福的瞬间。

我虽然得不到你，也不会让你从我身边走开！这是梅青草用这样一种方式交给准星的最佳答案。

准星想推开她，却发现力量不够，酸麻的感觉怪怪的。看着梅青草发红的脸蛋儿，他好想凑上嘴去，将自己积压了二十年的青春完完全全释放出来，但他没有，如果这样做，樱桃怎么办？

梅青草醒了，不好意思地笑笑，伸了伸胳膊，说道：

醒了，我的胳膊有些麻了。呵呵，饿了吧，我去做饭去。

她慌不迭地想起来，却意外地被床边的毯子绊了一跤。出于本能，准星上前抱住了她，梅青草的脸瞬间红透了，她推开了准星，然后去了外间。

他们一定是成了事情？童话的泪继续在眼睛里打转，可是没有流下来。

我有个女儿，你可以见见她。她十分好看，你会喜欢的。

她叫什么名字？准星按捺不住性子问道。这是所有男人的弱点。

她叫梅青菊，与你年纪差不多，不服从我的安排，自己跑了个地方开了个店铺。回头我介绍你们认识。

梅青草不知道自己这样做为何，是为了讨好准星，不让他走吗？或者干脆是想替女儿相女婿？不管她如何想这个问题，自己已经看上了他。

还有，准星，你想当演员吗？这儿我说了算。

我不想。我只是想静静地一个人待会儿，我想回家。

回家的字眼说出来，准星有一种恍如隔世一样的感触，好像自己从一个安静的场所里跑了出来，被一帮人拉进了车水马龙的闹市里，经历过后，却幡然悔悟，不想再涉入这样的尘世算计中。

2012 年 4 月 12 日星期四 13：19。

11. 与“梅青菊”的幽会

当梅青草说出与梅青菊见面时，准星便迫不及待地答应了。与她的女儿交往，至少少了一级危险系数，至少也算是年龄相仿。

樱桃坐在诊所里，目光不停地驰向远方，她不知道一个女人进了她的诊所里。

樱桃看到了她，没好气地问道：你来做什么？

梅青草一见到女儿，便觉得没面子，她像他的父亲，一点儿也不给她的威信留一点儿机会，这也是她们的感情不和的主要原因。女儿似爹，真让人琢磨不透。

给你介绍个对象，一个星二代，十分美好的感觉。

单刀直入是梅青草的性格，即使对男人，也是这么出类拔萃，她从来不藏着对哪个男人的爱慕，哪怕是出于性的考虑，也会直接提出来。这也是她能够俘获多个男人心的重要理由，全星就是她目前最后一个附属品。

她没有挡住准星的步伐，只好借机将自己的女儿拉拢过来，无论如何，也不能让他逃出自己的手心范围，自己得不到的，便说给女儿知道。这也是一种慈爱，要知道，现在好孩子可不是像板凳那样好找。

我不需要。个性十足的女孩子将板凳踹翻在地，也将一个母亲的心晾到一边。

樱桃没好气地埋怨道：你自己的事情管好吧，不要再管我。我有自己的生活方式，我现在不想找，你自己找个稳定点儿的吧。

梅青草从来没有听到女儿对自己这样严酷地说话，她也从来没有在自己面前说这么长的话。看来，她对自己的积怨由来已久，终于在这个早晨不可避免地爆发出来。

梅青草本想掩门而出，将自己的女儿晾到一边去，可是她却没有，犹豫良久后，她觉得自己的生活腐化确实有些严重了，有些风声传到女儿耳里也在所难免。她思忖了片刻后继续说道：

不管你如何想，母亲有自己的想法。你爸走了，我总不能一个人这样过吧。

我刚才说过了，你可以结婚，但找一个可以，不要乱换男人好不好？甭以为你那点破事我不知道，你是荷尔蒙分泌过剩，快去找找医生吧。

梅青草的眼泪不争气地掉了下来，便拨通了电话。她没有想到，女儿会对自己这样讲话。想当初女儿第一次来例假时，慌张的表情至今活跃在脑海里。她从来没给自己一个好脸，可那一次，她娇羞的模样像极了一朵刚刚开放的小花。她惊恐得害怕自己要死了，躲在梅青草的怀里无助地颤抖。那一刻，梅青草成了一个母亲。

那一瞬间成了过眼烟云，再也不会重来。有时候，世间的幸福就是这样，你越有钱，幸福却越远，好些幸福成了永久的回忆，再也不会有不请自来的快乐了。

梅青草在抬脚出门的一瞬间，突然间有了一个大胆的想法，自己为何不能替女儿前去呢？自己擅长打扮，可以将自己打扮得花枝招展，也可以将自己拾掇得清纯如水，头发与女儿折腾成一个样子。我们模样差不多，不是吗？

梅青草为自己的聪明想法叫好，但又觉得难为情。如果女儿知道自己的劣行，会大骂自己不要脸的。但顾不了许多了，我做的，完全是为了女儿好，她会理解的。

梅青草不顾一切地将自己扔到大街上，找到自己的另外一处别墅。她拼命地拾掇着自己的头发，收拾了一天时间，她感觉差不多了，一个清纯的学生模样映现在镜子里面。

她拨通了全星的电话。此时的全星，正在家里怒斥这个小王八蛋。

准星对他的斥责一点儿也不在意，他只是想笑。父亲的劣行也不过如此，还想教育自己，一个失去威仪的家长如何能够惩罚自己的儿子？

电话却响了，扔在桌上的手机一直响着，却没有人去接。全星看到是梅青草的电话，便示意准星去接，准是找他的。准星本不想接，可一想到自己那晚做下的事情，便拨通了电话。

梅青草在那边没好气地骂着：死东西，半天才接电话。我给你说，我给女儿讲通了，让你儿子赶紧过来青衣巷12号，见个面。电话说完便挂了。

不答应不行了。准星却有心前去，为何？还是那个原因，与其让一个美丽的熟妇折腾自己的神经，倒不如让一个年轻的女儿纠缠自己，孰轻孰重，自己能够分辨清楚。

青衣巷12号，万籁俱寂。准星像只小猫一样踏上楼板，有一双叹息般的眼睛掠过楼道，从准星的身上移动开来。

梅青草的思想忽然间盛开了另一朵鲜花，她想得到这个可爱的小家伙，无论如何，费尽心机也要得到。女儿不要了，自己为何不能够越俎代庖？

梅青草打开门，准星突然间看到了樱桃的身影，竟然是樱桃，我的天呀！

准星不顾一切地将自己掷在梅青草的身上，梅青草不知道如何形容这样的心境，欣喜、按捺不住、疯狂，甚至于丧心病狂。

这一夜，准星将自己全部的力量使到了梅青草的身上，梅青草也如愿以偿地得到了自己想要的爱，她趁着凌晨时分的冷光，匆匆地将自己的身影交给了黎明。准星醒后，却发现樱桃早已经不见了。他感觉有些疲惫，不停地收拾着自己简单的行装。他做梦也没有想到，自己的最爱竟然是一个替代品。

2012年4月13日星期五9：54。

12. 樱桃的青春盛宴

准星十分在意这样一个快乐的夜晚。许多故事都是这样，如果蒙在鼓里，彼此双方不知时，你会感到自己是天下最幸福欢喜的角色，而一旦东窗事发，一股残流涌动在青春的身体里，你会欲罢不能。

此时的樱桃却坐在梅青草的办公室里等她。梅青草拖着疲惫的身躯迈步走进办公室时，蓦然发现了自己的女儿，她像个做了错事的孩子，不知道如何形容自己的心情，想进去，却不敢进去，想退出来，却没有适合的理由。

樱桃见她进来，走上前来，一把抓住她的臂膀问道：

你昨晚和谁在一块儿？快点儿告诉我。

我与谁在一块儿？梅青草的嘴唇有些抖动，她不知道女儿发现了什么端倪，她只知道自己做错了事情。

你与准星在一块儿，你与他做什么了？你给我介绍的对象却不说是准星，你却占为己有。你是天底下最自私的女人！

你都发现什么了？梅青草掩饰不住内心的恐慌，但还是尝试着掩盖事实。

我去了你的那个别墅，我看到了准星的身影。我没有进去，他一晚上都没有出来。你知道我痛苦的心吗？他是我的，我们两情相悦。你不会告诉我，你连他也不会放过吧?!

你怨我吗？是你自己不要，我给你介绍的，你一直拖着我，你让我怎么办？

你这是承认了，你们果然做下了不轨的事情。樱桃没有再听她的解释，推开办公室的大门，飞奔着逃离是非之地。

她不知道如何形容自己的心情，她要去找准星，问他知道不知道礼义廉耻。

准星此时正坐在童话的面前。他们在喝茶，是童话约他的。他现在依然是个无所事事的人，而童话刚刚从剧院离职，原因是梅青草发现了她的一些秘密，而这些秘密，足以将童话置于死地。在新的证据没有被发现之前，童话退一步海阔天空。

樱桃推门进来了，她一眼瞅到准星脸上写满了满足，她没好气地走到他的面前，抬手便左右开弓一顿耳光。

准星捂着脸站了起来。童话反应灵敏地抗争着：你是什么人？为何打人？我认识你，你是梅青草的女儿梅青菊。你为什么打人？你母亲做的事情，你们自己该反省自己。

他不要脸，做下不要脸的事情，去死吧。

准星感觉云里雾里的，昨晚还缠绵悱恻的一个女孩子，如何今天改变了光景？她现在可能后悔了。我会对她负责到底的，一个男人嘛，得对自己做下的事负责。

准星站起身来，说道：樱桃，昨晚是我不好，你别介意。再说了，你也是自愿的。

我自愿的？你昨晚与谁在一块儿，你自己不清楚？樱桃将茶杯举起来，砸在地上，然后风风火火地跑了出来。

准星感觉形势不妙，童话却说道：她们这对母子，真够呛！母亲风流，女儿一定不咋样。

你知道个屁！准星抬手想打童话，却放了下来，然后冲下小楼，去追樱桃。

准星感觉势头不好，他直奔樱桃的诊所里，却在半路上发现了梅青草，她披散着头发，大声问他，见到樱桃了吗？

准星说见到了，她说了一大堆听不懂的话，便跑了，我看她情况不好，便追了出来。

正在他们左右寻找之时，远处传来汽车的鸣叫声，有群人大声吆喝着：车撞人了，出车祸了！

二人顿感不妙，赶紧冲上前去，却发现倒在血泊中的樱桃。她的手轻微扬起来，好像想抓住什么，却什么也没有抓住。

这究竟是怎么回事？准星感觉鬼使神差，他不停地抚摸着樱桃的身体，抱着樱桃的额头大哭起来。梅青草此时也回过味来，自己昨晚夺去的不仅仅是女儿的爱人，更是女儿的生命。

准星放下樱桃，大声质问着小车的司机。一个小个子的男人，紧张兮兮地从车里钻了出来；另外一个女生，好像一个偷情失败的人，从座位的另一侧钻了出来。

司机解释着，上气不接下气，脸上的汗水与准星的泪水交织在一起，形成一道不想为所欲为的风景线。

她是故意撞上来的，吓死我了。我的车刚准备发动，她是不想活了。

准星像只鸟一样，抱着樱桃的尸体，飞回了诊所里。

梅青草也跟着跑了起来。鲜血凝成一种冷酷与传奇，印证着生与死的缠绵和焦灼。

梅青草想告诉准星那晚的故事，但欲言又止，在接下来的岁月里，她恐怕要遭受一辈子痛苦折磨。这种痛是无法去除的。

2012 年 4 月 14 日星期六 9：43。

13. 二流女作家

楚楚是与焦二打了一架后，逃离出租小屋的，焦二撕毁了她所有的作品，这些作品在他看来，现在是废纸一堆。

他瞧不起自己这个二流的女作家，钱少，左支右绌，入不敷出。

现在中国的作家绝大多数在贫困线上徘徊，一篇小说的钱不够请人吃一顿饭。所以说，女人瞧不起作家男人，男人瞧不起作家女人。如果在作家中你是诗人，就一定会被别人讽作疯子。

幸亏自己不是个诗人一样的作家。这是楚楚唯一可以骄傲的理由。

焦二一表人才，人模狗样的，眼睛里容不进沙子。这样的男人，早晚有一天得被风飘走了，被驴踢肿了。

楚楚是个传统女子，尤其是受儒家思想影响深重，所以，她是决意不会让男人在结婚之前碰自己不该碰的地方的。

楚楚想和焦二分手了，她不想再这样纠缠下去。与其死守着一棵残树，倒不如推倒重来；或者是让树新生，自己离开树。

楚楚平日里写一些情感类文章，可是编辑老说不新鲜，五六年时间里，发表的文章寥若晨星，稿费也寥寥无几。后来改变了写法，短的不行，写长的，倒是折腾出几部好作品来。最近一部长篇小说叫《脆骨之爱》，这是楚楚颇为满意的一部作品，可是几度投稿均被退稿。

楚楚与焦二协商，说想自费出版，这当然需要钱。焦二将楚楚平日里挣的所有稿费全部抱在自己的怀里，一点儿协商的余地都没有。骂他没用，啃他也无所谓，他就像个守财奴一样，导致楚楚一点回旋的余地都没有。

焦二现在已经跑了，手头捉襟见肘的楚楚为了应付生活，只好在西安的一隅拼命写稿。但发稿子是有周期的，不能再这样全职写作了，找份工作打点零工应付过日子再说。

楚楚开始咯血，是在一个黎明清醒时，第一反应她想给焦二打电话，可焦二的电话无法接通。此时的焦二，仍然沉醉在昨晚的梦境中不能自拔，酒精的麻醉使他头痛欲裂。他昨晚找了个自己喜欢的女人，心里别提多么痛快了，虽然只是萍水相逢，却使自己积攒多年的欲望暂时腾了个仓位。

楚楚去了医院，检查的结果却让她大吃一惊：肺炎，需要赶紧住院，但住院的费用却没有着落。

幸亏一笔不错的稿费到了，楚楚的生活暂时有了依靠。远在东北的父亲来了电话，催她回去成亲。一个订了娃娃亲的男孩子，像催熟剂一样折腾着楚楚的神经。

幸运的是，一个文友在博客上发现了她得病的消息，他住在西安一院附近，便赶了过来。

文友张桥健，长得病弱兮兮的，像个孩子似的喊楚楚姐姐。到时才知晓，这个张桥健，曾经在 QQ 上追求过她好长时间，与其说是喜欢，不如说是纠结。楚楚感叹，自己的命运为何如此多舛?

张桥健解释说自己是个自私的孩子，小时候喜欢吃独食，总是抢妹妹手里的东西。晚上下夜自习回家，祖母非要给自己开小灶不行，时间久了，胃吃坏了。再加上体态原本虚弱，中学的时候爱上了喝酒，曾经因为一场失恋给自己的身体造成一场致命的损坏，于是，体形便确定下来了。

张桥健一点儿也不在意在一个女孩子面前暴露自己的弱点，他说自己的脸瘦削，胳膊短小，浑身无肉，因此，没有人喜欢自己。尤其是女孩子，一般都是我追别人，女孩从来不追自己，因为没有一点魅力可言。所以说，打小时候起，知道自己底子薄，便养成了奔跑的习惯。笨鸟先飞嘛，什么都先飞，学习也是，感情也是，不到谈恋爱的年纪，自己便先谈，害怕将来好姑娘都跑了。

2012 年 4 月 16 日星期一 11：36。

14. 张桥健的肢体语言

张桥健是个聪明绝顶的角色，虽然四肢简单，但头脑绝对发达。他会随时随地察言观色，留心你的每个动作，稍微有一丝的风吹草动便会立即起身为你服务。

半个月后，楚楚的房间里换了男主人。楚楚虽然传统，但喜欢热闹，尤其是晚上时分，如果没有一个男人在自己的身边当挡箭牌，恐怕她也静不下心来写稿子。但做这样的男人需要耐心与素质，无疑，难看的张桥健竟然成了最佳人选。

张桥健是个太监型男人，他说他曾经扮过“伪娘”，参加过各式各样的节目海选。现在都市中到处存在这样的男人形象。

稿子依然卖不出去，自费的钱却没有着落，楚楚成了天底下最悲情的美女作家。

夜晚生活依然孤独无奈，张桥健绝不提男女之间的破事儿。他宁可打着扇子，在西安夏季的傍晚为她送清凉，实在累得像头驴的时候，便卧在一旁睡大觉。

楚楚怜惜这样的好男人，张桥健的形象在自己的心目中开始高大起来。

张桥健说：我们可以到闹市里宣传呀，寻求出版，可能会引起有钱人的兴趣的。不过，你要将这本书的卖点写出来，打印成多份，我自有办法。

破罐子破摔呗，楚楚终于坐不住了。她做梦也是自己的书籍得到了出版，有好几家出版社争着抢着，自己成了故事中最美丽的主角。

花费了一百多块钱，两人顶着大日头起身前去鼓楼旁边。人山人海，正是西安市的旅游旺季，男男女女，除了观赏风景外，或是凑成一排子买雪糕，更有甚者举着啤酒瓶子，喝个酩酊大醉。每个人的脸上都写满了匆忙，仿佛旅游也成了一种硬性任务。

找了个凉快的地方，张桥健却不见了。楚楚管不了他了，就在地上摆起了自己的广告：美女作家新书出炉，希冀出版。

迅速地吸引了许多人，一些好事者平日里上网上惯了，没有想到竟然有人以这样的方式寻求出书，便过来信誓旦旦地指手画脚。更有些不懂装懂的品头论足，说这部作品极有出版价值，楚楚赶紧上前问人家是哪个出版社的。对方却说是某某文化公司的，千字三元，出不？

三元，与抢有何区别？楚楚痛苦万分，不停地喝水瓶里的水。

正在此时，一个穿着粉红衣服、梳着大辫子的女孩子挤了进来。她一脸粉相，说话娇里娇气的，挥舞着手帕高声叫着：这是好书呀！大家应该争先恐后地来捧场呀！

仔细看时，竟然是一身妖气的张桥健。楚楚笑了个前仰后合，嘴里的水喷了出来，喷到了张桥健的脸上，脸上瞬间泪水涟涟。

张桥健舞蹈起来，身材奇好，加上舞姿不算丑，一时间，左右前后的人纷纷拥了过来。记者们一见有素材，个个摩拳擦掌地挤上前来，镜头在烈日下打开，新鲜的材料瞬间凝结成一股印象，定格在大家的眼球里。

舞了半天时间，快下午六点了，行人已经稀少，但张桥健依然没有停下来的意思。他是舞成一种动态后，收不回来了。

正在此时，一个老板模样的人急匆匆地来到了他们身边，他扔掉了戴在头上的帽子，秃着顶，扇着扇子，急切地问道：

我们公司招收一个舞蹈演员，你去不？

张桥健听到喊声，勉强将身体收住了，来了个金鸡独立，他点头说道：

对不起，我们是卖书稿的，不是卖舞艺的。

我们急缺一名演员，我在到处寻找，要参演一部大戏。什么书稿？我看看，看能否帮忙给你们出了。

就是这部《脆骨之爱》！楚楚赶紧上前周旋。

老板翻了几页后，热得实在厉害，他说道：这样吧，旁边有个咖啡厅，我们到里面坐坐，一则谈谈我们合作的事情，二则我主要是相中了他的舞蹈。

张桥健没有想到，自己拙劣的舞姿竟然吸引了一位大老板的注意力。他们三人坐定后，老板自我介绍道：

我经营着一家舞蹈公司，我是老总。我姓乔。我们公司于月底要排演一部大戏，急需一名女性化重的男演员。我跑了半天时间了，依然没有结果。签约公司对此事十分在意，他们说如果找不到这名演员，他们就会撤约。

张桥健说道：这样吧，我可以应急，救场如救火嘛！这书稿您看看，只要两万块稿费。

楚楚想挡他，心里面说道，哪值那么多钱呀，一万就成。

两万就两万，行，没问题。但你需要跟我们公司签五年的劳动合同，月薪六千元底薪，演出好了再加钱。

张桥健没有想到，自己竟然因祸得福，不仅得到了工作，还能为心爱的女子出了书，这感觉十分好。

张桥健喝啤酒时嘴巴吸得极响，他一口气喝了四五瓶啤酒，喝得眼睛泛花，胃部难受。

楚楚感觉心里十分别扭，自己的作品不是因为质量出版的，而是作为一场陪衬。细想下，觉得也值，看出版后的效果了。今天务必把合同签了。

2012 年 4 月 16 日星期一 16：09。

15. 出了名的楚楚小姐

楚楚的合同签得十分顺利，她做梦也没有想到，竟然以这样一种方式，签了自己的书稿。她十分感激张桥健，本来想说出一些承诺或者誓言来，竟然一句也讲不出来。

承诺太轻，世事太厚，害怕誓言随着时间的流逝也会随风飘远。所以，恋爱中的男女绝对不要相信对方得意时的诺言，没准哪一个世态炎凉的人物在你的身后出现，便会横刀夺爱，沧海变桑田。

楚楚去看了张桥健的演出，看后却觉得对他不公，张桥健一人分演几个角色，他演的全是变态人群，什么穿着女人衣服的男色狼，遭人痛打的城管，或者是喜欢上人家老公的同性恋等。

楚楚于心不忍，想找张桥健理论几句，但一想到自己的书稿刚刚进入印刷厂，便觉得不敢胡来了。

乔总今天衣着光鲜，站在台下面当观众，他一眼看到了秀丽端庄的楚楚，便无心再看台上的精彩演出，凑了过来。

宽敞明亮的大办公室里，乔总拿着楚楚书的草稿仔细端详着，与其说是端详书，倒不如说是瞅人。楚楚觉得不好意思，一直看脚下的地板。

姑娘好笔法呀！可惜我们发现得晚了，不然，你早就成为一名大作家了。不，不要当作家，我们要拍舞台剧，你可以当编剧，话剧的编剧有兴趣没有？

楚楚回答道：如果剧本合适的话，是可以的。她故意捏着嗓子，学着淑女的模样。

果然是个好女子！乔总拍案而起，问：他是你什么人？男朋友吗？

不，不算是。我们是好朋友，仅此而已。

这样最好了。要知道，我们公司花朵奇葩不计其数，但真让人看上眼的，还不多，除了你。这样吧，你觉得张桥健如何？

他挺好的，帮了我。如果没有他的帮助，我的书出不了。

晚饭是乔总请的，照例是那间咖啡厅。张桥健急匆匆地赶了过来，一脸小丑的姿态，坐下后，乔总介绍了刚才的情形，说下一部戏，让张桥健当男主角。

张桥健的心里早乐开了花。他做梦都想出名呀，没有想到，出名居然如此之快。这最应该感谢的，就是楚楚有一部好书稿，如果没有好的内容，恐怕自己不会有这样的机会。

楚楚无语，觉得乔总的眼睛一刻也没从自己的身上移开。

楚楚的书稿如期印刷、上市，乔总的推销术一流，与各个书店建立了同盟关系，再加上书稿记录了现代人悲欢的爱情逻辑，因此，这部书竟然收到了极好的口碑，三个月时间，竟然脱销了。一些观众反馈给文化公司说应该让作者续写《脆骨之爱》，因为整个故事太精彩了，简直可以拍成电视剧。

但这个名声是好事，也是坏事。楚楚出名后，整日里被包装着出席各种活动；乔总也兴奋地介绍说这是西安市最有才华的女作家楚楚小姐，她的才华风华绝代，倾国倾城，已经有电影公司要求拍摄她的作品。

张桥健却好像失踪了一样，问乔总时，他回答说去外省了，有多部舞台剧需要在外省上演，他是男主角，所以说必须亲自前去。现在，你们平等了。

就在张桥健离开一周后，焦二却喝了个酩酊大醉，推开了楚楚的办公室大门。她刚刚换了房子，焦二去了原来的地方，房东大声叫着说道，人家出名了，还住这破地方，我准备将房间整理下，迎接她的粉丝用。

焦二做梦也没有想到，她竟然真的会出名。

他坐在她的对面，看到的是一个时尚飘逸的女孩子，她的长相比原来更加萝莉。

焦二像个哈巴狗一样，恨不得舔楚楚的鞋面。楚楚没有好声地转过脸去，她现在十分讨厌这个见利忘义的男人。对付这种男人最好的办法就是让他活得痛苦些。

焦二说自己贫困交加，上个月喝酒喝多了，醉驾了别人的车，撞坏了，不仅入了狱，而且赔成了穷光蛋，原来的稿费都赔进去了。

你还有脸说，你带走了我所有的作品。如果不是你，我不会给自己加压，逼着自己走向成功。

这么说，你得感谢我。所以说，借我点儿钱吧，你现在出名了，不缺钱。

我没有钱！你走吧，别来烦我，我现在需要静下心来写作。

没钱，哄鬼呢！你跟着一个有钱的老头子，天下人都知道你傍了大款，不然，你怎么出的书？你别将事情做绝了，我手里掌握着你的重要资料，你不想让我将视频公布于众吧？

视频，什么视频？我什么事情也没有做过，怕你何来？

你洗澡时的照片。你以为我是个傻子，千万不要低估任何人，我趁你不备时拍下来的。还有，你的一些文稿可在我手里，如果你不想看到它们被公之于众的话……

你敢?！楚楚义愤填膺地站了起来，她忽然觉得自己以前是瞎了眼了，竟然遇到这样一个死不要脸的男人，这样的男人还算是男人吗？

我想杀了你！楚楚犹豫着，随手从抽屉里抽出自己的一些稿费来，扔到了他令不厌恶的脸上。

2012 年 4 月 17 日星期二 15：18。

16. 一个老男人与小男人的竞争

焦二变本加厉地实施着自己的计划，他找到了某个娱乐报纸，将一些书稿资料复印件交了上去，目的当然是为了领取一些不菲的稿费。

报纸一见喜上眉梢，竟然跟焦二签了合同，以曝光楚楚的私生活为合同条款，如果能够让素材风生水起，甚至可以增加金钱的筹码。

焦二活脱成了一个活死人。

焦二每天乐此不疲。很快地，大街小巷里，这种素材开始漫天飞舞着，如垃圾一样云天雾地。

最先发现这些消息的是张桥健。他从郑州演出回来，十分想念楚楚，没来得及换掉女装，身材修长的他走在大街上，竟然吸引了无数人的目光，女人羡慕，惊奇世间竟然有这样好看的女子；男人蠢蠢欲动，好想凑上前去，一睹芳华。

张桥健健步如飞在一处拐角处，他看到了地上扔着一份娱乐日报，报纸上竟然印着楚楚的大幅彩照，文章的标题十分吓人：《美女作家楚楚的情人生涯》。文章煞有介事地批判楚楚竟然卖良为娼，将自己下嫁给了某文化公司的老板乔中飞。

乔总，这如何可能？张桥健三步并作两步，感觉胃里酸得难受。

毕竟是自己深爱过的女孩子，毕竟与自己休戚相关，张桥健好想冲到楚楚面前问个究竟。

在楚楚家的小巷口，张桥健发现了焦二的影子，他领着个小报记者，正兴奋地指点着这是楚楚小姐的住处。张桥健怒火中烧，像支箭一样将自己射到了他们旁边，扭捏着身体，温柔地将两记耳光送到两个男人脸上。

你们做甚？声音也捏得极细，完全一个女孩子站在他们面前。

我们拍东西！记者感觉五脏六腑震动得厉害，看着偌大的红唇，好想一口冲上去，来个贻笑大方也无所谓。

给我瞧瞧好吗？张桥健指点着江山。

摄影机乖乖地递给了张桥健，张桥健拿起来，看也没看，摔到了地上，用脚踩，用砖头撞击，没有几个回合，摄像机化成一堆碎块。

焦二看傻了，酒早醒了一半，刚想发作，美女凑上前来，将另外一记耳光温柔地敲击成一种乐曲的鼓点，一下不行，孤掌难鸣，再来一下，三下四下。焦二感觉云飞雾绕，一头晕了过去。

美女老到地从他们身上抽出了胶卷，撕了个七零八落的。美女警告焦二与记者，该拍的拍，不该拍的不要拍，你们怎么不去自己的家里拍，将自己家里的丑事公布于众。

焦二好不容易挺了过来，这是用尽了平生最后一口丹田之气才清醒的，但美女不给他清醒的机会，继续左右开弓，将他的脑袋当成了一个乐器，不想停下来。

记者没有享到这种待遇，马上像只兔子一样消失掉了。

张桥健平生没有硬气过，这是头一次，为了心爱的女人，就是让自己去吃屎也愿意。

张桥健大步踏入楚楚家里，楚楚却笑了个花枝乱颤。我以为是谁在那儿教训人呢，原来是你呀。我以为你成名后远走高飞了，原来在这儿。

张桥健若有所思地摆摆手，伸直了腰肢，道了个万福。

他已经完全女性化了，生活中也一直重复着这样的思维方式。一个男人一旦在生活中将自己当作女人，恐怕生理上也会发生变化。

楚楚说道，今天是焦二第二次挨打，白天的时候，还有人打过他一次。

还有人打他，竟然没有打死他，是谁打的？

是乔总。他写了关于乔总的一些韵事，乔总气愤不过，便当面揍了他。他当时说自己看到满天都是星星。我不在场，但听说现场来了许多记者，乔总差点儿下不来台。看来，以正常的方式，竟然对付不了这个恶棍。

楚楚，那些事情不是真的吧？乔总没有对你如何吧？

当然没有。他人很好，就是色了点儿。我能控制住，不会有事情的。

楚楚话没说完，便将头靠在了这个男人虚弱的肩膀上。这世上有一种肩膀，虽然脆弱不堪，却依然擎满了世间的大爱。他无力吹散阴霾，仅仅靠微薄的收入度日如年。他甚至不会花言巧语，但也不会给你制造花前月下的墙外事件。他们是这个社会的基石，是维系整个婚姻生活的中流砥柱。我们每个男人，都应该学习他们的敬业精神。

有时候，爱情缺少的，正是一种执着的敬业精神。

2012 年 4 月 17 日星期二 21：16。

17. 出卖第一次

乔中飞终于提出了自己的要求，他信誓旦旦，站在楚楚的面前，放着一份协议书，协议书上印着大大的标题：第一次出卖合同。

楚楚感觉脸上烧得厉害，她不知道如何驳斥他的无耻与荒谬，第一次也可以出卖吗？性与金钱究竟孰轻孰重？

怔了半天后，楚楚开了口：乔总，您看错人了，我不是那种随便的人。

我也十分规矩。我只是想要女孩子的第一次，这是我毕生的梦想。我们公司的女孩子，我绝不纠缠，要完第一次，钱财两清。从此后你在我的公司该工作工作，我不会难为你，也没有人敢难为你。我为自己的人生制定了梦想，希望女孩子的第一次为我带来幸福与财富。这可是一位专家指点我的。我有钱，不在乎钱。你想清楚了。

楚楚犹豫着，感觉脸上火辣辣地疼痛。她好想自己已经没有第一次了，可这毕竟是一道谎言，第一次给了谁？难道给了焦二吗？

楚楚正在左右为难之时，忽然听到楼下传来另外一个女人的叫骂声，乔总听完后，像个做错事的孩子，小声求饶：我的太太来了，她是个母老虎。求你了，让我藏起来。她可能知道了我的一些蛛丝马迹，求你了，替我保密。

一个苗条瘦弱的女人迈步进了屋里，与书上电视剧里描写的一点儿也不一样，她们总在丑化原配，说是五大三粗，不讲理，一动门就掐粗。我偏不信，不是所有的女人都不讲理，这世上讲理的女人占大多数。

我叫花枝俏，今年三十一岁。你不要学我，原来是乔总的小三，现在费尽心机嫁了他，却守着个没用的家伙。妹妹，醒了吧，不要信以为真，什么第一次，你以为是享受吧？是折磨，是忍受，是煎熬与摧残。他只是为了得到自己精神上的满足罢了。我花枝俏先礼后兵，说吧，他去哪儿了？

他是过来了，不过早走了。我没有答应他，我不是个随便的人。

你这话我爱听。你是个写书的吧，写书的千万不要找写书的，两个疯子过不成。我们老乔，年轻时候是个书迷。天知道他竟然捧红了你的书。我们家里面至今仍然放着他两本作品的初稿呢，他找不着出版社，真邪门了。

也许是别有原因吧，书稿与书稿不一样，我的书稿仍然以质量取胜。

楚楚镇定得要命，眼神不分离，一点儿也没有斜向床下面，因为那里面躺着一个灵魂即将出壳的人。现在才知道，原来天底下做了亏心事的男人都最怕老婆。

女人嘛，第一次比命都重要，与其交给不喜爱的人，还不如守身如玉。

如果一个女人，能够守住第一次，也不失为一种精彩。

花枝俏什么也没有再说，转身便走了，临走时，她敲了敲地板，朗声嚷道：

今晚的搓衣板，估计得加点铁砂。男人的膝盖据说是整个身体中最薄弱的部分。

花枝俏走了，楚楚的心中却似燃了一团火，她马上掀起了毯子，想让乔总出来，却闻到一股子刺鼻的味道。

乔中飞尿了裤子，好半天才从里面钻了出来，抱头鼠窜，一不留神，正好与守在门边的花枝俏撞了个满怀。花枝俏的眼部神经兮兮地动着，眼睛从男人的身上移动到女人身上，再移动到自己的身上，没有责怪，不需嗔骂。会当老婆的女人，总是在男人面前保持着风度，风度留给自己，尊严留给老公，哪怕回到家里闹个天翻地覆。

楚楚捂着胸口，感觉不是滋味，她突然间想到了张桥健。女人的第一次总要给出去的，张桥健是最佳人选了，他曾经眼泪汪汪地祈求过自己，却没有答应他。她像极了电视里吹捧的那个守贞女硕士，自己一定会成为一个守贞女作家的。

下定决心后，楚楚给张桥健打了电话，约他晚上出来吃饭，还是那间咖啡厅，人来人往的。张桥健笑她，好像整个西安城就剩下这一家咖啡厅了。

楚楚郑重地与他碰杯喝酒。有人说红酒是世间最灵敏的酒了，没有白酒的直爽，没有啤酒的无力，红酒是婚姻专用酒，是爱情的擦拭剂，失恋了可以饮，热恋时也可以小酌。哪怕是大难真的来了，镇定的男女们也会选择一瓶红酒，喝完后相拥着等待世界末日的降临。不过，他们总会醒过来的，因为世界末日只是好事者的一场无聊游戏罢了。

我决定将第一次给你，楚楚一边说着，一边用手捂他的嘴，示意他不要叫出来，兴奋过度是会失控的。

张桥健瞠目结舌地看着楚楚，一个劲儿地喝酒……一个聪明的女人，遇到这种情况应该猜测出来，一是对方对性不感兴趣，二是对方对自己不“感冒”，只是“咳嗽”而已。

2012年4月17日星期二21：43。

18. 另一场青春的盛宴

张桥健不停地喝酒，酒醉后，被楚楚架在肩头，一步两回头地向家里赶。张桥健在路上不时地做着各式各样的戏里才有的动作，他已经完全入戏了，梦中自己是一个绝代牛奶小生，“倾驴倾羊”的那种。偌大的舞台上面，无人看守，只有自己在跳着独角戏。这种人生的况味，不是所有人都能够体味的。

张桥健昏睡了过去，死气沉沉的。楚楚伤心的眼泪沿着无辜的脸颊滴落，在张桥健的脸上形成一道无声的河流。张桥健感觉难受地抹着脸，翻了个身子，安然睡去，说梦话时，依然唱着戏里的台词。

早晨的太阳精神矍铄，一点儿也没有体会到人间的悲欢疾苦。生命时常以无常的形态俯视着大地苍生，让你不能懈怠。幸福也是追求过来的，但命运有时候对到手的幸福会若即若离，让你向往幸福的心情充满黯淡。

楚楚在伤心之余，不停地让眼睛看美好的事物，阳光、大地，生命逐渐显现出来，时间终止在某一个幸福的时刻。

楼下传来一个女人的吵闹声，花枝俏举着个大棒子，撞开了楚楚的家门。

楚楚怔了一下，但一眼看到了是昨天才与自己理论过的女人。

楚楚，我老公呢？我昨日已经给你面子了！先礼后兵是我的原则，对所有人都是这样。

我没有见到。

楚楚白了她一眼，没好气地回道。

只是在瞬间，有些事物却突然间成了永恒，大棒子举起来，冲着楚楚的脑袋拍了下来，楚楚挨了个正着。一个歇斯底里的女人，不可一世地维护着作为老婆的尊严。

被窝里有人呢，哄我呢。我的智商高过三岁小孩。花枝俏将自己全部的力量凝聚在手中，将被窝撕扯开来。

一个裸露的男人映现在两个女人面前，丑陋不堪的身体上几条青疤在灯下闪着黑光，脸上涂脂抹粉的。花枝俏看清楚后，吐了一地。

你竟然相中了这样一个男人，太没品位了吧。

我相中什么人跟你有何关系?！你看好你的男人吧，指不定现在在哪个女人的床上折腾呢。

花枝俏没好气地将棒子举起来，朝着床上的男人解气地打了下去。张桥健的酒劲仍然没有过去，感觉身上奇疼，不像是期盼中女人的温柔，猛然疼醒，搂着胳膊大声叫唤着。

花枝俏话也没说，转身便下了楼。

张桥健只看到怒气冲冲的楚楚，却没有发现还有另一个女人刚才欣赏了他不堪入目的地方。

张桥健蓦然明白了，自己昨晚喝酒误了事情，竟然没有做自己想做的事情。

他心疼地过来抱楚楚的身子，楚楚却闪到了一边。

我现在补偿你，乖，是我不好，打得好。

楚楚笑了，感觉从未有过的欢畅。她竟然设计了这样的场面，如果刚才花枝俏不走，自己精心设计一下，一定会看到一场好戏，让他们俩合拢在一起，一定会成为小报记者的头条头版。

正在他们的好戏未进入正常化时，外面又传来了嘲笑声。焦二领着无数人冲了上来，不容分说，照片便拍了起来，张桥健没有穿衣服。这样的场景正好符合小报记者们的心声，他们不停地按动着快门。

焦二则文质彬彬地像条狗一样沉默着，等到快门停下来了，他才丧心病狂地冲了上去，与张桥健厮打在一起，他高声断喝着：赔我吧，你小子，要了我女朋友的青春。

楚楚想拦，却没有机会，她愤怒之下，逃离了现场。

随着楚楚的离开，现场一片混乱状态，所有的男士们蜂拥下来，他们无所适从地看着楚楚消失在早晨的阳光里。

楚楚决定离开西安，目标不知道在何方。她想带走张桥健，便拨通了他的电话。此时的张桥健正在医院里上药呢，接到电话，急急火火地去找楚楚。

楚楚提出了想法后，张桥健犹豫着。这是一个男人的通病，他们总是下不了决心，当真的要选择私奔时，男人通常没有女人决绝。

楚楚踢了他几脚，然后固执地离开了。张桥健像一支箭，被生命的弓无情地射在戏里了。

楚楚没有向任何人道别，她知道明日的报纸会铺天盖地地登载自己的消息。她还知道，倘若再停留下去，自己会被三个男人纠缠至死，其中有一个自己最爱的男人，但他却是自己眼里最无用的。

楚楚走时，什么也没有带走，房子的钥匙通过邮寄的方式还给了乔总。自己的书稿全部留给了张桥健，如果他有一日，再也无力奔波时，可以静下来，欣赏一个女人用生命书写的传奇。他自始至终没有读懂一个女人的生命故事。

这世上有几个男人能够彻底地读懂一个女人，最爱、知己、爱人甚至自己的母亲？

张桥健依然是这座城市最精彩的主角。每一座城市都有一帮人，苦撑着自己的事业与大局。只是在深夜静寂时，他会无眠，手脚冰凉，他多想对面的被窝里伸出一只脚，暖和他的整个人生。

2012 年 4 月 18 日星期三 10：55。

19. 王一凡的小算盘

王一凡何许人也，一介女流，大学生，高傲无比，但经常囊中羞涩。她一心想着能够嫁入豪门，却一直没有成功。有时候生命总是与你开玩笑，你想什么偏不来什么。

何可是个农家男孩，日子过得捉襟见肘，像他的爱情。别的男孩子与女孩子早已经同床共枕了，可他仍然没有找到理想中的爱情。他始终淡定执着，不是不敢爱，只是这个时代，没有钱，哪能随便爱呀?!

但理想有时候也可能呈弱势，比如说在一起喝酒的时候。喝酒才是男人的常态。

一帮子人，唯何可独来独往，有些女孩子议论道：人家喜欢孤独，可能是另类角色；别是心理方面有问题吧？还有些插科打诨道：只要生理没有问题就行了。

说得大家哈哈大笑，何可则一个劲儿地将啤酒倒进自己的肚子里。钱已经花了，不管是谁的钱，总得吃完才行，不然浪费了。打开的啤酒，不可能退掉的，现在全中国没有一家饭店有这样的处理方式。

歌喉一定不错，如果有机会，能够与她把酒言欢，一定是人生一大乐事。

何可一个劲儿地笑，笑得前仰后合，众人皆惊。这场酒会，大家都记住了这个可笑的男孩子，总是爱笑，别人不笑的时候他出手了，别人笑的时候他则是静心听讲。

王一凡当时的心情很乱，她正在算计着自己的挣钱计划；春节的时候，领个男朋友回趟家，骗爸爸几十万再说。爸爸可讲了，只要带个男友归来，一定会重奖的。这个家境富有的女孩子，不喜欢父亲给的钱，她指望着自己的计划能够使自己飞黄腾达起来。

功课乱得很，王一凡不喜欢这些，现在上学有什么值得欣赏的？瞧瞧社会上那些有钱的、创业的，哪个是硕士生、博士生？上学上到老了，也只能给别人打工，却失去了最好的创业年华。有人说当老板的最佳时机正是上大学的时候，可中国的教育观点是让创业的年龄去学理论上的事情，这实在是一种悲哀。

王一凡信誓旦旦地说着自己的苦话：我想去傍个大款，有钱的。

旁边一个叫马凤的女生接了过来，你去代孕吧，或者是捐卵。如果哪个富翁与你结合后，肯定会喜得贵子的。

这话说得时尚，但却像戳了王一凡的脊梁骨一般难受，她站起身来，与马凤扭打在一起。

何可从来没有见过女孩子打架，什么大不了的事情，两个女孩子竟然大打出手，如果传扬出去，一定会吸引众多报社记者的青睐。他想劝阻，可是站起的身材过于矮小，伸出的手有些软弱无力，犹豫了半天，才勉强将手探了过去，像鸡爪似的轻描淡写地拉了一下。

旁边的几个男生不愿意了，说道，大家劝呀！

没有劝，富家公子也说道，反正她是我雇来的，现在期限已经到了，与我无关。这样吧，谁没有女朋友，谁劝，说不定，还可以成就一段传世姻缘呢。

马凤的眼镜掉地上了，摔成了碎片。王一凡不依不饶。看来，女人打起架来，比男人打架更好看，打架也可以打出一片风景。看来这世上不缺少美好的事情。

何可终于不可一世地吼了起来：住手，成何体统?!

何可拣最近的女孩子拉，他拽着马凤的胳膊，拉得人家生疼。马凤体态庞大，硬拖着何可的身体接近了王一凡，还是要打。马凤做任何事情都想特立独行，王一凡也是风风火火的年纪。

何可成了挡箭牌，两女孩子将拳头抡起来，将何可打得鼻青脸肿。

何可勉强站起来时，周遭只剩下一个人，正是王一凡。在这个世界上，他是第一个替自己挨打的男人。

何可的爱情故事由此拉开帷幕。大家做梦也没有想到，一顿打，竟然让这个小子做起了春秋大梦。

何可对爱情十分认真，经常背着王一凡到校园外面买一系列的小东西，然后小心翼翼地，做贼似的将小东西塞进王一凡的口袋里。

大家都认为王一凡幸福得要死了，可王一凡根本不喜欢这些小恩小惠。她是那种见过大世面的人，不动手则已，一出手便是泰山压顶。她怒气冲冲地将这些小东西扔到校园门口，惹得捡垃圾的两个乞丐大打出手，她则在一旁傻笑着旁若无人。

大家都认为，这可能对何可造成不小的打击，可是，何可却一如既往，不因为王一凡扔了自己送的东西而就此罢手，反而变本加厉地将东西送到王一凡的身上，抽屉里，寝室里。

王一凡不在乎这些，有个挂名的男友也好，只当是招牌罢了，但这只停留在理论水平上，若想陪本姑娘去外面吃一顿饭，比登天还难。

而何可本来就没有钱，正想着如果王一凡频繁地与自己进进出出，这钱从何而来，总不能去卖血吧。王一凡的这个招数正好符合他小心眼的想法，一拍即合，臭味相投的爱情故事匆匆忙忙地开始了。

但在大家的眼里，何可总算有个着落了。校园有个相亲委员会，已经将他的名单从光棍汉中删掉了，管你成不成正果，反正你已经剃了光头！

王一凡仍然喜欢与富家子弟来往，她在学校的广告栏里打出了广告，共进晚餐多少钱，拉一次手多少人民币，等等；如果有留学生，更加欢迎，来者不拒。

何可便决定去找王一凡理论这件事情，他是学文学的，自然得收拢一些好的理论支撑，不然，如何说服她改变想法。由此，儒家的正统论点，在何可的脑袋里瞬间合拢，形成一股滔天巨浪。

2012 年 4 月 23 日星期一 14：03。

20. 一次荒唐的应聘经历

何可在业余时间开始充实自己的钱袋子，打工是必不可少的一条途径，虽然现在自己尚未面临钱的困境，主要是王一凡还没过清高的门子，一旦跨了过去，柴米油盐的日子开始后，就会有些左支右绌了。

作为一个有准备的男人，就应该未雨绸缪，现在想将来的，过去想现在的。爱情也需要准备呀，爱从来不会光临一个没有准备的人的。

何可是个自强的主儿，平日里就很少拿家里父母的工资。父亲是小学教员，不是正式的，工资低得像秃子头上的头发。母亲是个药篓子，每天与药打交道，一旦离开药的医治，恐怕身体就会衰弱如风。

何可终于看到了一则高薪聘请启事，竟然是招个假扮自己的人，对方一定是个富翁，要求条件不算苛刻，只要有眼力，且会识人察相；最主要的是挨过女人的打，知道如何折磨自己就行。薪水十分可观，每周1000块钱。这是2010年的郑州市，如果哪个人一个月可以拿到6000元的工资，在郑州市一定属于高薪阶层水平。

冲着这份工资，何可疲于奔命地跑到了二七广场上。对方的要求是如果你有意的话，就站在二七广场上面，大声吆喝着接头口号：我是王八，我怕谁！

吆喝了半天工夫，连小报记者也来了，却不见接头人的信息。

何可觉得自己被愚弄了，便有些丧气地坐在街头一角，看麦当劳的广告漫天飞舞着。

在最后一声尝试过后，一个年过花甲的老太太看到了他，抓住他的胳膊，说长道短的，说自己正好想找个保姆，干不？

何可说道，我是来应聘报纸上的角色的，不是当保姆，我不会刷锅洗碗。

老太太有些沮丧，像买东西似的一步三回头，似乎对何可十分中意。何可甩了甩袖子，十分高贵地将老太太的思想扔进了风里。

果然有人过来了，也是一个女子，二十多岁的年纪，脸上留着一块难看的疤痕。她过来就试探着问道：你是刚才叫喊的人吗？

当然是的。您是……来接我的？

我是精神病研究所的，我们那儿正好差了一个研究病体，你去吗？当然有工资作为可靠的保证。

我没有神经病，你弄错了吧？当然，多少钱？

每小时100块钱。你需要坐在房间里，许多医生会诊你。这些医生，可都是国内顶尖水平的医生。

何可大声咆哮起来：我不干，对此没有兴趣。

女子依然不失望地唠叨着：我告诉你呀，小伙子，条件十分喜人的，许多人应征代孕、捐卵，都没有我这儿实惠。你是没去，去了就知道什么叫作快乐逍遥了。现在我们生员有些紧张，要是2008年以前，金融危机没有发生时，轮不到你呀。现在危机蔓延，我们这儿也出现了招工困难局面。要知道，在全中国，甚至全世界，找一个适合我们的精神病人，是一件十分困难的事情。

何可为了摆脱这个家伙，装作若无其事的样子，闲庭信步，将女子一脚踹在春天的枝头。

最后一次机会终于来临，何可却抓住了，还是一个二十多岁的女子，脸上也有个疤痕，一脸无奈的样子，焦急地举着手中的牌子。

牌子上面写着这样一句话：寻找意中人。

这与接头暗号基本吻合，何可迎了上去。那女子早看见了一脸尴尬的何可，见他过来后，便一把将他的头搂在怀里，放声痛哭起来：你可来了，我想死你了。走吧，主人在家里等着呢！

何可的头部一直被女人按着，不能动弹，脚步却轻盈方便起来。

好不容易挨过了半个小时时间，上了楼梯后，打开了门，头部清醒了，女子却不见了，一个大个子老板模样的家伙出现在何可面前。何可看了对方一眼后，便紧闭双目不敢看了。

何可生在农村，没有见过大世面，不喜欢与有头脸的人接触，生怕自己说话不当，导致满盘皆输。

老板却站起来，十分随和地自我介绍道：

我姓肖，你就叫我肖哥吧。不错，你的身材与仪表，挺招人喜欢的，就是你啦。你以后就在我这儿工作，但上班时，需要到二七广场上，自然有人接你；下班时，自然也有人送你。

肖哥，我做些什么工作呀？

暂时没事，就是上网，聊天，喝酒，喝茶。这儿也没有其他人。饭呢，那个女娃娃会给你送过来。肖老板指了下刚才送自己的那个女孩子。

可是，何可还追问着：我不能总休息呀，总得干活呀！

看来，你果真是个实在人，就告诉你吧，你没事时，就替我做工作，比如说批文件，搞应酬，喝酒，或者是将来做其他事情。这座宅子，就是你的了，知道吗？你得替我隐瞒一些事情。

肖哥，我可不敢做违法的事情，我是个学生，不敢的。

没有什么违法的事情，我就是想让你帮助我骗骗我老婆罢了。她心眼小，老是到处找我的碴儿。你就说这房子是你的，谁问都是你的。这儿的一切全是你的，包括女娃娃，她是你的佣人，知道吗？

这儿人员倒是不断，经常有人过来拜访肖哥，女娃娃介绍着何可：这就是肖老板，大家见个面吧。

何可尴尬地握手，握手后自己就成了空白的角色，在一旁晾着。女娃娃介绍说我们老板很少管事情，由我代理。他们谈论起来，谈许多商业上、政府上的事情，包括如何圈地等等。女娃娃绝对是个行家，一会儿便将对方整得云里雾里的。

2012 年 4 月 24 日星期二 8：09。

21. 人生的云来雾往

何可每日无事可做，也不能出去，但工资倒是发得十分及时，总是提前预支。这样的支付方式让人很容易想到这种工作可能与危险密切相关。你想想，现在的企业老板简直是抠门至极，都是延迟两个月或者三个月发放工资。如果是预支工资，只有两种情况，要么你是高学历人才，要么你的工作性质是危险性的，或者与性、毒品相关的。

想到这些何可有些害怕，一想到白拿人家工资，睡人家的房子，吃人家的东西，看人家的美女，人家还给咱工资，便于心不安。他不止一次地跑过去找女娃娃，要求做工作，但对方就是一口回绝了：早呢，等机会吧。

这三百多平方米的房子里，只有女娃娃与何可两人。女娃娃倒是忙得团团转，像个陀螺似的，但她绝不允许何可接触自己的工作，好像很秘密似的。

女娃娃人长得十分清瘦，模样倒也俊俏。她的工作十分机密，随时与肖老板保持沟通状态，电话二十四小时不准关机。有一次手机没电了，不在服务区，肖老板的司机跑了进来，一巴掌将女娃娃的脸打成了梨花带雨，那是第一次听到这个坚强的女孩子哭泣，眼泪横流。何可跑过去，将纸巾择了个七零八落，递到女娃娃面前。哭泣的模样才像一个女孩子，她好半天没有回过味来，直到电话铃声重新响起后，才忙不迭地赶紧接了起来，哭腔早已经消失。

那晚上，何可故意接近了正在休闲状态的女娃娃。女娃娃穿了件得体的连衣裙，十分动人地看着手机里的游戏傻笑，何可凑了上去，想与她一块儿分享。

她正在玩的游戏是“疯狂的小鸟”，弹弓弹了出来，却没有射中目标。何可在后面忍不住指挥道：方法不对，手劲不对。

女娃娃的脸抬了起来，却正好与何可的嘴唇碰在一起，两人被电击般弹跳起来，女娃娃紧张兮兮地捂住胸口，心中说不出来的慌乱。

对不起，我不是故意的。何可解释着，同时双手摊在自己面前。

没，没关系的。你怎么过来了，你的办公地点应该在卧室里。

卧室里有什么，整日里睡觉，看电视，没有意思。我看你这么忙，想帮帮你。

我没事情，你坐吧。肖老板可能最近有任务交给你，你到时候用心就是了。

我的工作到底是干什么的？我现在与外界没有来往，课也上不成了，好像遭到软禁一样。我想到了两个字：危险。

你多虑了，我们可是正规的公司，公司的地点就在郑州郊区，两千多人。老板经常在那儿办公，这儿只是他的住处，其中的一个住处。

一个住处。对了，他是老板，应该有多个住处才对。

女娃娃赶紧制止了自己的话语，好像说出了什么惊天的秘密似的，赶紧解释着：

就当我没说，你别胡思乱想。你的工作老板会亲自布置的，我只是替他在看守这个住处而已。

我看出来了，其实，我们是同路人，你也是打工的。

算是吧。你小子挺机灵的，怎么会应聘到这儿来？也许你不该来的。

女娃娃再也不说话了，任凭何可如何展示自己的才能，她也不就范。后来，她甚至撵何可进入自己的工作领域里，说这儿不欢迎他的到来。

果然，不到一周时间，在何可领到第四周的工资时，肖老板过来了，他领着一个女孩子。何可隔着卧室的门缝看得十分逼真，这女孩子十分熟悉的模样，竟然是王一凡。

王一凡，竟然真的做了别人的小三，原来的纯真印象瞬间在意识里模糊了。何可大骂自己的眼拙，怎么会对这样一个肮脏的女孩子产生良好的念头。

女娃娃跑前跑后地张罗着，收拾另外一间屋子，买各式各样的日用产品，显然，他们是想过正常的日子。

王一凡不停地指挥着，俨然自己已经成了这儿的女主人。

几日下来，她骄傲的气焰便升腾万倍，有好几次，打了女娃娃。当时气愤不过的何可，若不是栅栏的阻隔，一定会跳跃至她的面前，打她个万朵桃花开。

王一凡与肖老板的私人工作做得十分隐蔽，他们通常关了房门，甚至差点连流通的空气也关闭掉，生怕露出一点儿不良信息到外面。

女娃娃就坐在自己的办公场所内，她一点儿也不奇怪地忙着自己的事情。她时而抬头看表，时而向门外张望，一有风吹草动，或者是电话铃声骤然响起，她便会草木皆兵般紧张到了极点。

突然有一天，一股森严的气氛弥漫在整个房间里，女娃娃没有挡住一个彪形女人的进攻力度，她撞破了大门，将整个房间搞得乌七八糟的。显然，她是肖老板的原配，她发现了端倪后，过来寻找蛛丝马迹。

趁着肖老板与原配周旋之时，女娃娃启动了应急预案，她一把推开了何可屋中的一扇屏风，原来有一个狭窄的通道。她硬生生地将脸上惊恐万分的王一凡拽到了何可的房间里，由不得他们多想，便将两个拽进被窝里面。

何可感到喜从天降。王一凡没有看清这个男人到底是谁，却感觉有一股子熟悉的味道迎面扑来，现在的两个人全部被埋藏在被窝里，他们不敢动弹。

女娃娃紧张兮兮地跑了出来，一把拽住原配的胳膊问道：

你作甚？怎么跑进我们主人的房子里来了？肖老板可是我们主人请的客人。

原配煞有介事地反抗着，不过，她原来的嚣张气焰有一些收敛。

这是谁的房间？不是肖辉自己买的吧，哄谁呢？

肖辉好像吃到了定心丸，一把推开了原配的无理取闹，他怒斥道：

我来谈生意，你来搅局，让我如何做？你的父亲是怎么交代你的，家庭内部的事情，你可以管。这不，我生意场上的事情，你也来闹，够不？

有个小死蹄子，据可靠消息就在这儿，你让她出来对质。

2012 年 4 月 30 日星期一 12：45。

22. 阴差阳错的爱情派对

女娃娃嚷道：对质啥？您闯了人家私人领地，是犯法的。好吧，我让他们出来。

何可胆战心惊地与王一凡互看了两眼后，来到了他们面前。

王一凡倒是心情稳定下来，她嚷道：你是做什么的？我们可是正规人家。

王一凡一把拽住何可的胳膊，叫道：这可是我老公，某大公司的法人代表。

对，喏，这是他的个人材料与证件。女娃娃将事先准备好的一份简历递了上去。

原配定神看着，看了一会儿，还是将信将疑地问道：

这女孩子是谁？她指的是女娃娃。

我是他们家的女佣。肖老板昨晚过来，喝醉了，就睡在那个房间里。你瞧他们三人，都是衣冠不整的，都喝醉了。何老板正与太太睡觉呢，你却闯了进来。

什么事情？肖辉怒骂着：好好的一场合同，让你闹散了。

肖辉鞠躬到地，走到何可面前赔不是：

不好意思，老板，都是我惯的。你看看，让老板受惊了，改日我一定赔罪。走吧，癔症啥呀？

两个人骂骂咧咧地走了出去，剩下两个男女面面相觑。

女娃娃瞅了瞅外面，对他们二人说道：你们自便，不要乱出去。这个泼妇可不简单，现在，她一定派人盯上你们了。

王一凡挣脱了何可的搂抱，无所事事地摆了摆自己瘦削的身体，进了里屋，一张纸条却意外地从王一凡的衣服里掉了出来。

何可随手捡了起来，看了一半工夫，便大惊失色。

这是一份代孕协议，王一凡负责给肖辉生孩子，无论男女，条件是肖辉送给王一凡五十万元人民币，但王一凡不准透露任何消息。因为肖辉的老婆闹得厉害，如果知道他在外面搞女孩子，还要生孩子，会闹得不可开交。

男人如果到了这样的境地，是痛不欲生还是欲罢不能？何可想撕了协议，却留了下来，塞进自己的贴身内裤里，内裤前面缝着一个口袋，这是以防万一的一种手段。

何可想推门进去，却发现门被反锁了，里面王一凡没好气地嚷嚷着：

别进来，正换衣服呢！你还真以为自己是这儿的主人啦？哄你呢。在学校的时候就是个胆小鬼，竟然应聘到这儿充起了英雄好汉。

何可听着刺耳，想反驳，却无话可说。她直戳自己的软肋，让自己痛得无可无不可。可她呢，做个代孕者有什么好高傲的，珠胎暗结。何可直想往地上吐唾沫，却回头看到了女娃娃。

她想说什么，却没有讲出来，最后扔下一句话道：

你悠着点儿啊，不是你的，甭想。

给我还不要呢！何可终于吐了一口在地上，然后用脚踩得稀巴烂。

有什么了不起的，臭女人。何可是在骂里面的王一凡，女娃娃却误会地扬起一记耳光，将何可打得醍醐灌顶。

何可只好睡在外面，王一凡在里面将他的脏衣服如数扔了出来，扔得满地皆是。何可也不理会，只是不停地在地板上踩来踩去。他在想着如何离开这个是非之地，同时，他想提醒一下王一凡：身体是自己的，别糟践自己的身体。

女娃娃过来了，她替何可收拾衣服，还将衣服扔进洗衣机里。不大会儿工夫，干净如初的衣服便从滚筒洗衣机里跑了出来，衣服叠放得整齐有序，放在旁边的沙发上面。

你先睡我的房间吧，我得出去几天。你们不得出去，出去了，后果自负，肖夫人可是到处在抓你们。

也在抓你，你如何出得去？

我如何出不去？女娃娃说着，将自己头上的假发拽了下来，整张脸原原本本地露在何可面前，瞬间改了模样。一个毛手毛脚的小丫头罢了，换了衣服后，简直判若两人。

我妈来了，我得去看一下。她从乡下来，我不想让她知道我在虎口工作。

这句话说得十分柔情，好像心里面所有的委屈都在瞬间凝固成一句温馨的话语。

偌大的房间里，只剩下一男一女。何可想接触王一凡，王一凡却不给他机会。在学校里时，她就瞧不起这个乡下来的男孩子，现在依然感觉自己高高在上。

何可隔着一扇门向里面吆喝着：我可要走了，我与他们没有任何瓜葛，我可以随时走的，你呢，不是有什么见不得人的事情吧？

门突然打开了，王一凡只穿着一条短裤，前胸搭着个布衫站在何可面前。你在说什么？你以为你能走呀？我都知道，你是将自己卖过来的，你是他的一个护身符而已。你说你签了多少年的合同？

合同，我没有签呀！何可的脑海里不停地转动着。终于，他有些明白了，那天晚上，喝酒进入高峰期时，女娃娃拖着自己的手，在一个东西上画了押。我的天哪，难道那就是卖身契？

想起来了吧？我看过那个东西。我是做情人不假，我需要挣钱，我不在乎。我们家穷，每天捉襟见肘。你呢，你不也是冲钱过来的吗？装清纯。

我没有做见不得人的事情，不像你。

你，我也没有做。我与他在一起时，正好来例假，做什么做？这句话像是在解释，但说完后，就犹如一朵花扑哧一下子笑了起来，整个空气中的严肃气氛一扫而光。

何可不好意思地摸摸头，笑道：谁问你那个了，我只是觉得你冤得慌。

你不就是想知道那个事情吗？你小子，骗我。王一凡闯了上去，不顾一切地撕扯何可的衣服与脸部，上半身留着的衣衫也瞬间掉在地上，半裸的身体映入何可的眼帘，酥麻、香甜，秀色可餐。何可的脑海里不断有这样的词汇出现，想战胜自己，理智却怎么也占不了上风。

2012年4月30日星期一13：36。

23. 疯狂的爱情（一）

正当他们都在第一次的纠缠中欲罢不能时，突然间有人闯了起来。那个高大威猛的原配，领着两个家伙走了进来，不容分说，将二人绑了起来，冲出了大门，辗转不知道到了何方。再睁开眼睛时，顾不得抹平疼痛，却发现是一间黑暗的小屋子，有稻草，冰凉有怪味，门锁着，有风吹了起来，不知道身在何方。

这是哪里？救命呀！半裸的王一凡搂住自己的私密部位，不停地吆喝着。没有人搭理他们。

在刚才的厮打中，何可的衣服也烂得差不多了，上身几乎全裸，下半身只留了半条裤子，椭圆形的内裤裸露在外面。

都怨你！王一凡走过去，打何可的脸，将他的脸揉成河流。

怨我又如何？我愿意如此吗？这是报应。我们都走错了路，我们是学生，不该做这种违背良心的事情。要说龌龊，你比谁都难堪。你的协议书呢？

说着，怒不可遏地将协议书从自己的内裤里拽了出来，扔到王一凡面前。

这样的罪状扔在地上，王一凡身体里所有的委屈爆发出来，自己难以启齿的罪状已经摆在一个男人面前，自己如何解释？难道告诉他这一切全是假的吗？

我，我想死，我没有法子活了。王一凡想找地方轻生，却发现一点儿机会都没有，几只调皮的臭虫在稻草堆里钻来钻去的，它们在印证着单纯的爱情有多么的喜气洋洋。

你不要告诉我的父母，他们如果知道，会打死我的，会气死的。我不是故意的，我是想刺激一下自己，便答应了。再说，我缺钱。网上那么多援交的女孩子，她们有错吗？

何可走了过来，心疼地拽了身体冰凉的王一凡，搂在自己怀里。王一凡身体抖动着，不停地啜泣着，她紧紧地偎依在何可温暖的小船里，感觉温暖如春。

我们会死吗？王一凡问道，同时手里紧紧地拽着那张生命的协议。

不会的，也许就是肖辉的原配闹的，她是想看肖辉的笑话。你说，我们能够成全她吗？

不，王一凡说道，我与他签了协议，答应他的，不能违约。我不是拜金女，但我缺钱。你答应我，不要做对不起我的事情。虽然我们在一起，但不能做男女间的事情。我还要找到肖辉，他答应给我钱的。

你，好吧，我们都信守承诺。我也答应了肖辉，不会碰他的女人。我们各自都有原则性。

肖辉脸上都是汗水，当他看到两个光靓的男女躲在一起时，心中说不清楚的醋意萌发，从心迸射出来，但一想到岳父家的偌大家产，便赶紧收敛起来。

肖辉心里面劝自己道：忍忍吧，小不忍则乱大谋。等他们出来了，她折腾够了，我再找他们算账。如果他们偷了腥，看我如何收拾他们。我会以协议相要挟，让他们给自己服务一辈子。

王一凡是个弱女子，禁不起这样的折腾，不到三天时间就消瘦得要命，如果此时将林黛玉拽过来，简直可以与她相媲美。

王一凡的身体开始发热，梦中不停地叫着何可的名字。她好害怕何可离开自己，还有的梦话竟然这样逼自己：我不要钱了，让我走吧。我不缺钱，我知足常乐。

每当此时，何可便情不自禁将自己的双唇凑上去，拼命地吮吸着王一凡的舌头。王一凡贪婪地回吸着，两个男女的爱情故意在进行着最后一次致命的挣扎。

何可睡着了，抱着滚烫的美人儿。睡梦中感觉身体奇痒难忍，他不顾一切地将王一凡的身体摁在稻草堆上，浑身上下充满了斗争的力量，只消几分钟时间，两个人沉沉睡去。

王一凡醒来后，感觉头疼得厉害，第一直觉告诉自己可能丧失了最重要的第一次。

她挣扎着坐起来，用心感触后便骂何可不要脸。

这一幕，被坐在沙发前面的肖夫人看了个正着，她挥舞着拳头，示意卧倒床上的肖辉爬起来观看好戏。肖辉看到了惨不忍睹的一幕，他好懊恼。同时，他恨透了面前这个不争气的女人，什么事都可以做得出来。

我会收拾你的！一边抹着脸上的汗水，一边思考着如何收拾这个可怕的女人，计划瞬间成型。他陪女人笑着，笑容如刀。

何可再醒来时，发现自己已经回到了原来的房子里，得到满足答案的肖夫人挥挥手，消失在巷口。何可慌忙穿上自己的衣服，王一凡尚未醒过来，何可急忙找她的衣服帮她穿好，由于着急，竟然差点儿穿错了。

2012年4月30日星期一14：27。

24. 疯狂的爱情（二）

女娃娃像个做了错事的孩子，不停地搓手，好像她无法回答肖辉的问话。肖辉并不知道，女娃娃也刚刚才从鬼门关回来，她离开后没有多长时间，便被肖夫人抓了个正着，逼问她整个事情经过。一个女人逼问另外一个女人，绝对是一场真金白银的民间械斗事件。

两个女人坐在一块儿，一个女人惊奇地看着另一个女人，而另一个女人则咄咄逼人地告诉一个女人老老实实承认所有的罪行，包括你是如何勾引肖辉的。

女娃娃终于痛哭起来，她说出了所有的经过。

女娃娃是肖辉找的第一个代孕女孩子，条件是三十万。但遗憾的是，女娃娃竟然一年多时间没有怀孕，经过检查后才知道，她先天性无卵子。肖辉认为自己是明珠暗投，便变本加厉地折磨女娃娃，协议没有执行完，不可能终止。她替自己物色另外一个女孩子，替自己完成传宗接代的任务。女娃娃简直成了他的私人秘书，什么难干的工作都做，她要保守秘密，要替一个男人隐瞒所有的爱恨情仇。一个女人，如果替心爱的男人做事情，什么都可以，就是无法忍受自己心爱的男人的床上竟然躺着另外一个女人。这种感受，百感交集，却一筹莫展。

女娃娃能够回来，是因为她交代了所有的事情，当然，肖夫人并没有告诉肖辉。有时候，女人很容易相互可怜。

肖辉看着一男二女，呆愣了交代天后，他果断地说道：

埋怨你们有何用处？现在何可与女娃娃，你们帮我去实现一件事情。这件事情成功后，你们可以远走高飞。至于王一凡，她仍然是我的情人，我要她继续帮我生孩子，不生下孩子，不可能放你走的。

肖辉说出了他的安排，并没有刻意回避任何人。他这样做，一是为了泄愤，另外一个目的是告诫他们中间的所有人，听从自己的安排。

女娃娃在磨刀子，刀子锋利无比，刀锋错摁在女娃娃的手上，瞬间成了血灾。

何可问她：我们什么时候走？

马上！杀人我会的，现在无路可退了，走吧，趁着他尚未走远。

她应该在自己的家里，她有保镖，我们得小心点儿。

保镖？一个破落的女人，有什么值得同情的。

你是说，要杀她？何可不知道如何形容自己的心情。

另一间卧室里，肖辉在撕扯着王一凡的衣服，王一凡本能地反抗着，她说道：

老板，我们撕毁协议吧！我不要钱了，让我走吧。

哪有那么容易的，告诉你吧，我要看清楚，你是如何将自己的身体呈现给另外一个男人。你不知道吧，我让女娃娃和何可去杀了那个恶妇人，然后呢，女娃娃会无声无息地杀了你的男人。何可，竟然要了我想要的东西，卑鄙！我不杀他，如何做得了男人。

你不能杀他！你太卑鄙无耻了，我不同意。王一凡疯狂地护卫着自己最后的归属地，身后，女娃娃挥舞着冰一样的刀子，猛然将刀子插入肖辉的脑海深处。

时间瞬间静止了，刀子就别在肖辉的后脑部，王一凡拔出了刀子，血液如箭一样射在自己的容颜上面。一刀不行，再一刀，整座屋子成了血河，整个夕阳成了血色残阳。

快点走吧。两个女人不知道如何形容自己的心境。

女娃娃收拾了自己的衣服与脸后，对王一凡说道：快点儿走，随何可离开。他是个好男人，不要错过了，既然你们已经成全了好事情，为何不能将爱情进行到底呢？

你呢？王一凡追问道。

我要去杀那个可恨的女人！她逼问我，不择手段地用烟头烫我的皮肤，我的大腿上、脖子上面留下了她的杰作。这样的一个可恨可杀的女人，留在世间有何用处?!

可是，你如何逃得了呀？随我走吧。

王一凡想拉女娃娃，却不见了她的身影。女娃娃拼命地逃下楼梯，却发现楼下早已经警车成行。

女娃娃入狱后的第三天，一个男人走了进来，是何可。他一脸潇洒的神态，只是看到女娃娃后，有些叹息生命的无常。

我杀了她，成功的。举起单手来，手铐的声音依然铿锵有力。

她呢？女娃娃问道。

她指的是整个故事里唯一活下来的女人，她指的是王一凡。

走了，我逼着她走的，我让她远走高飞。我替她杀了该杀的人。一个世间男人，如果连自己心爱的女友也保护不了，还称得上男人吗？

王一凡不敢走大路，只好走小路。她一直向西走，西边荒凉无比，那儿人迹罕至，也许可以逃避追杀与磨难。她一直想着两个人：一个是女人，一个是男人。他们在最后的关头，将自己推出了鬼门关，自己与他们相比，简直是自惭形秽。如果有机会，一定要等他们出来，一个当姐姐养，一个当哥哥照顾。

一个女人有如此的心境，也算得上一腔热血了。

王一凡不停地看远去的斜阳，家越离越远，思念越来越淡。如果一个人能够成功地逃避世事，也算得上英雄。西部啊，那儿也有属于一个女人的天堂。

2012 年 4 月 30 日星期一 14：52。

25. 清海的新思维

流浪汉决意不再过问红尘世事了，自己本来已经犯了大错，搬出住所是一错，与千百爱苟合在一块儿又是一错。一个男人，如果一辈子连着做错了两件事情，那就太失败了，不是一般意义上的失败。

清海十分沮丧，决心将自己和自己的思想带到一个无人知晓的地方去，在那儿，寡欲清静，努力潜修品性，将先生的遗愿光大发扬。

当年，先生到住所时，周围全是一片空白之地，先生硬是凭着自己的智慧，将住所在琳琅满目的都市框架内挽留下来，这需要多少努力与心血。自己如果果然想要远离红尘事，就一定不要再过问世事，尤其是女人的事。如果一个男人，一刻也离不了女人，这个男人恐怕离死期不远了。

清海一直向西走着，他在想在什么地方能再建立一座像样的村院，村院远离红尘事，自己身在其中，不准有商业化，享受人生。

清海想起了先生的一句话：在世外桃源处，将自己毕生的愿望付诸实施。

世外桃源，在什么地方？清海的眼睛里藏满了渴望。

千百爱依然不走，她闻到了一个流浪汉特殊的气息。一个女人对另外一个男人爱入骨髓时，他身上的所有气味均可以入药，可治疗世间所有的病痛。

千百爱说自己错了，不该失手砸掉佛像，佛像不在，流浪汉何在呀？

千百爱说我想告诉你呀，流浪汉，你回来吧，或者是我与你一块儿出走。我们是单纯清白的男女关系，别人怎么说我们不必在意。我守得住的，最后一道防线可以给你。

流浪汉终于想出去了，他将自己脏兮兮的衣服脱了扔在地上，将一个破帽子扣在头顶上面。他现在一点儿也不像一个流浪汉，脸上满是污泥，身上满是臭味，掩饰不住的只是身上的一种佛香之味。这种味道，是证明流浪汉身份最后的注脚。

流浪汉的脚步声出去时，千百爱猛然扑了过来，流浪汉背对着女人，女人的眼睛瞅着面前的这个陌生的男人。

千百爱失望了，没有流浪汉，却是一个高大生猛如海鲜一样的男人。

你是谁？我的流浪汉呢？

流浪汉这两天有些上火，喉咙发哑了，发出的声音像一个公鸡。

流浪汉不在，只有俗人一个，不知道妇人找谁？

你有没有看到过一个流浪汉，他叫清海，他从北京城出来的，他想去他想去的地方。

他为何逃出？流浪汉故意问道，他在检验着自己的定力与一个女人的真心。

他是逃婚出来的，我答应嫁给他，这是多么好的事情呀！在现代生活中，哪有一个女子要嫁流浪汉的，他却不答应。我逼了他，他却逃走了。我现在也是一个人了，如果他不出来，我就让虫子将我吃了，由不得他。我牺牲了许多东西，包括我的女儿、老公，一切一切全失去了。本来想不喜欢他，他走了就算了，现在想起来，却是错了。一个女人，肯孤身万里赶到此地，你说这是为了什么？单纯一个爱字可以说得清楚吗？

妇人玩笑话了，我还没有听说过流浪汉能结婚的，结婚后如何生活？难不成妇人也要出家吗？

不结婚也行，只要他收留我就可以了，我们可以以姐弟相称，我们可以不发生什么事情，可以单纯地来往，可以各守一片所在，共一处厨房，我想可以的。

千百爱贼心不死，她不停地打量着流浪汉，好想在这个男人身上发现另外一个男人的故事，但是她失望了。流浪汉是个多变的流浪汉，一会儿俗世中人，一会儿方外之尊，一个女子如何有这样的法眼?!

千百爱终于失望了，不过她临走时，大声嚷着：流浪汉，你听清楚些，我是千百爱，爱你的千百爱！我会等你回来的，我会一直在那座住所里等待你的回归。我会撵走百花，得不到你的人，我要占有你的地盘。我要天天晚上梦你，让你死活都要回到我的身边来。如果你想回来了，就回老地方吧！我愿意给你生一大筐的孩子。

2012年5月2日星期三13：50。

26. 清海的流浪生活

清海的思想一直起伏着，波动着。终于，跨过一道岭后，他的心情稍微平静了几分。因为他有幸遇到了一户人家，这户人家在做法事，就是这家死了人，他们想请个人超度魂灵，正愁没有合适的人。

清海随口问道：死者何人？有何要求？

对方一脸的沧桑，马上回应道：死者是一妇人，天生丽质，无奈命途多舛，才嫁过来几天，没有过几天好日子，竟然成了冤鬼。

为何是冤鬼？流浪汉觉得不可思议，如果是冤死，如何不报案，警察为何不来？难不成有难言之隐吗？上天有好生之德，流浪汉不才，居然赶上了，岂能错过这样的事情。

流浪汉毕竟是流浪汉，有恻隐之心。对方一声声地叫着死者的姓名，死者姓李，名晚霜。

一听这名字就觉得不吉祥，流浪汉觉得蹊跷，只管跑过去看个究竟。

李姓姑娘正躺在棺材里闭着双目，安详且迷人。流浪汉心中不忍，便口中念起了先生教给自己的心经。流浪汉好久没有做这样的善事了，今天重复起来，感觉神清气爽，回答起问题来，也是无尽禅意。

礼罢，主人是李晚霜的公公王先生，王先生拉了条板凳，与流浪汉偎依着坐在一起，问长问短，当听说流浪汉是云游的流浪汉时，禁不住肃然起敬起来。在他看来，现在城市生活林林总总，流浪汉也想找个好的地方继承衣钵。像他这样的流浪汉，喜欢吃苦，四海为家，宛如古代的高僧重生。这样的人，一定不是个凡人。

流浪汉简单说了自己的经历，当说到自己也有情事时，王先生更是心中惭愧，说自己也曾有过出走的念头，可惜，未能成行。他继续问道：你为何不找个地方安顿下来，将自己的思想发扬光大？

流浪汉说道，我正有此意，可惜没有找到一个合适的地方，不知道老先生可有去处？

此去西行一百里，便是宁夏，那儿人迹罕至。我有一块儿地方，是幼年时父亲留下来的，大约有百余亩大小。只要你能够借到钱，就可以在那上面盖一座大型的村院。有了村院，香客便会不断，相信你会有好的前途的。

多谢老先生，我们萍水相逢，竟然得到您这样的善施，真是太好了。

这是缘分。我只是希望儿媳能够早登极乐世界，她真是不幸呀！

流浪汉回答道：这样好不好，如果我的村院能够兴建成功，你将李晚霜的遗体运至村院。在那儿，每日晨钟暮鼓，她一定会得到无尽的幸福的，这可是逝者的最高境界。

好是好，只是，我先葬了吧。等到你的村院建成，再作理论。这个我记下了，需要得到对方父母的恩准才好实施。

清海得到了善施，心里十分顺意，竟然与王先生将家常拉了个昏天黑地，好不自在，竟然忘了千百爱的左右思念与刁难。他却不知晓，千百爱此时正与百花大打出手，两个女人，争着一处巴掌大的住所。她们最后协商无果，差点儿对簿公堂。后来，却是万强出手相帮，结果是：千百爱用自己偌大的院落换取了巴掌大的住所。千百爱信心满满，她要在这个地方等待清海的回归。

清海却没有闲着，得到了对方的善施后，感觉心中有愧，拼命地施展自己的法力，将经文念了个彻头彻尾，日落西山了仍然在所不惜。

许多人过来议论道：这是个好流浪汉！现在，云游的尽是野流浪汉，像他这样行得正宗的流浪汉端的少得可怜。

流浪汉在晚上时分，破天荒地接触到了电脑。这可是一件新奇的玩意儿，当初在住所时，千百爱曾经带过一台来，当时流浪汉觉得与自己的思维格格不入，无论如何也不敢涉足。千百爱觉得郁闷，便将那台东西送给了别人。

流浪汉看到一家商店里，几个调皮的孩子，围着台电脑打游戏，游戏朦胧且清纯，让人顿生向往。孩子们的游戏正酣，有人在议论着如何才能够将游戏打成功。流浪汉听得云里雾里，便有兴致地赶到前边，想看个究竟。

2012年5月3日星期四20：17。

27. 见微知著

王先生送清海走时，居然眼中含泪。他平生阅人无数，却没有一个知己存在，今日与流浪汉竟然待了好长时间。清海也是不知如何形容自己的心情，好半天时间，才回过味道来。人世间，最可贵的莫过于情，情包括各式各样的情，人情也在内。看来今生，这个人情需要好好地补偿了。

王先生送了他一纸契约，上面写着千页村的名字。这所村子在宁夏境内，风水宝地，契约上写的是借清海流浪汉一辈子时间。

借一辈子时间，不等于将财产无偿转送给清海吗？这世上原本没有这样的借据，如果有的话，恐怕只有知己才有这样的情缘与魄力吧。

清海最后一次见了李晚霜姑娘，李姑娘依然双颊微笑，一股傲视人生的态度。这样的女子，竟然无法在人世间好好地活一场，真是可惜。

清海觉得世间磨难太多了，如果不好好超度，恐怕还会有新的劫难产生。为今之际，自己能够做到的事情，就是要马上修建村院，超度亡灵于百丈之内。

清海泪别王先生后，一直向前走。

走了大约三天的光景，期间磨难重重，迷了路，丢了魂，差点连口水也找不到。倒是西部的人十分淳朴，许多户百姓帮了他，见他有行头，是个行路人，说长道短的，好不热闹。一路上，他们的出现竟然驱散了他心头的雾霾。千页村很快便到了，却是一大片的草原，没有人烟，连牛羊也没有。狼虫虎豹倒是会出没几只，打扰着清海的好梦。

如果想在这样的环境下建造一所独一无二的村落来，的确需要时间与精力。

清海先搭建了一所简易的房子，大约一间大小，能够遮挡风雨。

按着就是吃饭问题。他不能杀生，便到处寻找野菜为食。很快地，他发现这儿竟然盛产灰灰菜，漫天野地尽是灰灰菜的影子。这种菜有养分，但不得在太阳下面曝晒，否则有中毒的危险。

水到处都是。清海觉得这儿的水比北京的水好多了，北京漂白水的味道奇怪而难闻，总有一股油烟子的气味。

清海终于要出去化缘了，这是他下定决心以后的事情。

清海走了一天时间，终于看到了叫十八里铺的影子。

他走访了数家，却是穷苦百姓人家，他们十分虔诚地招待了清海，他很快便得到了一些布施。清海很有成就感地向一户叫十八公的倒出苦水，说了自己的想法后，问自己该如何是好。

十八公坐在清海面前，一脸微笑。他八十多岁了，精神尚好。他经历过许多事情，对世间万事看得十分透彻。

十八公说道：你应该去找找他们。他们指的是那些老板们，大约有十来家吧。如果化成一家，恐怕就会有好戏在后面的。

可是，我一无长处，如何说服他们？他们会听我的，给我钱，让我盖院子？

这需要机缘了。他们是老板，却心底极轻。他们怕死，怕骗，十分机敏。你要抓住他们的弱点进行攻击。如果你这样过去，恐怕得不到好处的，光是他们家看门的狗，就可以咬死你。需要点传奇味道，才可以拿下。

十八公说道：我知道，他们也不会难为一个流浪汉的。你吃饭吧。我觉得你相貌好，将来必有作为。这样吧，你告诉我你的经历，我让十八里铺的乡亲们都来捐钱。那些富翁们知道了，恐怕会坐不住的。十八公一辈子做好事，到老了，想将好事做到底。

这样最好，有劳老人家了。清海连连点头，感觉自己这次出门尽遇到贵人。他却没有想到，十八公笑容的背后深藏着玄机。

2012年5月4日星期五7：24。

28. 艰苦的乞讨

十八公终于说动了清海，他趁着夜色未起时，匆忙地起草了一篇倡仪书，大抵是说要求大家捐款过来，有一位先生过来化缘，他是一位智者，他的智慧是现实中少有的，他的心愿能够实现的话，也代表着一种人生。这位先生会算命，未卜先知，可以帮助大家。

十八公念给清海听时，清海说什么也不愿意，说道：我只会思索，不会算命的，如果这样写了，我心灵难安呀！

这儿早已经传成了一片，说有个流浪汉来了，是个有智慧的人。

正想走时，一伙人进来了，进门便拜，送钱者无数。十八公将这些钱整理好，装在自己的贴身口袋里。钱乃身外之物，由着他吧，只要够盖房子，无论如何都行。

清海与十八公在前面走，一伙人在后面跟着。大家都听说了，他们要去钱富贵家里。他们家正热闹呢，一伙朋友与亲戚正在痛哭呢，包括孩子的老师，说好好的一个孩子，怎么说丢就丢了呢？

正在此时，有人看到天光一道：却是清海到了，众星捧月本身就形成了一种庄严感。钱富贵感觉救星来了，一下子栽倒在地板上，众人过来搀扶他，好不容易才定下了身子。

原来是高人驾到，失礼呀！一边擦汗，一边不知所措，嘴里不知道如何形容自己的心境。

孩子年幼，不懂事情，竟然丢了。她是我的独生女儿，夫人死得早，我一直没有再娶，全为了她呀。她自小就聪明懂事，不会做自己不喜欢的事情，不耍赖、刁蛮。没有想到居然丢了。钱富贵说得两眼蒙眬。

清海只听他讲话，却不回答，眼睛向周围瞅着，好像发现了什么端倪。钱富贵想拦着，十八公却说道：

等等。我现在声明，我是先生的经纪人了。大家记住了，以后得尊重点儿先生。

言外之意便是，尊重点儿先生，也要尊重我。大家毕恭毕敬起来。

十八公继续说着：先生法力无边，心中自然有数。放心吧，这件事情一定会得到圆满解决。说得钱富贵眼中放亮，恨不得立即重新跪倒在地。

清海沉吟半晌。其实他也心中没底，如果说砸了，岂不是让自己名声扫地?！头炮打不响，人家如何尊重自己？想到这里，继续沉默。

十八公心中也七上八下的。其实，这个老头子一向性格孤僻，这一段时间，却十分失落。因为有钱人不听从他的安排，他一直是这个村的村主任，现在人家有钱了，调动不了了，什么事情也不与他商量。他一直想找机会重新确立自己的领袖位置，却没有成功，现在机会来了，岂能让它白白溜走！

想到这里，他马上机敏地说道：大家退下吧，让先生一个人静会儿。富贵，布置饭菜，素斋素饭，换新锅，不要有油腥，否则会坏了法力。

钱富贵心领神会，拖着沉重的身体命令家人道：做饭，马上。

大家退下去后，偌大的客厅里，只剩下两个人，一个是流浪汉，一个是十八公。一个是男人，另外一个还是男人。

有什么办法吗？十八公终于憋不住了，像一股气崩了出来。

没有，我没有这方面的经验。

这怎么行？如果这样做了，你会名声扫地的，我也会被扫地出门。

我们出去找吧，也许会有结果的。在众人面前，我的智慧打不开。清海实在没有办法了，他想跑，到自己刚刚搭建的小房子里。

真的解决不了，那便跑了，有时候跑也是一种最好的办法。

十八公以为是清海有了计策，便跟随道：好呀，我觉得可以，我们分头找，相信先生会有好办法的。

清海直奔外面而去，他的目标是一百里外的自己的领域。他头也不回，不顾众人的议论纷纷。

钱富贵不明白呀，拽着十八公的身体叫道：怎么说呀，先生怎么不说话就走了？

十八公十分讨厌这帮有钱人，平日里对自己颐指气使，现在有事了，却想找自己，巴结自己。他没好气地叫道：先生已经去找了，他会有办法的。拿钱吧，做好准备。

钱富贵在身后唉声叹气的，不知道如何形容自己的心情。有人指着他念叨着：

平日里作恶多端，报应了吧。先生做得对，不管他。

也对，他可是这儿的一霸吧。

钱富贵无奈地摇摇头，叹道：算了，这么多钱，我也带不走。女儿呀，你在何方？

清海跑远了，才敢站直身体，大口喘着粗气。

真危险呀，如果刚才露出破绽来，一定不会有好结果的。十八公没有跟上来，这样最好了。自己宁愿去死，也不去做骗人的事情。

清海下定了决心，继续向前走。他终于接近自己的小房子了，到时却发现，坏了，一场狂风过来，房子掀了顶，里面的一些行李不知道飘到了何方。

远远地望去，在半山腰上，竟然还有一间小房子，他走了上去。

2012 年 5 月 4 日星期五 10：25。

29. 钱妖妖的精彩人生

清海做梦也没有想到，自己的房子竟然被西北风掀到了九霄。他十分沮丧地东张西望着，想着自己今天晚上如何度过时，竟然发现在远方的山腰处有一座房子。

这一定是刚刚搭建的住所，以前没有发现过。清海觉得这件事情非同小可，什么时候建起了一座新房子，自己身为准主人竟然不知晓，倘若对手不经意间杀将过来，恐怕自己的小命休矣。

无论如何，清海决定过去看看，走到近处时，才发现有两个女孩子的身影在光线的波动中起起伏伏。

原来是两个女孩子搭起的临时帐篷。清海觉得无趣。他平生最怵女人了，为何偏偏自己的命里却处处皆是女人的身影?

那两个女孩子也发现了他，十分惊喜地叫着他：

流浪汉，小先生，过来呀！我们正愁着没有伴儿呢。

流浪汉怔了半天，一个女孩子早已经拦住了他的去路，调皮地伸手摸流浪汉清凉光亮的脑袋。另一个女孩子，则站在流浪汉的身后，与他比个子，当发现自己的个头儿竟然高过流浪汉时，两个女孩子手舞足蹈，兴奋的模样不亚于动物世界的猴子。

红姑娘在旁边插科打诨道：钱妖妖，你像个妖精似的，谁敢要你呀?！光你的想法，流浪汉就接受不了，是吧，先生?

姑娘见笑了，我……

他果然如电视上一样，你是洒家吧？钱妖妖笑得花枝乱颤。

姑娘，我是个云游四海的流浪汉。请不要一刻不停地讥笑我好不好？我也有尊严，难道流浪汉值得你如此笑吗?

钱妖妖立即停止了吵闹，旁边的红姑娘赶紧用手假装打她的脸，似乎对她十分不满。

两个女孩子顿了片刻后，马上鞠躬至地，赔礼道：先生，得罪了，小女子知错了。但不知，你为何到了此地，有何事情呀?

我想在此地建一座村院，今天去化缘，却毫无收获，可惜呀！

化缘呀，你没有去她家吗？她家可有钱啦！红姑娘小声嘀咕着。

我不知道这位姑娘住在何处，如何知晓?

钱妖妖说道：我正想捉弄一下父亲呢，好办得很呀。我父亲叫钱富贵，我是他唯一的女儿。我匿名写信给家里，说我被绑架了，就是这样简单，让他拿钱出来。他吝啬得要命，竟然不想要我了，想留住钱财。你说，可气不可气?

先生，成全你吧，你今天晚上就与我们住在这里。不要紧的，我们相安无事，还不行吗？我可不敢吃了你，我倒是害怕你犯戒。明天一早，你就到我家告诉我的父亲，人是你找到的，他会将钱给你的，既成全了你，也教育了我的父亲。父亲看钱太重，亲情似乎太假了，所以说，得到一点教训也是应该的。

你果然高明，如此甚好。口里虽然答应着，清海总觉得这件事情做得不地道，好像自己捡了便宜似的，就好像一个孩子没有费心竟然考了个100分，总觉得失落了许多东西。

潮气十足的钱妖妖将帐篷平分，东边属于流浪汉，西边属于两个女孩子。流浪汉不敢躺下，只好打坐。两个女孩子傻傻地看着他。

红姑娘笑道：你入世吧，做她的养老女婿吧。她愿意了，她爹一定不会反对的。她大学时候调皮得很，吹牛说自己的爱情一定出类拔萃，现在果然应验了。

钱妖妖不反对，倒是十分情愿地听流浪汉如何作答。

流浪汉满脸通红，不敢高声语，只是思索。

我听说西行路上，唐僧被众女妖喜欢得不得了。现在，我也是女妖呀。不过，我身上没有毒气，也不会吃你的肉的。放心吧，流浪汉。

2012年5月4日星期五20：11。

30. 另类女童钱妖妖

红姑娘与钱妖妖一晚上不睡觉，都在谈论自己的人生抱负问题。

流浪汉的神经干脆麻木了，听啥也无所谓，就像一堵城墙一样，我厚重厚实，无所谓刀光剑影、刀山火海。

但流浪汉终于按捺不住了，问道：

姑娘所言差矣，难道这世间的男人，一点儿也没有用吗？比如说您的父亲大人，虽然他刻薄、吝啬，好歹他将您养育成人，教育你学文化，这些就已经够了。

钱妖妖突然间坐起身来，脸色难看地盯着流浪汉看。那盏不死的油灯，在夜幕下散着清光。她毫不犹豫地将这一股子怒气撒在流浪汉身上，一点儿也没有形成浪费的格局。

流浪汉，我倒要反驳你了。你说他养育我，大错特错！他从我小时就与另外一个女人勾搭成奸，将我送到乡下的奶奶家里。他说奶奶是他的继母，一点儿钱与粮食也不给。我从小饿惯了，气受够了。他呢，作威作福，与那女人没有成就百年之好，到了中年女人病倒了，一病不起，一命呜呼。这是啥？他是个丧门星，是个屠妇鬼，谁嫁了他，都不会有好结果。教育我学文化？又错了，我的文化，不受他的一点儿影响。我自小起，奶奶教我学习。她学历高，就是没有钱。她从小教育我学习各式各样的传统工艺。我善良，谦逊，不敢懈怠，他呢？

钱妖妖的眼泪不可一世地泻了下来，砸伤了一个流浪汉原本纯善的心。

流浪汉想过去劝慰小女孩，可一时半会儿想不到合适的理由，流浪汉如何敢轻易挪动步伐，一挪便是整个人生。

红姑娘说道：流浪汉，你不知道底细，别瞎说。她的命极苦，倘若你是她，你一定做得比她还要过。她现在想惩罚父亲，是因为他作孽太重了。如果不这样，你盖村院的钱，恐怕不会有着落的。

流浪汉的心情忐忑不安，他最烦忧的事情便是与女孩子待在一块儿。偏偏这个可恶的作者，将他写成了女孩中间的强者。他想找这个可恶的姓古的家伙申诉，可是，作者一点儿也不能给他一个合适的穿越的本领，他无法，只好骂道：占小子，你记着，倘若有一天，我成为作家，一定将你骂得体无完肤，狗血喷头。

突然间，钱妖妖扑了过来，搂住了流浪汉，一点儿也不隐讳地说道：

我只想让你搂着我睡会儿，无他意，你能满足我吗？

红姑娘一点儿也不介意这样的事情发生，好像她十分了解钱妖妖的性格似的。她伸了个懒腰，疲惫地睡着了。

流浪汉醒来时，东方已经大白。早秋的天气有些凉，流浪汉不知何时，是自己也好，是女孩也罢，竟然将一床被子，原原本本地盖在两个人身上。成全是难，不成全也是难，流浪汉是个两难的角色。

红姑娘不见了，流浪汉挑开帐篷，远远地看见一个红衣女郎正看远方的太阳徐徐升起，没有言语，只有风景；还有流浪汉怀里一个女孩子均匀的呼吸声。这一刻，十分幸福。幸福不是与生俱来的，要靠人的双手争取，哪怕你奉献的只是一个小小的怀抱。

女孩子醒了，一段故事告一段落。她醒后，便觉得自己有失分寸，赶紧赔不是，说道：

先生，不好意思，昨晚是我的错。我们吃早饭吧，我去做。

2012年5月5日星期六21：14。

31. 与爱情无关的建筑

吃过简易的早饭后，钱妖妖叮嘱流浪汉道：先生，你可记准我的话，回去告诉我爹，就说找到我了，是你的功劳。这一点，一定要记住了，你可千万别说我帮了你。你是在帮我。我的父亲，如果这辈子没有一次致命的伤害，恐怕他的后半辈子不会太平的。

流浪汉本不想这样说，他昨晚想好了，就是在搂着钱妖妖时下的决心，说出真相。这世间，有几个男人敢于说出爱与不爱的真相，他想当第一个这样的人。

但迫于无奈，尤其是钱妖妖大而有神的眼睛似乎是在告诫自己：如果想建成村院，就要学会撒谎。佛祖不会怪罪你的，说谎有许多种，爱的谎言，是不会有罪的。

流浪汉由此记住了刚才的话语，无论如何，都要替自己打个埋伏，寻找姑娘如何艰难等等。

走在半路上，被十八公抓了个正着。十八公紧赶慢赶，没有赶过来，由于路途遥远，又没有车，结果在半路上被撂倒了，生了病，一晚上都与沙子滚在一起，差点儿没有饿死。好不容易早晨时分找了个野鸡，与鸡打了一架，结果跌得鼻青脸肿的。才要将野鸡塞进肚子里，野鸡也没有给他留面子，硬生生地将他的鼻子叼个窟窿，现在鲜血依然淋漓着，十分可怜的样子。

他远远看到了流浪汉，似乎抓住了救星似的，大声吆喝着：

先生，是我呀，我受苦了。怎么样，找到没有？

流浪汉鞠躬至地，一脸满足的样子，说道：

当然，当然。佛法无边，回头是岸。

找到了，不会吧？佛祖保佑呀！我的天呀，如果这事情在村里面传开，我可成功了。先生，咱俩商量下，修建村院的钱，我可要再追回一万元。能否说我也有功劳，就说是我俩找到的，你先找到，我们共同救的，咦！人呢？

人在该在的地方，自然会有结果。

流浪汉再无话语，一直向小村里赶了过去。十八公顾不了伤痛了，在前面领着路，一路狂奔着，仿佛自己瞬间年轻了十几岁的样子。

远远地，钱富贵一脸憔悴地等候在村边上。他一夜未眠，好不容易睡着了，遇到两个女子，一个是原配，生下女孩后，便被自己气死的钱妖妖的母亲，狰狞着过来想要兴师问罪；一个是自己的女儿钱妖妖，大骂着他为富不仁，害死了多少个人。钱富贵醒后，从未有过的慌乱，感觉天快要塌了，问家人时，家人却说道：这是好事，梦是反的。

没有等流浪汉言语，经纪人便迫不及待地吆喝着：找到了，老钱，你的女儿找到了！我与流浪汉的功劳。流浪汉果然高深莫测，只用了两个晚上，便找到了妖妖小姐，万幸呀！

姑娘，她没事吧？钱富贵老泪纵横起来。这世间最难以表达的就是亲情，孩子在眼前，不在意，离开后便挂念万分。

流浪汉说道：没事，一切安然，皆有天理昭昭。她很好，就在我想要盖村院的地方。看来，这是天意。

钱富贵不知道如何形容自己的心情，跑了过去，向流浪汉跪了下去。

先生，您是我的再生父母呀！没说的，钱，我马上给，我负责到底。工匠，工人，物料，放心吧。您是个有道高僧，我做错了什么，别介意。我看得出来，您眼里不揉沙子。

别的不敢劝，只是奉劝先生，有生之年，多行善事。

果然高人，我以前做过无数的缺德事情，对周遭的环境多有影响，周围的乡亲们敢怒不敢言，因为我有钱。现在，我想通了，人世间，最可贵的是亲情，不是钱呀。

我想通了！钱富贵向天空大声怒吼着。

十八公对后面的乡亲们嚷道：是我与流浪汉一块儿找到的。大家面面相觑，不敢相信，都看着流浪汉。

流浪汉郑重地点头表示同意后，众人鼓起掌来，直鼓得钱富贵慢慢地向十八公走来，轰然倒在地上的姿态十分优美。

姑娘在哪儿呢？我想见她。钱富贵哀求道。

随我走吧。不过，钱先生，记住，表白不可过度，就当是没有事情发生过，否则，姑娘会受不了的。

但不知姑娘受到伤害没有，难不成她果然是被坏人掳去了吗？

一个意外，坏人是有，但是个女强盗。姑娘没有受到伤害，我敢保证。

太好了！钱富贵抹去了脸上的汗水。

钱先生，万事不可硬来，婚姻是个人的事情，不可包办。这一点儿，想必你最清楚了。

我知道。先生放心，我不会再难为她了，她想嫁谁嫁谁去，我只会全力支持的。

一路上，再没有过多的话了，流浪汉惜言如金，再不肯多说一句话。

这世上有许多事情，解释得越多越麻烦，你如果沉默，反而印证着你的高深莫测。这是一种智慧。

流浪汉是个大智者，如何看不透，参不清楚？

远远地，帐篷早已经拆了，两个红衣女子站在太阳下面。钱妖妖不看父亲的身影，只是看流浪汉的秃头，在她看来，流浪汉的光头是世间最美的风景。

这世间到底有多少女孩子崇拜流浪汉，恐怕不止一个两个吧。每个女孩子心中都有一个出家的梦想，因为生活所迫，因为世事艰难。

2012年5月5日星期六21：52。

32. 帝国大厦

款项顺利提取。钱富贵也万分高兴，因为自己的思想得到了一次升华，他头一次感触到与金钱之外的其他东西，他觉得弥足珍贵。

十八公全权负责此幢建筑物，清海成了老板级人物，每天过来张望。按照十八公的想法，是想一下子建成中国最大的一座村院，干脆连附属游览设施全部拿下，什么宾馆、服务楼，甚至连服务小姐也要考虑进去，这是现代化的一种时尚。

清海将头摇得像拨浪鼓一样，表示坚决反对，想取消十八公的经纪人资格。

十八公妥协了，因为他本来以前是个威信扫地的家伙，如果不是流浪汉的及时出现，恐怕他不会得到救助钱妖妖的机会。人家流浪汉是老板，怎么说都行，老板可是世间最奥妙的情感身份了。

钱妖妖完全成了监工者的角色，她三天两头过来，不停地指挥着十八公，这个得改，那个得改。她甚至找到流浪汉，提出了在村院里如何留下女眷的想法。

流浪汉虽然心中不悦，他不想将修建好的村院与女子挂在一起，但他没有办法，人家是股东，投资权随时可以撤出。再说，至于救助钱妖妖的事情，也不过是一场谎言罢了，一旦被人戳穿后，恐怕后果不堪设想。

根据附近远近闻名的设计专家设计出来的图纸，在流浪汉村的最末关节，一个不足以令外界关注的尽头里，设计出了两间卧室，供女眷停留。其实，一间早已经被钱妖妖占据了，另一间没有主人公。

钱富贵乐得清闲，每日里啥也不做；只是做善事，东家有事情了，他是知客者，或者是给人家做礼桌；西家有丧事了，便跑过去张罗半天时间，分文不取，倒还贴出去许多钱。

村院建成后，举行了一个竣工仪式，来访者无数，当地的政府官员也不肯错过这样的机会，纷纷过来探视。这地方原来的主人王先生也过来了，他一过来便引得众多人的仰慕。原来王先生曾经在此地做过买卖，生意好得出奇，后来儿子有病，便回归故里。

流浪汉指着剩下一间女眷房间对王先生道：这儿便是晚霜永久的清静之所，我早已经预留了。

王先生发现房间布置奇特，是那种村院里才有的唯美风格，与西洋式风格相结合，相得益彰。他十分感动，觉得流浪汉很有眼光。

当地媒体封了村院一个好听的名字：帝国大厦。这座现代村院从建成当日起，便引来无数游客，一时间，好不热闹，流浪汉成了名人。

钱妖妖搬了过来，不过，她的心里别扭得很。因为她的隔壁住着一位已经过世的姐姐，她不敢前去探视，只好接了红姑娘过来一同居住。

一天晚上，红姑娘说道：我们为何不去看一下李晚霜呢？反正我们都是女子，女子何苦为难女子呢？她不会怪罪我们的。

你说得倒是对，我也想去。

当天移棺木时，我就躲在自己的房间里，大气不敢出，我听到晚上她的房间里面传来咳嗽声，像她老公一样的声音，所以我奇怪得很，她到底死没死？

你说得如此吓人，不会是诈尸吧？

2012 年 5 月 6 日星期日 20：24。

33. 准星的到来

千页村的好生意并没有延续多久，这主要怪清海的不变通，他决不允许千页村旁边修建大型的建筑物，商铺更是不可以接受的。由于王先生事先与流浪汉有过契约，大家谁也改变不了流浪汉的主意。

村里没有收任何弟子与仆人，后院卫生的清扫由两个姑娘负责，前院则归了流浪汉。流浪汉每日里将大部分时间用在扫地上，因为这个地方风沙极大，一旦狂风四起，便会有无数粒沙子肆虐庭院。

流浪汉对钱妖妖，只能欣赏。钱妖妖与千百爱都是女子，但不一样：有些女子，慧心慧手，她们不清高，却超凡脱俗；有些女子，大智若愚，却也能编织出世间最美的童话。

忽一日流浪汉开门时，发现一辆马车停在自己的小门前，一大车的煤炭，煤炭的主人竟然不知去向。流浪汉上前查看时，竟然发现煤炭上面躺着一个冻僵的年轻人。

流浪汉有好生之德，对方已经僵得像萝卜，怎能不救？

流浪汉将准星拽进自己的屋里，好一阵忙活。

准星是如何来的？逃离现场后，痛不欲生，找了个网站，疯狂卸包袱。可失去樱桃的痛苦无法言明，与自己一夜相好过的女孩子竟然莫名其妙地死亡让自己无颜以对，说起来，自己就是罪孽深重。

不停地喝酒，想杀人，欲罢不能的同时，却又身境潦倒，困窘万分。

恰巧有个老板，每日里向西部地区运煤，正好缺个帮手，准星身无分文，老板找不到工人。

一拍即合，准星只用了几日工夫，便让自己从一个星二代变成了装卸工。腰酸背疼，腰肌劳损，准星在困顿之时也想不如将就着在城市里生活，那儿心累，但身体却潇洒自如，尤其是父亲从来让自己都是衣食无忧。

煤老板那日出车，于深夜时分到达了千页村。夜里气温下降，煤老板拼命地喝酒想取暖。准星这几日正在为工钱与煤老板协商，但一直无果。老板们都抠，他只给了准星一部分钱，并没有全部结清。

准星在开车的时候，嘴便一直唠叨着，他说自己好想离开这儿，不想干了。

说得煤老板十分烦恼，因此，车正好停在了流浪汉的住所前。煤老板自己喝酒后窝在驾驶室里睡着了。准星闲着无事，又不想与仇人为伍，便索性开了门，到外面。外面冰天雪地的，锁住的门准星叫不开，他想起了车上的煤，便爬到车上想取暖，一来二去的，竟然睡着了，其实是冻僵了。

流浪汉费了九牛二虎之力，又是灌姜汤，又是掐人中，老办法新办法都使遍了，准星才睁开了眼睛。

在千页村的边缘地带有一家叫“唯一商家”的小铺子，也是刚刚开起来的，据说老板姓朱，是附近闻名的生意痞子。钱妖妖常常跑到这个简易小商铺里买东西，与人家混得极熟。流浪汉无法左右人家的出路。

钱妖妖一看对方是个美男子，星气十足，她曾在网上看到过这个家伙演的电视剧，因此，欣喜得不得了，可一看流浪汉的眼神，所有的爱意便瞬间回拢了。

老板“咣咣”砸门，说人丢了，见没见？

红姑娘嚷道：人都快死了，你这个老板是怎么当的？是不是一会儿扭送公安机关去？

老板急忙赔礼道歉。准星多聪明呀，一见这是个机会，这儿有吃有喝，当个病人，也是件十分幸福的事情。

准星示意说老板欠了自己工钱，流浪汉最讨厌这样的事情，人家出力，为何不给报酬？流浪汉与钱妖妖结盟，与老板理论。流浪汉说起话是唇枪舌剑，钱妖妖十分欣赏他争吵时的样子。人在吵架的时候，据说是最丑的时候，但最丑的时候，可爱的一面就会产生。

钱妖妖与流浪汉一唱一和，煤老板以为自己见鬼了，这是个寺院，却不正规，为何有女子？流浪汉也会吵架，世间少见。无奈之下，煤老板扔了一部分钱，实在凑不够了，钱妖妖相中了车上的煤，正愁缺入冬的取暖品呢！

不容分说，命令这家伙卸半车煤充当准星的工资。老板起初不肯，大老远拉来的，但钱妖妖拉好了架势，一副马上同归于尽的样子，煤老板退缩了。

准星的出现，倒是让村里多了个小流浪汉。准星一想到自己的境遇，与出家有何分别，便一赌气，想出家。

这倒难坏了清海，清海说这儿没有这个规矩，不可以的。

钱妖妖一心想让另外一个男子出现，好平衡一下这儿的关系，因为这也是一种好的策略。

一个男人与一个女人的遭遇无法释怀时，最好的办法便是让另外一个男人或者女人出现，力量出现倾斜，原来你看不清楚的优势与缺憾便会凸显出来。这也是为何现在流行找情人的主要原因，其实快活是第二位的，平衡失衡的爱才是主因。不信，可以问一下每一个有过二奶经历的男人。

2012年5月8日星期二4：59。

34. 准星的商业逻辑

准星的到来打破了村院宁静的氛围，流浪汉有些无所适从，便有心撵他出去。但在与钱妖妖的对话中，他却得到了这样的结论：

人是你救的，为何撵他走？既然已经救了，不如救人救到底。再说了，村中无人看管，给他个差事，伤好后让他当小流浪汉，有何不可？当你的弟子，也算是个衣钵传人，倘若你死后，这儿没有继承人，该如何是好。人家国家领导人还有个交接继承人问题呢。你的目光长远点儿。流浪汉呀，流浪汉，你死脑筋。

清海在两个女人的叫嚷声中妥协了。

流浪汉最后答应，但准星的工作与生活范围只能在前院，后院为女室，他不得入内。

问询准星的意思时，准星早已经按捺不住急迫的心情，他想留下来，因为这儿有两个准美女。为何是准美女？因为钱妖妖妖气太重，像条蛇精一样；红姑娘浑身是红色，简直像是玫瑰仙子转世。如果一个女子，妖气过重，便给人一种不吉祥的感觉，男人会终身活在爱的阴影里不可自拔，男人的天空不容易看到青天白日。

准星的伤逐渐好了起来，可这小子始终在装病，只是冻伤而已，天气稍微一转暖后，伤便不治自愈。再说，他身体好，壮得像头牛一样。梅青草正是看中了他的体力与气质后才死乞白赖地拿下了他。

准星于某一日找到了流浪汉，想正式拜师，他总觉得自己是个外人，老受排挤。流浪汉不肯，他便去找钱妖妖。钱妖妖重申了自己的观点后，流浪汉才肯罢休。

流浪汉的意思十分明了：师不必拜了，人可以留下来研究佛法，时间为三年时间，三年以后，视情况而定，一旦双方不遂愿，便可一拍两散，再无挂碍。

准星终于可以名正言顺地与流浪汉交流自己的看法了。

千页村四面环山，风景秀丽，一旦建成风景区，不但可以解决住所收入问题，更可以吸引游客来此。长此以往，香客如云，名山宝刹，便可以形成不挡之势。

流浪汉看在眼里，忧在心里，他表示强烈反对，并且以主人的身份打消了准星的这个念头。

准星又去找了钱妖妖，因为他知道，钱妖妖才是这儿说话最算话的人。

钱妖妖说道：不行，我答应了流浪汉的，不可以胡来。这件事情，由不得你，死了这份心吧。

准星并没有罢休，他骨子里不安心，如何能够静心等候。他在扫地之余，便打听附近有无威望的角色。他想通过自己的努力，增加收入，同时，以达到享福的目标。

人生在世，有几人不是以享福为最高目标？

准星此时才发现，自己的商业意识竟然如此强烈。这样一座宝刹，如果不加以商业化的运作，迟早会败在他人手下。听说千页村的东面，山的另外一侧，有个村子已经开始以这样的方式示人。他们一经运作起来后，便得到了极高的商业价值。

2012年5月8日星期二11：29。

35. 楚楚的周转

西安向北没多远便是宁夏，千页村属于宁夏的一颗微小的粒子。

因此，楚楚向北边漫无目的地行走时，便接近了与流浪汉和准星相会的时空。

楚楚痛不欲生地向北边走，她口袋里还有一些钱，因此不至于落入非常困窘的境地。她学会了喝酒，与风奔跑；学会了一脸苦相，与人相争。

她更学会躲在网吧里上网，没白天与黑夜地与一帮空虚的人狂聊。每当对方提出以裸聊的形式进行男女间虚无的战争时，她便点击了反对。她毕竟是个彻头彻尾的作家。

作家通常虚无缥缈，但却坚持原则，穷可以穷点儿，高于贫穷的事情不干，低于贫穷的尊严问题倒是值得商榷。

楚楚在某个小村镇里，像只猫一样上网。她有个想法，找个网友私奔算了。人是群体动物，不可能只信誓旦旦地将单打项目进行到底。不然，为何网球有双打，乒乓球与羽毛球也有双打，有的甚至配了男女混合双打？就是为了检验一男一女相互配合的能力，而这些，通常与爱无关系。

楚楚终于在网上认识一个面目可憎的家伙，对方狰狞地告诉楚楚，自己是个流浪汉，准流浪汉。

准星躲到村院外面的一家临时网吧里，耐不住沉闷的空气，他想寻找网友，最好是个有钱的，干脆与对方私奔天涯。

机缘巧合，他遇到了楚楚。

一拍即合！二流作家通常底气不足，一时半会儿又没有好的作品问世，居无定所，心中难测，这正符合裸聊的条件。

只有三个人的网吧里，一对半在裸聊，准星便是其中一人，顾不得老板娘胖胖的身体直直地压过来看，他将自己的上衣脱了个精光，不过瘾，大有全脱的趋势。

楚楚小心翼翼地折腾着，她找了个包间。这样的包间在大城市里比比皆是，但如果在乡下寻找，似乎需要点时间与解释，需要加钱。但心情比钱更加重要。

楚楚的保守思想在模棱两可的时光里松懈了。一个人的定力到底是有限的，用尽了便是疯狂。

没有几天的光景，两个人便相约了一个地点。楚楚下定了决心，见见这个帅哥。

准星也如同遇见了救星似的，想见见这位大姐姐。

一个男人嘴甜点没有坏处，见女子就叫大姐的人，绝不是什么软骨头，而是独具匠心罢了。

准星叫楚楚大姐，这一点儿不过分。楚楚年纪已然不小，虽然装嫩装纯，像某个明星一样，但再装也不过是表面功夫罢了。

准星消失的消息封锁了好几天时间，流浪汉全不知晓，只是觉得院子里的叶子与风沙过多时才晓得，准星已经好些天没有打扫卫生了。

钱妖妖着急起来，觉得流浪汉慢待了准星。这样的帅哥，应该像宝贝一样供起来，你却倒好，竟然放走了他，村里少了一个独一无二的人才。

流浪汉白了她一眼道：他有什么本事？再说，我住所不需要任何人才！扫地是最基础的工作，我的先生曾经扫了五十多年的地才有幸成为有道之人。

钱妖妖说道：他提出的想法呢，你采用了吗？商业化运作有何不好，我看可以的。

在其他地方可以，在此处不行，千页村还是我说了算?!

千页村你说了算？你等死吧！红姑娘，走，我们去找人去。一旦有个三长两短的，我看你如何回避这个问题！

流浪汉夜不能寐，觉得这件事情做得有点过了，有心想纠正，却欲寻无门，干脆一个人坐在蒲团上面参禅。

钱妖妖寻了几天时间，终于在一个柳林处发现了正与楚楚拥抱在一起的准星。两个人似乎持续了好长时间，冻得已然有些发僵，红姑娘过来扶住他俩，钱妖妖抬起脚来，在准星的屁股上结结实实地踹了好几下子。

准星开始时十分介意自己的行为失策了，后来干脆回答道：

我自己的事情，自己做，与你何干？我与楚楚刚刚认识，也算是有缘分，这是我们的事情。

准星，我好不容易让流浪汉留下你来，你却恩将仇报，我看你是想女人想疯了。这个样子，你还能回去吗？

不回去又如何？我与楚楚准备浪迹天涯。

准星拉了楚楚，楚楚只顾将自己脸上的长发散开来，她不想让别人看到自己的真颜，尤其是这种丢人的事情。

楚楚并不答话。现在情况复杂了，她有些后悔自己的行动，一个将近三十岁的人了，已经不是小孩子了，竟然于酒后做出了如此不堪的事情。

钱妖妖嚷道：那女的，装啥呀？你去不去村里？

村里，楚楚睁大了眼睛，似乎女孩子与村院八竿子也打不着。

钱妖妖决定不放准星走。说句实在的，她喜欢这个大大咧咧的有着明星相的家伙。再说了，天涯何处是吾家？许多人都在奔走天涯，可是能够真正寻找到一个落脚的地方，才是永远的家呀！

红姑娘说道：又来一个人，流浪汉是不会答应的。再说，又是一个女子。

流浪汉的村院不是收容所。你们要记住了，楚楚，就说是落难之人。再者，女扮男装吧，行走江湖，以一个女孩子的面貌示人，不好。我小时候曾经行侠仗义过，将自己扮成男相，那情形至今历历在目。

如果我不想去呢？楚楚终于开口说话了。

我们讲究缘分，我告诉你楚楚，甭以为你是城里人。现在可流行城里人向乡下赶，像无数只鸭子一样，成群结队地去体验农家乐。

我不是指这些，我想离开这儿。再说了，我只是想找个没人的地方，好好哭一场，以前受的伤害太多了。

你傻呀，这儿是绝佳场所，你们可以封了山门，当一回隐士呀。人不多，本来连只动物的踪影也难以寻找到的。

一时兴起，说出来的话语却正中楚楚的心怀。

如果是这样，我答应你们，可以去的，但我与准星的事情大家不要提了。再说了，我不会再与他有任何瓜葛的。

你这女子，怎么说变心就变心了。

我只是刚才寂寞，困顿，心情糟糕到了极点。再说了，我们只是拥抱了相互取暖，并没有做出任何过分的事情。

红姑娘过来给楚楚梳妆打扮，将头发整理到了身后，一个标致的淑女形象出现在了大家的眼眸里。准星更是看傻了眼睛，不停地流着口水。

钱妖妖喜欢踢他的屁股，准星的屁股上又一次出现了绣花鞋的印痕。

2012年5月8日星期二16：54。

36. 钱妖妖的病

钱妖妖生病之前，红姑娘先行离开了，她的家人为她觅了一份差事，这份差事是以终身为代价的。对方极有钱，红姑娘见了对方后，被男方的富贵气息所感染，决意离开村院，结束自己的单身生涯。

这是千页村第一个离开的女孩子，流浪汉的眼睛里面有泪水滑过。

红姑娘走后的第三天早上，钱妖妖感觉浑身不自在，心里面七上八下地闹腾着。钱妖妖说昨天晚上见到李晚霜，她笑着说：一个人寂寞，想与她共叙旧事。

准星哭成了泪人。准星是个极富感情色彩的家伙，在女孩子面前会装腔作势，不像流浪汉。

准星与楚楚在下午的时候，趁妖妖睡着了，便小心翼翼地推开了李晚霜屋的房门，两人定睛往棺材里看时，却什么也没有发现，空空如也。二人正好奇时，李晚霜的身躯竟然突然间飞了回来，两人吓得满头大汗，跑到流浪汉的面前诉说起来。

清海听后，微微一笑，说道：怎么可能？人走如灯灭，那是你的幻觉，也可能是她住在里面太久了，她的影子定格在那里。我的先生圆寂后，我老在他坐过的蒲团上面发现他参禅时的影子。

不管如何，两人都坚信，李晚霜要么是没有死，要么是鬼魂出了窍，而钱妖妖则是中了邪。

楚楚说道：我们还是走吧，我觉得这个地方邪性得很，我不适应。

我也认为如此。可是，钱妖妖对我们不薄，这样不明不白走了，连个照顾她的人都没有。要么我们出去，请红姑娘过来吧，她最了解她的习性了。

这样也好，谁去呢？楚楚说道。

还是我去吧，我与她熟悉。这儿就靠你了，流浪汉有神经病，不要理他，整日里做些没有用的勾当。这儿的日常起居，生活来源，还有经济开支，你都得管。

我不是听说，有个叫十八公的人在管吗？

他哪儿在管呀?！据说挪用了村里一百多万，盖起了小楼，现在安心在村里当起了领导，他可不想再过来了。

准星说走就走，马不停蹄的，他似乎十分担心妖妖的病情。

在我们身边，总有几个好心的男人周旋着，他们可以不顾自己的安危救助别人，尤其是异性。他们有时候并非出于好心，也会出于自己的私欲，但他们称得上好人。

楚楚一个人胆战心惊地瞎忙活，想起自己以前的遭遇来，便暗下决心在此留下来。城市不属于自己，一个二流的作家，如何在城市里面找到自己存在的一席之地？

楚楚有事没事时，便唱歌，歌声十分惹人。她总会感到背后有一双眼睛奇怪地盯着她看，她猛然转身后，却什么也没有。

那一日，钱妖妖病好了起来，流浪汉与楚楚过来探视，钱妖妖道：

先生，听我的，将村院封闭起来吧！千页村不是一处闹市，如果你将这儿办成集市，恐怕会有恶果的。

这个我也同意。既然是座村院，就该隐在深山中，周围筑起篱笆，我们就过与世隔绝的生活。

妖妖问：楚楚如何？

楚楚说道：人不能太多。我受过伤害，害怕风吹草动，一旦有陌生的人进来，我就会难以适应。千页村可以分割开来管理，一人一块地方，但绝不允许其他人再进来。

妖妖说道：流浪汉一个，准星一个，楚楚一个。其实还差一个人，就看谁有此机缘了。组合一个四人会，只有四个人生活在一起，议论家事，不谈论国事，世外桃源，这样多好呀！

楚楚道：怎么会四人，您呢？有妖妖姐，还有红姑娘。

她不适合过来，她已经结婚生子，有人家的天伦之乐。人生一世，不过辗转间，为何要纠缠于人家，我也会走的，第四个人来时，我就会走，说走就走，绝不留下来。

我走之后，与晚霜葬在一起，我们情愿作为千页村的两个合法公民。记住，我们一定要埋葬。一个死人，一旦整日里与一堆活人在一起，有两种可能，要么是死人将活人带走，要么是活人会慢慢死人化。

钱妖妖正谈论得高兴时，突然间起了一阵风，两人迷离眼睛，用手去涂抹时，竟然发现钱妖妖弯坐在床边上，口中开始吐起白沫，吐完后便对对面的人说道：

你终于来了，我也该走了。

似乎对面有人回答她的话语似的，她接着说道：这儿事情很多，姐，我得交代好。你的事情我也清楚，不就是丈夫对你不忠吗？他会得到报应的。

钱妖妖只管对话，将楚楚与流浪汉扔在一边，不管不顾的。

楚楚吓得走了出去，捂住胸口半天没有缓过来。

流浪汉则轻声问道：晚霜，你为何要折磨妖妖，她可是个好女子。你已经成仙，何必苦苦纠缠一个好人呢？如果她留下来，我们正好四个人，不谈爱情，只谈人生，只谈我们内部的事情。我们闭关锁国也好，隔离也罢，我都会依她的。

没有人回答他的问话，好大会儿，钱妖妖说话了：晚霜姐，人家问你话呢，为何不回答呢？你呀，想得太多，就告诉他吧，是我情愿走的。我父亲欠下太多的债务，杀了两个人，人家现在阴间闹得厉害呢，我去偿债也是正常的。

妖妖的一席话勾起了流浪汉的往事，先生临终时，曾经交代过他：找个没人的地方，建一座村院，一定要与众不同，找几个人住在一起，男男女女，不谈政治，不说爱情，只有友谊地久天长，快乐无比地过上一辈子。这是一个人一生最大的安慰了。

2012年5月10日星期四16：26。

37. 第四人的海捕文书

流浪汉对隐居的事情毫无异议，这是他多年的想法了。因为作为一个流浪汉，本身离群索居才是其主要要义，只有在名山大川中，静谧的心灵才有可能得到真正的升华。但清海对一个问题十分纠结，为何要再找一个人，现在已经是三个人了，三人会为何不好？

他的这个想法写在脸上，在某个不经意的时间段里流露出来。

心事最容易写在脸上，这叫作表里如一。

钱妖妖在清醒的时候明明白白地说道：

流浪汉，你可能是误会了。我本来是十分想参与进来的，但是我的身体已经不允许了。所以，我要求再找个人来做我的替补之身。我会时常过来看望大家的。

如此说来，此人必须为女性，长相也要与妖妖一样吗？

越接近越好。我本性单纯，幼时多受伤害与排挤，如果此人与我的境遇一样，再好不过了。但在茫茫人海中，找一个与我受到同样伤害的人，何其难也。所以说，你们三人要共同找，一刻也不要停止，这也是一门功课。

流浪汉认真地点头后，表示自己理解了，他叫来了楚楚，说明了妖妖的吩咐。楚楚觉得心里面有一些平衡了，不然，自己一个女孩子处在两个男人中间，无论怎样表现，都会引起一场轩然大波。

准星回来了，他十分失望地告诉流浪汉，红姑娘不肯过来，她说每个人都有自己的劫，任何人也帮不了她的，随缘吧。

流浪汉无奈地叹息着，准星继续道：

红姑娘现在生活得十分幸福，她告诉我，人世间有这么多的享受，为何非锁在孤独的牢笼里度日如年呢？

我回答她：每个人走的路不同，我的路已经铺好了，由不得我自己挑选。

流浪汉听他回答得尚满意，便笑了起来：准星，我原来不看好你，现在觉得你好可爱，是个有修养的人，有修养的人才能够忍受孤独与寂寞。再说了，这种孤独只是暂时的，长久的事情便是你将得到想要的幸福。

钱妖妖不行了，只剩下最后一口气在喉间游离着，不肯离去。流浪汉、楚楚与准星三人站在她的床前，欲罢不能，眼泪围着眼眶打转，最终在地板上跌碎了。

妖妖的房间空了下来，她挪进了晚霜的房子里。挪动当天，下起了大暴雨，三个人没有找帮手。流浪汉说过，自己的事情要自己做的，以后在他们的故事中，要少出现配角，他们每个人都是这儿的主角。

他们费了九牛二虎之力，才放置到位。妖妖十分安详，一点儿也没有痛苦的表情。人在临终时做到这种境界的，没有几人。

流浪汉十分佩服妖妖的镇定，说她是女中状元之才，这样的女子如果生在古代，一定是巾帼英雄。

接下来，三人对妖妖的魂灵进行超度。他们眼瞅着妖妖的灵魂飘离出了房间，在远方凝聚成一个大大的微笑后，烟消云散了。

流浪汉不敢怠慢，他立刻要求二人想尽办法寻找第四个人，要求如下：

性别：女；

年龄：20～28岁；

婚否：未婚；

经历：被痛苦纠缠，不再奢求浪漫的爱情与婚姻；

长相：像妖妖。

这个条件使得人有些为难，准星说道：

先生，这个条件我们如何找呀？难不成，我们在网上寻找吗？

不管用何条件，都要找到。是我们的定数与命运安排，四人相会，一定会有好的兆头，我们的事业一定会发扬光大。

楚楚说道：网络是最好的方式了。另外，在报纸上登个寻人启事吧。

说完，二人便分头走了。但钱的问题却摆在他们面前，流浪汉手里没有钱，生前，全是妖妖家里接济的，如果没有钱，广告费用谁出？网络倒是免费的，但上网也得费用呀！

流浪汉说道：钱乃身外之物，你们自己想办法吧。实在不行，便去化缘，这是我们的规矩。

楚楚与准星出了山门后，看到有一些零散的人群正三三两两地聚集在村口，他们想上香，流浪汉却以各种理由拒绝了他们的请求。他们有些人坐着不走，似乎对他们这儿的管理充满了不满的情绪。

两人徒步了三百多公里，好不容易找到县里的一家电视台，他们看了广告词后，说什么也不肯播出去。他们认为这是典型的拐卖人口的词汇，如何敢登?!

无奈之下，只有加钱。钱是加了，但两人回去的路费却成了问题。但无论如何，任务却是完成了，接下来，等待消息吧。

幸运的是，他们竟然在回去的路上，遇到了红姑娘。当时的她，正坐着大花轿回家。她的丈夫，一个人高马大的人，也坐在花轿里，与她相偎相依着。

有辆高级豪车被人慢慢开着，跟在花轿后边，这形成了一道壮丽的风景线。有钱人就是这样，放着车不坐，偏偏坐花轿。没有钱的人，只好走在泥泞里接受生命的考验。

红姑娘邀请二人上了车，车子宽敞无比，好像将一整个家庭搬了进来。

楚楚在市里时，见过这样的豪车。准星当然也见过，就是没有坐过，自己的父亲全星不过是个二流的蹩脚演员罢了，哪有钱购置这样豪华的车。

2012年5月11日星期五7：23。

38. 王一凡的偶遇

王一凡一路上躲避着警察，因为到处贴满了通缉令，王一凡不敢走大路，不敢坐车，只好徒步向前走。一路上，她将自己扮成了一个男人，这样好躲避世人疑惑的目光。如果一个女孩子这样上路，光是骚扰，就防不胜防。

王一凡终于到达了陕西，她一直向北边走，她不敢待在大城市里，像一个乞丐似的到处东奔西跑。想起往事来，她浑身不自在，有心想结束自己的生命，但一想到那两个可爱的人儿来，便顿生活下来的勇气与力量。等风平浪静之后，自己回去看他们，也许他们会出来的。杀一个恶贯满盈的人，还要偿命，这世间的公道何在?

王一凡管不了许多面子问题了，人在落难的时候，保命是第一位的。她捡拾垃圾充饥，拾取别人扔下的衣服蔽体。实在忍无可忍的情况下，她会偷一瓶酒喝，喝醉后，目光所及处，皆是天堂。

总得找个地方落下脚来，必须活下去，这是王一凡告诉自己的信念。

她想找个打工的地方，先挣点儿工资再说。她一路向前方缓慢行走着，终于，她看到了一座大宅子，上面贴着招工启事，想招丫头。

丫头是古代的称呼，若在现代，充其量就是个保姆罢了。

王一凡不管三七二十一，便揭了招工启事，敲了对方的大门。

这户人家正是红姑娘的婆家。此时红姑娘刚刚载了准星与楚楚回来，他们正在客厅里说话呢。

有人过来说道：有人应聘来了，想当保姆。

准星说道：您这儿还缺保姆吗？

红姑娘笑了，说道：我是为将来的孩子考虑的，孩子虽然还没出生，但事先需要考虑，需要培训，需要适应这个过程。现在招人不容易，工资低了，人家不干，高了我们家也受不起呀。

楚楚道：红姑娘，你们家不缺钱不缺人的，这个其实无所谓的。

正说着呢，家人领着一位头发蓬松、显然是个落难的女孩子进来。

王一凡有点儿虚脱，好久没有吃饱饭了。

她是在瞬间紧张的情况下昏倒在地的，三个人同时站了起来。

准星身强体壮的，将王一凡抱了起来，放到里屋的一张床上。楚楚找了条毛巾，将王一凡的脸擦干净，看时，却发现一张虽然苍白、仍然掩饰不住美丽的脸。

好俊俏的女孩子！准星失口而出。

这话如果从一个女孩子嘴里说出来，算是欣赏，但如果从一个男人的嘴里说出来，恐怕意味深长，这里含有诸多因素。准星是喜欢与女孩了打交道的，他小时候算命时，先生曾经说过，这个孩子，将来逃不过女人关。

试问世间哪个男人能够躲得过女人关？

昏迷了一天一夜，王一凡终于醒了过来。这期间，楚楚与准星以客人的身份留了下来，除了照顾她以外，准星与红姑娘打得火热。红姑娘说自己的丈夫正在搞投资项目，这是个好的条件。

准星目光一动，突然间想到了千页村的开发事宜来，但他没有说出来，他害怕那张严肃的脸。

王一凡醒来时，感觉身体有一种想飘起来的感觉，身体处在温暖的被窝里，有一种说不出来的畅快。

她看到三个人在自己的旁边，一个贵妇人的形象，双眼含情；另一个女孩子瓜子脸，也长得十分吉祥；还有个男孩子，眉清目秀的，不像个坏人。

自己遇上好人了。

第一直觉告诉王一凡，他们救了自己。

不管如何，救命之恩当以涌泉相报。她想下床，给大家鞠躬，却感觉浑身针扎般疼痛。

三个人同时制止了她，红姑娘说道：你先别动。身体太弱，兴许是受了太多的委屈吧。像你这样的女孩子，如果没有凄凉的身世，一定不会混到这步田地的。

红姑娘绝对是个理财专家，她冰雪聪明的背后，便是远离钱妖妖的痛苦。任何人都有痛苦，哪怕他是圣人。

楚楚看她极符合钱妖妖要找的人，年纪相仿，模样与钱妖妖有几分神似，尤其是痛苦时的模样，基本与钱妖妖开怀大笑时的模样相吻合。她动了心，用手指捅准星，准星心领神会地跟了出来。

你看到没有，这个女孩子?

怎么了，不算大，年纪在20多岁吧。

我不是单问年纪，她的模样像不像妖妖姐?我们不是正好在寻找第四人吗?

我说楚楚，我知道你的意思。你傻呀，如果她果真是第四人，那就坏了，四人凑齐了，干啥呀?流浪汉一定会让关闭山门，隔绝与外界的来往。四个人生活着，有啥意思呀?

你就像西天取经里的猪悟能，就你的意见多，心最不诚。

楚楚白了准星一眼，一脸的瞧不起。

2012年5月11日星期五10：15。

39. 约定与条件

准星将自己的想法暂时埋藏了起来，一本正经地对楚楚道：你说吧，如何处理？你比我大一岁，我听你的。总不能直截了当地告诉红姑娘，我们想带走王一凡吧？她可是冲着她们家来的，她想当人家的保姆。

看来，只有说服红姑娘了。就拿流浪汉来说事，要求红姑娘放过王一凡。我们四人聚会时，肯定会邀请人前来庆贺的，红姑娘一准儿会来的，这可是件大喜事。

楚楚夜晚时分与王一凡单聊，她先介绍了一下自己，说自己其实是个女孩子，是因为出来不方便，便打扮成了一个男子的模样。

王一凡说我明白的，我看到你耳孔了，便猜到你与我一样肯定也是个行走江湖的女子。

你能告诉我你的经历吗？为何如此潦倒？

王一凡简短地将自己的身世讲了一下，一说到自己再也无脸回到中原时，便心中难过起来，加上警察的追捕，自己以后必须隐姓埋名方可逃过此劫。

楚楚说道：有个好的去处，你可以考虑一下。我们这儿还差一个女子，就在一百多公里以外的一个村院。我们想逃避现实，组成四人会，过与世隔绝的世外桃源生活，你乐意吗？

姐姐，你是说我们再也不出来了，谁也找不到我们是吗？

再也不出来是不可能的，只是暂时的。我们每个人都有难，都有一段不堪回首的过往。与其说是逃避，不如说是疗伤，等伤口养好了，我们再出来。到那个时候，社会已经发生了翻天覆地的变化，我们再重出江湖，做自己喜欢做的事情。

这有个时限吗？我只能待十年时间，十年以后，我得去寻找最爱的人，还有我的姐姐，她为了我在坐牢。

十年，初步定十年。回去我们起草个盟约，流浪汉是盟主，我们都是盟友的身份，四个人各司其职，但统一协作。我们在那儿享受人间天伦，有何不好呀？

楚楚的嘴巴十分厉害，三言两语的，便将王一凡说服了。王一凡这儿的关节打通了，就剩下红姑娘那儿了。

准星其实心里十分情愿开发千页村的，那儿物产丰盛、人杰地灵，如果开发成旅游资源，绝对可以财源滚进，一发而不可收，等到香客们多了，吃喝不愁。这样的好事情，流浪汉竟然不管不问。到时候人多了，单是吃饭就是个问题，看流浪汉如何收拾残局！

准星本来不想参与四人会，但他环视四周后，觉得千页村绝对是福地，自己与外面的红姑娘串联起来，将千页村率先开发起来，等成功时，看流浪汉如何说。对，静待时机。如今，先去说服了红姑娘再说。

红姑娘稳稳地坐在准星面前，她十分欣赏这个帅气小伙子。在她看来，这样年轻俊俏的男女们竟然想远离红尘事，实在匪夷所思。不过，她不阻拦，只是静候。

红姑娘说道：准星，你有事情与我商量吧，看你一脸的狐疑。

红姐，我是想说开发千页村的事，现在等时机，不知你有意否？

红姑娘笑了起来，前仰后合，慢慢地回答道：

千页村的确是块好地方。可是，你让我如何回答你呀？我说行，我辜负了妖妖的一片信任，她生前最反对此处商业化了。如果说不行，我欺骗了自己。我丈夫的投资目前毫无对象，千页村离此地距离适合，正好在我们的投资范围内。我十分为难呀，姑且算是有条件同意吧。

红姐有何条件？准星眯缝着眼睛问道。

条件很简单，王一凡留下来给我，我喜欢她。我的孩子就要出生了，我现在需要的是保姆，不是金钱。

准星觉得面前的这个女子十分难对付，将来如果与她发生商业来往，得多留点儿心眼，否则，一旦迈错了步伐，便万劫不复。

姐姐说笑了。你知道的，我们差一个人才能组成四人会，如果缺了她，我们便不能远离尘世，隐退江湖。

我说过，这事情与我没有关系。我现在不缺钱，王一凡是冲着我来的，现在在我的家里；再说了，她是个逃犯，如果让外边人知道了，她跑不了的；再说了，在你们千页村，如果藏着一个逃犯，恐怕流浪汉知道了，会睡不踏实的。

这个消息最好不告诉他知道。他现在最想做的，无非是实现四人会，关闭山门。他顾不了其他事情，他想迅速地实现妖妖的遗言。

这样吧，你写张字条，让我收起来，也算是个字据。王一凡你们可以带走，但你将来得为我做一件事情，任何事情都行，就一件。现在我不需要你答应我事情的内容。

准星有些犹豫了，面前的这个女子，镇定的眼神里似乎藏满了世间算计，答应下来又如何，我将来可以商业化运作的形式来要挟流浪汉。我是在没有办法的情况下才这样做的，红姑娘让我做的，无非是多让点儿利益给她。

准星没有等红姑娘话说完，便找了张白纸，写下了几句话，然后摁了手印，放在红姑娘面前。

王一凡在楚楚的搀扶下进了里屋，坐在大家面前的王一凡换成了女装，一脸的虔诚似一尊佛。

妖妖！红姑娘失声喊道，她长得果然像妖妖，妖娆的身材，柔曼的腰肢。红姑娘站起身来，仿佛妖妖突然间从地狱里复活了。她的双眼藏满了泪水，镇定了心神后，重新坐回原来的位置，半天再无话语讲出来。

2012年5月11日星期五14：17。

40. 四人会

红姑娘去送他们三人，远远地，垂泪不止。准星问楚楚：她为何一直掉泪呀？

楚楚回答道：她一定有伤心事吧。

旁边的王一凡却突然间回答道：我看她时也想掉泪，她的模样十分像我的母亲。

有这样的事情？大家面面相觑，不知所措地继续向前走着。

路旁有一辆破牛车，是向西边去送水的，三人与人家商量了半晌时间，才勉强坐了上去，一路上倒也快活无比。初回正常状态的王一凡像个孩子似的大声喊叫，在前面赶牛的老人不停地摆弄着缰绳，生怕他们的吼叫惹恼了老牛，从而引发一场与机动车辆无关的交通事故。这样的事故，交警来了也无法处理。

半天光景，他们便到了山门外，空无一人的山门处，流浪汉早已经等得快睡着了，听到动静，流浪汉便站起身来，揉揉眼睛，好奇地看着多出的一个人是否符合自己的想法。

不算失望，流浪汉对自己说道。

四人并肩进了山门，偌大的山门瞬间关闭了，也打开了一场梦幻与现实的斗争史。

流浪汉领着王一凡到处去看看，王一凡十分认真地听着流浪汉的讲解。她觉得此处风景秀丽，空气新鲜，树木葱茏，绝对是修身养性的好地方。住在一个毫无欲望的地方，这样的环境的确让人向往。如果一个人能够耐住性子在此处过上一辈子，不与外界发生任何关联，绝对是高人中的高人。而流浪汉讲道，他们就是想冲着这个目标努力。

流浪汉拟订了四人会的盟约，盟约经过四人讨论后，放在天井当院。四人会的盟约如下：

公元2012年5月8日，天气是死气沉沉的阴天。兹有清海先生、楚楚、准星与王一凡四人聚会于千页村，从此开启一道不与外界发生任何来往的门。为了规范原则，对四人的行踪约束如下：

清海先生是四人会的首脑，享有绝对的权威，也是千页村的领袖；其他三人均要听从领袖的领导，绝对不可违犯盟约中的约定。

不准与外界发生任何往来，包括投递书信、网络化、打手机或者电话等，千页村范围内，不准有任何网络设施、手机与电话。

不得私自逃离，除非经过四人会的集体表决，否则，将永远地逐出山门。

可以谈个人感情，互相帮助，但不准谈及个人爱情。尤其是不准发生任何男女关系，这一条，四人会中的人不允许发生，也不准与外界的人发生，否则，将定为大孽之罪，惩罚是将被关在李晚霜与钱妖妖的房间里接受地狱式的考验。

千页村永远不准商业化运作，四人所需粮食、水资源均由四人劳动所得。

不准食肉，不准伤及任何形式意义上的小动物，保护它们的生命安全。

本盟约无期限，永远有效。

最后，本盟约的解释权归清海。

四人签了姓名，清海在最前方，三个人依次按了手印。一式四份，各保存一份；流浪汉的一份保存在佛堂里，供在佛龛里。

接下来，四人准备了香案，中规中矩地拜了香案，还割破了手指，喝了血酒。正恰此时，东风四起，雨不请自来，又多了层江湖味道。四人换了古装，一本正经，不苟言笑地挽起手来，一起转遍了整座山村。所到处，山峦叠嶂，绿柳成烟，俨然一幅古代的世外桃源图。

分工是必然的，清海说了算，像个封建家长似的坐在正中间，煞有介事地介绍道：

千页村财产极多，下面就分工如下：楚楚，负责所有账目的登记工作，包括这儿的财产都需要登记造册，一草一木，一饭一食，包括大家穿的衣服，都要登记。

王一凡负责所有的实物管理，与楚楚每周对一次账册，不得懈怠。

准星本来想讨个管实物的差事或者是账目的差事，可是，流浪汉似乎十分防备他，没有将这份差事交给他。

准星嘛，与我一样，每日里参禅布道，学会打坐、静修。这可是一件最重要的工作了。

我有意见！准星说道：

我年轻有朝气，却让我做这样的工作，我不服气。先生，我做采购工作吧。村里总有些东西采购，我保证物美价廉地完成任务。

还有，我负责这儿土地的管理，不能荒芜了。我组织人进来耕地，种粮食，自给自足。

土地可以给你，但是由你一个人种植，不准雇人进来。我说过，这儿不准出现第五个人的影子。

准星内心深处十分矛盾，他想干脆说我不想干了，我离开吧，但楚楚的眼睛却直视着他。王一凡倒像个乖乖女似的，十分听从家长的安排，她挤弄着眼睛，一脸的调皮相。

2012年5月11日星期五14：48。

41. 矛盾的第一次升华

盟约已然生效，四人签字并摁了手印。准星压根儿对这个合约的合法性就有质疑，四人的约定就是打官司也不会奏效的。因此，从一开始，他们之间有着极大的分歧。

在制度下发后，通常最容易持怀疑态度的人，通常是有学历的人，他们自觉认知度广，便会不可一世地将一个制度做成万花筒的模样，任你如何规矩，我都要挑剔出毛病来。

最不会反对的人，大多是女人。她们开始时会模范地执行，不吭声，但酝酿一段时间后，最先反对的也会是她们。

流浪汉在强推自己的所谓隔世政策，只不过是一己之私罢了。之所以将他们几个列进来，是为了替自己分担忧愁。一个人生活时太闷了，千页村可以举办各种各样的活动，活跃一下文化气氛，更可以交流心得，谈一下对人生的体会与看法。大家都想过太平日子，可以发表看法嘛。

流浪汉觉得大家心里有气，便于某日对大家说道：

我们下午开个交流会吧，谈一下彼此的心得体会，谈一下千页村在不与外面发生联系后如何发展的问题。

准星第一个发言了，他重新将商业化运作的方法提了出来：

现在村里没有收入，大家吃饭用的粮食都得自己种植，如何提高生活水平呀？建议将一小部分土地私有化，卖给外人管理，让他们交钱。现在土地价格如此昂贵，如果不加以利用，不是白白浪费掉了吗？

流浪汉站了起来，敲着桌子说道：我说过，不准商业化，你是不是想与妖妖一块儿待着？你若想如此，现在就可以进去。

准星怒目而视着，继续反驳道：

先生，你不要老是以家长的身份来说话，大家得讲个公平，就是中央里面还有委员呢。我们都是这儿的主人，你得听我们解释吧，要不然，举手表决也行。

在不违背盟约的前提下，可以举手表决，但你这一条，已经违背了盟约，没有必要吧。我说过，大家可以出力出智慧挣钱，不得用外人，更不能用条约里的内容。

楚楚道：先生，他年纪小嘛！哪个男人年轻时候没有个驴脾气呀？原谅他吧。不过，准星得收敛点儿，有些想法，是不能提出来的，提出来便是大不敬。我们想恢复的便是古人的生活，得有个适应过程，现代化惯了。

大家再不说话了，王一凡看了半天，说道：

我唱个歌吧，歌声可以疗伤，更可以让大家心清目明。我唱个自己编写的千页村的村歌吧，看行不，如果行了，干脆定作村歌，让大家口耳相传。

流浪汉道，这个倒新鲜，是可以接受的。我们就应该这样子，在自己的小环境里面，也可以生活嘛。

《千页村》：

我等你千年，你却如风中的灯盏，泯泯灭灭。我不笑，不哭，只待你风度翩翩。

我望你万载，你却若月中的客栈。春秋万代，我不闪，不闹，只等你一笑嫣然。

王一凡天生的好嗓子，这段时间修养得很好，心境也开阔不少。这歌词写得极为精彩，加上韵律悠远，听得大家如痴如醉。流浪汉顿生感触，蓦然想起了千百爱，眼泪想汪汪地掉下来，却被自我情绪的力量控制住了。

第一场聚会就这样以歌声结束了。准星的心情也好了点儿，暂时搁置了商业化的念头。不过，他想起了流浪汉刚才说过的话后，却突然对钱妖妖的房间产生了兴趣。他想趁着大家不知晓时，去看看妖妖姐。与死人对话，正是活人所缺少的一种境界。

2012 年 5 月 12 日星期六 13：57。

42. 霸王李

准星像只狸猫一样，踅进了钱妖妖的房间里，两具棺椁，两个女子，正平静地躺在里面躲避现实。这儿是每个人的归宿。

准星是趁着前面大乱的时候进来的，在前面，流浪汉、楚楚和王一凡正与一伙强人在理论着，那是附近山上的一伙土匪，他们想趁机占领千页村。他们是这世界上最后一帮山大王。

准星对处理这样的事情没有经验，也不感兴趣。他一直认为钱妖妖的离开有些蹊跷，好像是她知道要发生什么事情似的，说走就走了，就好像去外面赶个集市，然后就再也不回来了。

李晚霜，准星对她的印象模糊，以前甚至没有看过她的容颜，只听说她天生丽质，可能是丈夫背叛了她，她一怒之下，以死相逼，最后一命呜呼。

准星伏在钱妖妖身边，耐着性子看妖妖的脸，苍白无力，空气中凝聚着一股子死亡的气息。准星暗暗恐惧起来，不过，他看到阳光草率地洒在窗户纸上，十分透明的样子。他心安起来，然后转身去与妖妖谈起话来。

没有人回答，准星想听到答案却又怕听到妖妖那熟悉的声音。

“啪”的一声，枯干的油灯应声落地了。风吹过来，将钱妖妖脸畔盖着的半张纸吹开了，准星的汗毛瞬间竖了起来。

此时无声胜有声。空气中似乎传来了远处街市的声音，做小生意的人吆喝声，路过熟人的打招呼声。他们一个个板着脸孔，苦笑着，好似经历了一场大的变革。更有一阵阵剧烈的争吵声传来，有人大声吆喝着：准星，打架了！

准星的嘴角狞笑着，他想狂笑，却没有机会。准星终于狂奔起来，整个身躯像支箭一样，射到山门外面人最多的地方。

吵闹声戛然而止，门外的对峙才刚刚开始。

霸王寨的人不可一世地叫嚷着：只有三个人，如果再出现一个人，我就要开打了。原来一个流浪汉守着两个如花似玉的女子，还称呼所谓的与世隔绝，笑话吧？

正当霸王李嚣张到极点，两个女子不知所措，流浪汉只管念着烦人的语言时，有人看到空气中一股子沉闷的声响，一个年轻人，从山门里冲了出来，刹不住自己的身躯，径直冲到霸王李面前，抬起巴掌来，两记响亮的耳光传来。

霸王李感觉思维停止，神经雪藏，一种想崩溃的感觉油然而生。

许多人有时候都有这种旷日持久的感觉，大多是有病了，或者是受到了刺激。

霸王李定睛看时，才发现一个毛愣的小伙子站在对面。一共是四个人，与传说中的一样，这个地方果然藏着四大巨头。

霸王李犹豫了片刻后，突然间轰然跪倒在地，后面的小喽啰们也应声栽倒，鞠躬如云。

大人们谅解，我们错了。我们是附近山上的霸王，自称是人世间最后一支土著人武装力量。现在看起来，是我们错了。竟然在这儿仍然有这样多的高人。我现在，想归属你们管理，可否？

流浪汉自顾念着佛，没有人回答他。准星刚才亮了个好相，便摆摆手道：

你是霸王李，我听说过。我在你们山下的一个网吧还上过网呢，网吧是你开的吧？

是的，这是小人的荣幸。我们一伙人，全部是厌倦世事才聚在一起的。我们都受过伤，我的土地全部被人非法征用了，我的房子被一伙强人无缘无故大卸八块。我有心反抗，可是手无缚鸡之力，无奈之下，只好云集于此，靠虚张声势打家劫舍为生。其实，我们没有做过坏事，我们只是苦于没有一条好的出路。

王一凡将准星撵到了旁边，她信步走了过来，对霸王李嚷道：

你们呀，这样吧，每天过来帮我们干活、种菜，如何？

流浪汉的眼睛抬了起来，似乎对她这样草率的决定感到有些不满意，但他的眼皮子却又落了下来，他没有反对，也没有支持。初战告捷的王一凡继续说道：

活儿不多，就是帮助我们扫扫地，种种菜。当然也有你们吃的，知道吗？我是负责人，找我就行。

流浪汉转身离开了，他似乎有些懂得王一凡的管理思路了。

准星与王一凡互相注视着，继而两只手掌击在一起。

楚楚道：你甭以为胜利了，流浪汉是没有说你们，你们悠着点儿。地他们可以种，但其他事情，他们一概不得涉足，否则会有危险的。一旦这个口子撕开以后，就凭我们四个人，恐怕阻挡不了滚滚洪流。

晚上吃饭的时候，流浪汉十分苦恼，他盯着大家看了半天时间，才肯端起碗来，吃了两口后，便说道：

我不反对人进来了，但千页村，他们是绝对不允许进入的。这儿是清静之所，人员就这一次。我给大家点面子，倘若这儿有其他事情发生，由你们三人共同承担。

会有什么事情？如果是他们调皮，我治死他们。

准星发狠地吆喝着，同时举起双手来，似乎自己有能力控制世界。

2012年5月12日星期六14：34。

43. 准星的心事

准星参与了参禅典礼。根据流浪汉的安排，每天晚上睡觉之前，他们四人都要在一起开个小会，会后便参禅打坐，大约一个小时时间。参禅过后便是个人的自由时间，也只有在这段时间里，大家绷紧的神经才稍微放松下来，想自己红尘以外的事情。

楚楚的心中其实十分苦恼，倒不是不习惯这儿的清苦，她对自己的感情一直没有信心，本来想着找个人浪迹天涯，但现在人是找着了，就是不能提感情二字。这样下去，自己的青春岂不是白白浪费掉了。自己已经接近三十岁的年纪，在农村这个年龄，早是儿女成群了。这样的不合时宜，使楚楚心情十分郁闷。

出去转悠时，恰巧看见一幕，准星正一个人在土地上丈量着什么，她跑了过去，问道：

小弟，忙啥呢？

准星被吓得打了个冷战，他生怕流浪汉知道了自己的真实想法，一看是与世无争的楚楚，准星笑了笑，回答道：丈量下土地，没有其他事情。

你这些小伎俩，准是又想着挣钱的营生吧？土地，还是土地。

姐，你保守点儿秘密。你不觉得先生可笑吗？他现在是想当封建制家长，我们却成了替罪羊了。我这样做，难道不是为了村里着想吗？土地卖了有什么不好，这么多，产生不了效益。一个村院为什么要闭门造车呢？再说了，我这样做也是有原则性的，没有更深层次的想法，让这儿开发成商品房，人多了，香客自然多了，我们收保护费，养家糊口，让大家过得更加幸福，有什么不好，流浪汉到时候还是这儿的住持，他身份变了，村里发达了，名声好了，没准可以混得上这儿的啥领导当当呢!

准星，你还是不了解先生，他是想让我们杜绝与外界来往，过平常人的日子，烟火气息浓点儿可以，但与钱决然不要有任何的直接关系。一个团体，一旦与钱扯上了关系，便纠缠不清了。钱是个好东西，可是，它的出现，却使人的头脑不清醒，利令智昏了。

姐，你说得对。那你看，现在我们出趟差，还得自己贴钱，你总不能将先生的主意当圣旨，连一点儿钱也不挣吧？如果这样做了，我们都得挨饿。

你说得也对，你想怎样做？

我的办法是，我们三个人，同时破坏他定下的规矩，法不责众嘛。至于流浪汉嘛，他还有过自己的过往，如果他的旧情人过来找他了，算不算犯禁？

你算计得太深了，犯规，如何犯？我可是个本分的小女子，我啥也不会做。你如果想让我帮你，你可能算计错了。

楚楚头也不回地走了，准星尴尬地站在原地，不停地吸着鼻涕，他心里面骂道：等着吧，我迟早会让你们比我先破坏。

准星思忖了片刻后，突然想起白天的事情来，他想道：

看来，王一凡绝对是个敢作敢当的主儿，她今天白天能当着先生的面破坏规矩，绝对不简单。

准星想到这儿，蹑手蹑脚地绕过了楚楚的房间。王一凡的房间在楚楚的隔壁。

王一凡没睡，在想心事。在这个清静之处，每个人都是心事重重。本来说得好好的，清修，少欲知足，可人的脑袋是最灵活的组织了，谁能够阻止思想的产生，思想多了，人便烦恼，烦恼一多，思考的事情也多了，这是相辅相成的逻辑关系。

王一凡十分欣赏准星，觉得这个小家伙机灵可爱，因此，从一开始，第一印象里，她就喜欢上了他。

爱情总是如此，如果双方单纯如纸，没有投机取巧的成分在里面，他们会过得十分幸福，一旦将利益的因素加入进来，爱情的另一方甘愿为一方做任何傻事。这是在不知不觉中产生的爱的错觉。

王一凡从一开始，感情的因素便左右了自己，因此，准星无论提什么，她都可以以身试法。

更何况准星从进入千页村开始，便是那种浑水摸鱼的材料。也就是说，流浪汉选错了男主角。

准星从后面抱住了王一凡，王一凡吓死了，以为是流浪汉，心想着先生的胆子也太大了，白天看起来一本正经的，夜晚竟然如此疯狂。也许天底下的男人大多如此吧，白天色厉内荏，晚上遇强则强。

准星笑了起来，王一凡一颗锁定的心放松下来。

小弟，别乱闹，这儿可是清修之所。

太闷了，姐，有什么心事吗，晒下让我听听。

我没有什么心事，就是想一心一意地弥补以前的过错，好好地静下来，让心灵接受一次质的洗礼。

姐，你有啥错呀。青春的路上谁不犯错，错大错小罢了。我犯的错不比谁少，男人嘛，总会犯错的，哪个男人不是从错误的路上走来，一路错着走下去。到老了，才走上了正途。

2012 年 5 月 14 日星期一 13：44。

44. 利用霸王李

准星对王一凡说道：我没有其他意思，就是想找你聊聊。你竟学会给人家上课了，我可要走了。

准星看一下子控制不了王一凡，便打了个马虎眼，转眼便离开了。

王一凡心中思索着：这个家伙，如果是生在乱世，恐怕是个不折不扣的大汉奸，一会儿一个样。不过，在现代社会里，他可是个吃香喝辣的人物。

王一凡想着：流浪汉肯定不会动情的。我与楚楚只守着个准星，如果下手迟了，迟则生变。

王一凡做梦时，竟然梦想变成了现实，被准星抱在怀里。

后夜时分，月亮起来了，整个千页村无比静穆。准星无聊至极，一直绕出了村院，他竟然在月光下发现了一双像饿狼一样的眼睛。

霸王李发现有人出来了，便赶紧转身。准星生来动作奇快，一个猛子，站在了霸王李的前面。

小李子，你想干什么？想破坏规矩吗？白天先生是如何交代的？王一凡又是如何说的？

先生，我打听个事情，你们这儿的人全是出家人吧，让结婚吗？霸王李今天的装束十分干练，一点儿也不像土匪的样子。

准星猜测着这个家伙的心事，他灵光一现后，回答道：

不，让结婚。现在流浪汉哪个不结婚呀，不然呀，没有了小流浪汉，村院岂不是荒废了？

你们这儿有规矩没有？比如说，外来人想与内部的人结婚。

没规矩呀。我是这儿的经纪人，我就是规矩。十八公早已经辞职回乡了，现在我说了算。

是吗？先生，我是猪八戒转世的，人都是这样说的，为啥这样说呢，我一见女人便没有了命。我看到了王一凡小姐，我实在太喜欢她了，所以想，倾尽所有的财产，欲拜倒在她的……

准星明白了，这世间就没有一个像样的挺拔的不吃腥的男人。清海又如何，我倒是听说，他以前做过许多龌龊的事情。

你倾尽所有的财产，你有多少钱呀？

我有一千多万吧，是以前挣下的。家里有不少祖货，我给卖了，不是打家劫舍的。现在朗朗乾坤，我可不敢让警察逮走了。

不少。这样吧，你听我的，暂且啥也不要说，只听我一人调遣。我保证让你见到王一凡。

见到又如何，又不能喜欢上她。

你这人，喜欢不喜欢是你自己的事情，你先见着了，不是有戏了吗。你这样空想，不可能有结果的。你首先得见到，这是爱情的第一个必然步骤，空相思有啥用呀？

对头。你想要多少钱呀？

我不要钱，就是想让你帮我做件事情，你去告诉钱富贵去，就说他女儿不在人世了，就这样简单。

钱富贵，我认得他，他还让公安通缉过我呢。我可不敢去。

你现在学好了，是不是？你现在还抢人不？你现在要专心致志地做好人，才有可能赢得一凡姐的青睐。这也是一凡姐安排的，你想呀，人家姑娘死了，家人还不知道，该如何是好呀？

也对。不过，你们应该正大光明前去，不必我去呀，我害怕回不来了。

你这样，就说他女儿已经亡故了，现在尸体还在村院里呢，就行了，其他事情不必细说。

准星想着，我先将流浪汉的生活扰乱，再浑水摸鱼，引红姑娘进入村院里，将整块土地全部开发成商品房。到时候，什么都可以卖。再过一段时间，办学校，招收弟子进来，交学费，我就成了名副其实的老大了。

霸王李拍了拍胸脯道：我走了。你可要答应我的条件，让我见到王一凡姐姐。我相信，她会答应我的。我现在收拾得老利索了，原来流鼻涕太多，经常打湿下巴，现在我垫了块手绢，你瞧，文明多了。

第三天一早，村院门口便驶来了一辆轿车，钱富贵一脸沧桑地来到了村院门口，他高声叫着流浪汉：先生，开门呀！我要见妖妖，她在哪儿？

清海正欲起床，听到有人吆喝，便起身前去查看。准星早已经守在门口了，单等着流浪汉一句话，便打开正门。

流浪汉示意开门，躲是躲不了了。楚楚与王一凡也面面相觑，不知道发生了何事。

钱富贵兴师问罪来了，他问流浪汉：我女儿呢，让她出来接我。

先生，妖妖不在了，她走了大约一个月了。

不在了，去哪儿了？又离家出走了吗？难不成这村院也管不住她吗？

她有病在身，已经离开了人世，现在人在后院停着，与李晚霜停在一起。

钱富贵差点儿晕倒，他顿了顿身躯问道：为何不告诉我？她有病时，为何不去医院？

钱小姐不肯前往，说这是劫数难逃，佛家讲究这个，我不好坚持。这是小姐自己的身体，由她自己做主。

无稽之谈！如果不是有人告诉我这件事情，恐怕你要瞒我一辈子吧。我还听说了，当初，你救下我女儿，并不是真的，只不过是你赶巧了罢了。我女儿是离家出走，你却没有告诉我真实的信息。

这件事情，也是钱小姐让在下这样讲的，与我无关。钱先生，你当时想要的不过是一个活蹦乱跳的女儿罢了，我做到了，也算是功德一件呀。

那么，今天呢，我想要的也是一个欢快的女儿，你将她还给我。不然，我拆了你的千页村。

准星在旁边说道：先生，妖妖的事情，的确没有那样复杂。她有病了，是不治之症。她不想让救治她，她说她活累了，想休息一辈子时间。

你们傻呀，她是厌世了，悲观了，想自杀呀。你们没有救她，竟然成全了她。流浪汉，你得给我个交代。

这一切在准星的意料之中，流浪汉太年轻了，竟然解释不了这件事情。他想隔离尘世，树欲静而风不止，这样的状态沿袭下去，用不了多久，这儿便会成为开发商的海洋了。

2012年5月14日星期一14：11。

45. 流浪汉的通天手法

钱富贵故作镇静地站在女儿面前，他无论如何努力，也掩饰不住内心深处的恐慌与报复心理。父女之情通常会溢于言表，一方的安危维系着另一方的鲜血与生命，你见过父女之间假惺惺的爱吗？

钱富贵看到妖妖一脸安详地躺在棺材里，在另外一侧，李晚霜也以同样的姿态面对着死亡。由于进行了特殊处理，流浪汉制作了专用的香料，两人的身体竟然散发着一种奇妙的芳香。

死后也可以优雅，这是两个女子的处世原则，纤尘不染，一丝不苟，不因事、不因人改变自己内心深处的感叹与想法。

钱富贵抓住了流浪汉的衣领子，长袍僧衣的流浪汉被一位老父亲揪了起来。

她是如何走的？告诉我，你这样封锁消息，是不是想让我砸了你的山门，让你自我超度？

流浪汉一脸虔诚，并不回答。楚楚与王一凡在旁边想插嘴，却看到了一位父亲狰狞的面孔，她们不敢上前。准星是始作俑者，他其实正在盘算着如何让流浪汉下不了台，然后呢，让他下台自己当上领导，到那个时候，一切尽在掌握中。

流浪汉是经历了许多事情的人，现在深沉多了，就是面对死亡他也会镇定自若的。

钱先生，有件事情，我实在不想瞒您了。妖妖临走时，写下了信，她不让传给你看，害怕你伤心。事到如今，关乎你我的安危与生命，我只有违背了。

一页信纸，从流浪汉的袖中抖出，楚楚捡了起来，递给钱富贵。

钱富贵颤抖着接过信来，开口念了起来：

活够了，想超然于人世外。我先去那边报到了，替父亲还清所有的债务。母亲托梦过来，让我选择，说要么父亲走，因为在另外一边，许多冤魂在施展魔法，除恶务尽；要么是你走，替他来收拾秽事。我想通了，父亲授予我精血，我唯有报答才能够释然。这件事情还是瞒着他不知吧？我今生做的唯一正确的事情，便是代替父亲行一回善，善有善果，也算为他做的往事进行一场补偿。愿父亲长寿。

钱富贵自此后不再重视金钱了，他时常到处做善事。半年以后，他重新来到了千页村，向流浪汉赔礼道歉，两人又成了挚友，无所不谈，包括世间万事，苍生万物。

流浪汉对他待若上宾，因为一个经历过劫难的老人，已经是一本厚重的书，你想要什么，都可以尽管淘换。

准星一脸的失望。但霸王李却堵住了他纠缠不休，他怕流浪汉，但不怕准星，因为准星吃了人家嘴短。霸王李要挟准星道，你如果不成全我与王一凡，我便将你交代我的事情吐出去。

准星笑道：你说呀，谁信呀？小李子，你听清楚了，王一凡是个大活人，你自己不会去找吗？非要浪费我的感情干吗？

你答应的事情，就得做到，我不管那么多。

你要我如何做？我试试，见面嘛，我得去找一下王一凡小姐。但你记准了，我只帮你一次。

霸王李高兴了，说道：我要与王一凡一块儿去集市上，安排一次约会，恰巧碰上也好。我只想与她好好地爱一次，不管死活地爱一次。

准星听着眼酸，但他无法答应下来，便说：我想想办法。到集市上去呀，后天吧，上午。我与流浪汉说村里没有炭了，让王一凡去采购。不过，钱可得你出。

钱我可以出。我说过的，只要能与她在一起，多少钱我都愿意拿。

晚饭时候，照例是坐禅，流浪汉一直不说话，给人一种威严感。其他三个人心猿意马，准星更是按捺不住性子，不像个苦行僧。

好半天工夫，流浪汉有困意了，时间也差不多了，准星问道：

先生，村里没炭了，得有人出去买去。

让人送过来吧，不是有个卖主嘛，每天在村前叫卖。

准星道：那人的炭不好，燃烧起来，有一股毒烟，周围的人都说了不好用的。我看，后天大市，让一凡去吧。她能够搞得到钱财，也算是功劳一件。

王一凡用眼睛瞪准星，嘴里面嚷道：我可没有钱。上次出差，还是我自己的钱呢！村里没钱吗？

流浪汉叹口气道：村里没钱呀！这的确是个问题，看来，我们得加大种菜力度，可以以菜换炭，物物交换。这不正是古代的一种最佳交易方式吗？

准星念叨着：啥年代了，谁给你换呀？我们想营生，就得与外界保持联络，又不改我们的本性。我身在污泥中保持一棵莲的心事，谁能够说我们变坏了？

这些话十分有哲理性，说得流浪汉心有些萌动，但他一想到会违反村规，便回答道：让一凡去吧，找一下霸王李，让他帮帮忙。他也是个热心肠的人。

王一凡吐了下舌头，并没有反对流浪汉，但他一想到那个可恶的霸王李来，那不怀好意的目光，便心生郁闷，再见到他，不会给他好脸子。

准星在计划之外，又生一计。他当天深夜，又找到了霸王李，给他出主意说：你应该写封信，缠绵的信，塞到王一凡的口袋里。

2012 年 5 月 15 日星期二 16：36。

46. 霸王李与王一凡

王一凡是从村院后面走的，她需要翻越一座大山，再过一座小岭，一百里以外的某个地方，有个大集市，那儿有炭资源在出售。王一凡记得上次去的时候，是与准星一块儿去的，当时他们二人死皮赖脸地与人家协商，许以重要的法事，才勉强得了半个过冬的炭资源。承诺好像没有兑现，王一凡生怕再遇到人家。答应人家的法事，并没有去做，也许是自己忘了，也许是事情太多。生命无常，许多事情不可能同时装进自己的脑袋的。

霸王李看到了无数个买炭者，就是不见王一凡，倒是看到了一个脸皮十分白皙的小伙子，到处张望着，看到了他，十分忌惮的样子，躲得远远的，难道是她没有过来吗？

霸王李并没有失去信心，因为根据得到的可靠消息，王一凡肯定已经过来了，她会不会……

霸王李眼睛一亮，转过味来了，她一定是扮成了男相，穿了男人的衣服。因为听一些人说过，女子出来办事情不方便，便穿着朴素。刚才那个小伙子，一定就是王一凡的变形。

霸王李回过味道来，便到处寻找那个小伙子。

小伙子是来买炭的，在人群中穿梭，如行云流水，青春的气息凝结在他的脸上，让人一下子仿佛找到了灿烂阳光。

霸王李看到小伙子正与人理论着，好像是不想掏钱买走这儿的炭。对方肯定不同意呀，小伙子不厌其烦地沟通着，最后还是失败了。

小伙子似乎看到了有一个大男人对自己不怀好意，便想躲着他，这更加剧了这个男人的欲望，他认准了此人便是自己想要找的王一凡，只不过是换了装束罢了。他拼命地闯了过去，抓住了小伙子的手，不容分说向外面拽，拽紧了，一刻也不停，直奔某个小胡同钻了进去。

小伙子起初时反抗，但后来觉得事情没有那样复杂，不挣扎，便任凭这个男人纠缠。

霸王李高兴坏了，他心里面唱喏道：太好了，这个姑娘，马上就归我了。我一定会让她知道自己的爱情有如何的高尚！

霸王李看见周围没人，搂了小伙子便亲了起来。周遭似乎传来了人声，一大帮看热闹的人围了过来，指指点点，有的说道：两个男人做这样的事情。现在世界大了，啥鸟都有。

你们知道个屁，她是个女孩子。迟早你们会被我的征服思想所折服的。

小伙子起初时扭捏得要命，后来竟然顺从起来。

正在他们进行得火热时，一个男人的声音传了过来，对方举着一把大砍刀，好像是个屠夫，对小伙子嚷道：

你不去买炭去，我等着杀猪呢，你却跑到这儿幽会情郎。你是不是老毛病又犯了，你又搞同性恋呀？不容分说，刀便砍了下去。小伙子十分灵敏地躲开了，霸王李的肩膀被小伙子撕破了，露在外面，刀子不留丝毫情面，一刀正好戳在霸王李的肩膀上面。

霸王李疼痛难忍，刚想反抗，却见对方五大三粗的，一把杀猪刀，闪烁着江湖气，一定是个习武之人。他忍着剧痛挤出人群便跑了。

闹了半天，竟然是个搞同性恋的，好丢人！霸王李的眼睛不敢看周围。

2012 年 5 月 18 日星期五 8：54。

47. 霸王李的聪明才智

霸王李好不容易抬起头来看时，他惊呆了。他蓦然看到人群中一个熟悉的身影，那人正是王一凡。她仿佛完完整整地看到了刚才的一幕，她咬牙跺脚的笑呵呵的场景十分可爱、入骨入髓。

霸王李恼羞成怒，觉得自己太无用了，这如何是好？

他蹲在某个角落里，不知道如何处理这件事情时，王一凡却出现了。

大才子，在这儿干什么？王一凡的声音宛如天籁。

是一凡姐！霸王李睁开了眼睛，搓着手，不好意思地掉头看另外一个地方，心却早已经乐开了花，脸也凝结成了疙瘩。

王一凡问道：求你件事，行不？

当然可以。要钱是吧，没有问题，我这儿有的是钞票。

霸王李好像捞到了一次将功折罪的机会，他从怀里掏出钱来，准备送给王一凡。

我就是想让你帮我买几百斤炭，取暖用。我不用钱，我们那儿的规矩，不允许用钱买卖的。

这个好，我十分喜欢。如果你喜欢的话，我也可以远离红尘事的。

霸王李不知所措地尾随着王一凡来到一处卖炭的地方，王一凡用手一指，对那卖炭者吆喝着：

谁说我没有钱？看我装束简单，就以为我是乞丐。告诉你，这是我的老板，炭可以拉走了，他来付钱。

霸王李刚才挨了一顿奚落，心里过意不去，正瞅着没有机会表现一下，想捞回点面子呢，便气不打一处来，朝着那个卖炭的掌柜的嘴巴便抽一记耳光。

你臭不要脸的，让你狗眼看人低！别说你这么点儿炭资源，就是将全市场上的都买了，我也买得起。这位是谁呀？不知道呀，千页村的领导，你这样得罪一位领导，想死呀？

掌柜的挨了一下子，本想反抗，可一看，这个家伙长得千奇百怪，且膀大腰圆的，不敢反抗了，只好唯命是从，赶紧自己抽自己的嘴巴子。

炭已经有人送过去了，王一凡利用这个时机，想逛下商场买点儿东西，便一直向前方走着。完成任务的她心里十分喜悦，确立了在村中的地位，相信流浪汉也不会小瞧自己，至于说准星嘛，他是个跳梁小丑的角色，不必过分理会他就是了。

回头看时，却发现霸王李灰溜溜地跟在后面。她眼珠子转了转，觉得应该给村里的众人添些衣物，便对霸王李说道：

唉，你的钱来的干净不？不会是抢人家的吧？

不是。我以前做过商人，钱是自己攒下来，准备娶媳妇用的，可惜的是没有机会，人家瞧不起我，我也没有办法。可我相信，总会有一个女孩子会被我的真诚打动的。

这样吧，你能帮我买点儿东西吗？我可没有钱，流浪汉一点儿也没有。

霸王李不知道花去了多少钱，但他留了个心眼，全部开了发票。他好像是故意使坏似的，生怕王一凡要少了。

东西满载而归，王一凡走在回家的路上，十分高兴。霸王李雇了辆马车，在后面跟着她，她不肯坐车，生怕有人传到流浪汉的耳朵里，实在走不动了，才肯上车。霸王李在前面吆喝着。

好一片明媚的冬日暖阳。快要到时，王一凡觉得不妙，应该避嫌才对，她从霸王李怀中抢过货物，对霸王李说道：

你先走吧，赶走马车。如果谁问了，便说我是硬着头皮自己运过来的，知道不？

知道，我清楚，你们那儿的破规矩，有啥了不起的?！不如随我还俗得了，我保准你可以有个好的归宿。

霸王李实在不情愿就结束了这样的机会，还想跟下去。王一凡不干了，跺着脚，厉声斥责，霸王李只好作罢。

山门就在眼前，王一凡累得气喘吁吁的，为了表白自己的功绩，她大声吆喝着楚楚的名字。楚楚听见声响，开了门。

炭早到了，流浪汉正在招呼人卸炭，他的脸也黑乎乎的，许是刚才搬炭的缘故。无论如何，他十分佩服王一凡的交际能力。

看到她带来许多日用品，大家感激涕零。流浪汉拿了自己那一份，觉得刷牙的感觉挺好的，比用盐水好得多。

一张纸条从包袱里抖搂出来，准星眼睛尖，拿起来看时，他抿嘴笑了起来。

这是霸王李写的情书，是写给王一凡的，什么我爱你，就好像星星爱天宇之类肉麻的话。

在流浪汉的眼里，这如同一颗炸弹一样，就差一声巨响后，将千页村炸成一片废墟。

本来是好好的气氛，流浪汉突然间将自己的身体掷进院子来，山门被他用力地拍在一起，三个人被晾在外面。

王一凡有一种被捉弄的无辜感，什么事呀，霸王李，你坏我的名声，我一定不会饶了你的。

准星却暗地发笑：当他们全都犯戒后，看流浪汉如何收拾这破碎的大好河山！

2012 年 5 月 18 日星期五 11：22。

48. 楚楚的水资源

千页村附近缺水，流浪汉过来以后，主张打井取水，他们在千页村的西部打了一口水井。村里下了禁令，其他任何人不准打水，这水井归楚楚负责管理。

附近村里的人发现了这口水井后，时常过来打水，开始时人寥寥无几，后来越发多了起来。楚楚可怜大家，觉得水是生命之源，冒着被流浪汉处罚的危险，让大家喝水。在人群中有些人有恶意，故意将水洒在地上，或者是在洗衣服的时候，将水倒得漫天飞舞。有些好事的年轻人，甚至开始打起水仗来，他们将这儿当成了天堂。

楚楚开始愤世嫉俗起来，她劝慰几个好事的男人，对他们说道：

水是有限的资源，不可再生的，这课本上早就写得十分清楚了，奉劝你们悠着点儿。

其中有一个叫亢龙的家伙，一脸的横肉，腆着大肚子走了过来，嚷道：

有什么了不起的，不就是一口破井吗？这儿可是我们的天下，霸王李曾经给我提过鞋，知道了吧？我亢龙是条龙，想做啥做啥。你个小尼姑，不在流浪汉村里与流浪汉鬼混，横啥？

楚楚随手提了桶水，铺天盖地地泼到亢龙身上，马上封了井，头也不回地进了村。

亢龙吃了大亏，便不依不饶的，其他哥们笑道：

你呀，是个男子汉，被一个娘儿们欺负了，好笑。

亢龙记了仇，有好几次过来找事，都被准星拦住了。准星了解事情的真相后，一股子坏水冒了上来，他心里忖道：

无论如何，都得让他们先破戒。流浪汉的事情不好做，至今没有抓住他的把柄，先从两个女孩子身上下手，她们不是想自由生活。自得其乐吗？生活允许她们这样想，不允许她们这样做。等着吧，树欲静而风不止。

亢龙再过来时，准星说道：

有能耐你去追她呀，追上她算你的本事。她可是我们这儿的一枝花，谁都没有本事纠缠的。亢龙，如果你追上了她，这儿的水你随便品尝，你便是半个主人了。

本来亢龙无心，但架不住另外一个男人的讥讽。

亢龙便上了心，再见到楚楚时，假装温柔似水，惹得在墙后面偷看的准星止不住笑掉大牙。准星也觉得自己有点儿过火了，两个姐姐，一个原本就喜欢自己，一个给自己洗衣服，嘘寒问暖的，自己为何会产生这样的想法，想制止，却控制不了。人有时候就是这样，当欲望来袭时，没有几个人能够控制得住，光想着欲望实现的那一天。

亢龙早就听说楚楚是个作家，写得一手好诗，因此，他事先临摹了一首诗，虽然是个土包子，但抄诗只是费点儿时间罢了。亢龙写的是《龙求凤》：

我眼中有眼屎，你眼中有我，我却不是你的眼屎；

我心中有爱情，你心中有我，我就是你的爱情。

龙不才，命微薄，但心犹在，只要爱不死，明天便是天堂。

一首吃里爬外的诗，听起来像一堆狗屎扣在脑门子上面，摆脱不了，却又吐不出来。左右为难是这首诗的集中内涵。

楚楚头一次在千页村这个穷山恶水听到了有人写诗念诗，但当她好奇地回过头去，竟然发现了一脸变态的亢龙时，她的气不打一处来，再结合刚才诗的内容来听，简直不堪入耳，这也叫诗吗？

楚楚故作镇静，一脸笑容地迎着亢龙走过去，亢龙以为自己的文采起了作用，便迎了上去，两对目光相碰处，没有爱的火花产生，却是产生了火药味。

楚楚将巴掌并起来，在亢龙的耳畔温柔一击。这一击，将亢龙的半个脑袋打得嗡嗡作响。

亢龙急眼了，心中暗骂道：不知好歹的家伙。

有心想还手，却发现准星在墙的另一侧冲着他使眼色。楚楚也发现了准星，有心叫他过来，却发现准星像只猫一样消失了。

亢龙趁着夜色，翻入了村院里。这对于一个外人来说简直是一种挑战，因为流浪汉下过命令，任何外人不得进入千页村，一旦发现将重责；另外，如果村内人勾结外人进入千页村，一定会按照村内最高责罚进行。

准星一刻也没有消闲，他故作肚子疼，没有参加晚上的参禅。他故作高深地来到外面放风，看到亢龙翻身进入村院后，他大呼不好，觉得今晚一定会有好戏上演。

亢龙却是喝了酒，他想找机会报复楚楚。女人首先要教育，让她学好，然后再与她好好过日子。爱是教育出来的，培训出来的，不是与生俱来的。有些女人，根本就不会爱男人。

亢龙首先来到了正厅，却看见垂檐后面，一字坐着三个人，其中一人恰好是楚楚。他觉得时机不成熟，便躲了出去。

没有走几步，便被准星抓住了，拖入旁边的烂草地里。

你晚上过来做什么？白天没有闹够吗？

我气不过，想来报复，我想杀了这个娘们儿！

放屁，你这样做是莽夫行为。你应该告诉流浪汉，你与楚楚的事情。你爱她，你们产生了感情，只要楚楚在村里待不住了，她出去以后，你就是老大了。

对，对村院重地，不可放肆。可是，我如何说呀？现在他们可都在里面呢。

你等他们做完禅事后，楚楚出来了，你便上前，抓紧她的手，说你喜欢她。她肯定会反对，且大骂你。你跪倒在流浪汉面前，说成全我们吧。流浪汉慈悲大发，会成全你的。

会吗？亢龙感到云开雾散，同时飘飘然。

2012年5月15日星期二21：56。

49. 一个恶作剧

准星十分无聊地盯着亢龙，似乎害怕他不知道如何处理这样棘手的事情，他竟然手把手地教导对方。亢龙感激得不得了，心里飘飘然，似乎感觉自己的心早已经飞进了楚楚的眼眸里。

准星使了个眼色，亢龙心领神会地跑到了房檐下面。千页村的房檐完全是模仿古代的建筑物，建成时十分阔气，但由于十八公用了豆腐渣工程在里面，现在有些漆已经开始掉色了。流浪汉曾经想追责，但十八公先堵住了他的嘴，说流浪汉一向与世无争，这件事情也就不了了之了。

亢龙抚摸着房壁，前两天刚下过雨，墙壁有些湿滑。亢龙精神紧张，一下子暴露了嘴脸。

楚楚站在房檐下面，一眼看到了让自己闹心的角色。

一对男女，如果从一开始，都看不惯对方，如果想让他们成就百年之好，十分困难。

楚楚对这个亢龙一点儿兴趣都没有，在楚楚的天空中，一丁点儿爱的成分都不存在。

但世事常常如此，你不喜欢的偏偏老天爷送给你，兴许是考验，也许是前世的仇人。

流浪汉也站了起来，因为法事的时间到了。王一凡与流浪汉并肩站在一脚门里、一脚门外的位置。

楚楚骂道：你个无耻的家伙，你来做甚？这儿可是风水宝地，别污染了这儿的风水。

我，没有其他事情，就是想对你说一声：我喜欢你。

亢龙憋足了劲，半天才缓过气来，鼓足了平生的勇气将最后一句话念得铿锵有力。

你胡说八道。楚楚感觉脸红如布，心似彩虹，但眼神中分明流露着惊喜：欣赏自己，总比骂自己要强吧。这是人的软弱之处，谁都愿意让人夸奖自己，哪怕对方是个乞丐、无赖。

准星并没有及时出现，他是在暗中观察流浪汉的脸色。既然有规定，楚楚已经犯戒了，她与村外的一个野男人相爱，哪怕这件事情是子虚乌有的，但至少对方喜欢上了她，说明她已经与对方有过来往。

流浪汉想说什么，却说不出来，他站在现场，一个劲地思索。现场的气氛十分尴尬。

王一凡气愤不过，跑了过去，想抽亢龙两个嘴巴子。

亢龙闪了出来，说道：这位姐姐，我可是真心喜欢楚楚姐的。你不是也恋爱了吗？听说，你与一位山大王相爱了，不是吗？

两个女孩子实在控制不了了，上前去，将这个家伙摁倒在尘土里，不大会儿工夫，便打成了万朵桃花开。

流浪汉在后面大声怒吼着：住手！既然犯错误了，就该好好纠正，怎么以这样的态度对待一位无辜的先生?!

流浪汉说话时的声音十分有气魄，像是挨打的人就是自己似的。

流浪汉不傻了，其实，他们刚才越轨的动作，就像是在抽自己的大嘴巴：一个一家之主，竟然控制不了局势，任凭局势往恶劣的方向发展。

大家都以为亢龙是个泼皮无赖，在挨打过后，会不依不饶地要求村里给个说法，可是却没有。亢龙算得上真男人，他起身后，拍拍尘土，说道：

打得好，我实在是该打。

亢龙一瘸一拐地走远了。楚楚站在原地依然呆站，心事如麻。

准星却不知在何时出现了，他总是以这样一种失常的面目面对三个人。楚楚没好气地想踹准星，准星却装作什么事情也不知道似的，来到流浪汉面前施礼。

流浪汉并未讲话，只是挥了挥手，说道：回去吧，大家休息去吧。这件事情明天再说。

准星失望了，他觉得男人对男人总是下手特别强，但相同的错误，如果出现在一个女人身上，总会被男人轻描淡写。

这便是男女的不同。世间许多事情，不是一两句话可以说清楚的，但愿时间能够琢磨透一切纠葛。

准星却拉了王一凡的手问道：出什么事了？怎么刚才有打斗声？

没事！王一凡似乎也对准星的出现表示不满，转身离开了现场。

准星留了下来，他思忖着自己刚才的行为：万无一失呀！我与亢龙说事情时，他们没有在场呀。他们这是为何，是对我不公呀。

深夜时分，楚楚与王一凡的房间里却是灯火通明，本来两个人两个房间，楚楚睡不着，便敲开了王一凡的房门。

王一凡搂着被子，正出神呢。两个女子，眼神奇妙地碰撞在一起。

楚楚哭了起来，王一凡被气氛感染了，也在哭。

楚楚哭了半天后，问一凡：妹妹，我怎么觉得不像是在世外呀。我们想安生，怎么这么多人过来搅闹我们?

王一凡说道：我们应该少出去，多干活。或者是出去时，将自己女扮男装，让他们认不出来。古代的女子，出门不便，多是这样的装束。

好是好，可是却违背了我们的本意了。周围物欲横流，偏偏我们想置身于事外，说明这就是一场梦罢了。

2012年5月17日星期四17：03。

50. 一波未平

两个女子，两段离奇的爱情故事，流浪汉一时间束了手脚，心中生气，却无法处理眼前的现实，但流浪汉却在脸上表现了出来。他不能无动于衷，让人觉得这个家长好欺，不然，这其中的唯一一个男人准星准会变本加厉地怨怼自己，他会以一种高昂的姿态面对自己，将流浪汉原本树立的威严送至九霄云外。

这件事情必须处理，但两个女子是当事人，不能与她们商议，只有与准星商量了。

流浪汉十分怵准星，但没有其他法子，按照正常逻辑，要有民主。他只好找来了准星。

准星知道流浪汉会找他的，此时的他，内心深处充满了波澜，只是想尽快地结束目前的状况。干脆，让流浪汉松口，说可以恋爱，这一条一旦松动后，其他条件便可以烟消云散了。

流浪汉不开口，准星也不说。这儿谁是领导，谁先说。

准星一直在想着另外一件事情，就是自己写的那封情书。情书上面分明是自己的字迹，这是唯一一条罪证。霸王李已经将这封情书交给了王一凡，并且一凡刚才掉在地上时，被流浪汉捡过去了，幸亏不识得自己的字迹，否则后果不堪收拾。如果让流浪汉知道自己是始作俑者，一定会引起轩然大波的。

流浪汉发问了：准星，现在只有我们两人没有犯过错误了。你说吧，如何处理两个女子的事情？

这个，我说不好。我认为：没有必要小题大做的，她们不是故意的。再说了，是别人骚扰她们，她们或者是无意的。按照条规，如果自己产生了感情，就是犯了忌，需要得到惩罚的。另外，我再提一下我的观点，就拿王一凡去买炭来说，她是让霸王李出的钱。拿人家手短，对方这样做，趁机揩油，也属于正常范围内。还有，我们村里一点儿钱都没有，没有收入，何来长治久安。我们想闭关，想锁国，没有条件呀！自给自足，男耕女织，条件充分吗？先生，您得充分考虑一下，您是这儿的领袖。我不该这样说的，但我有提建议的权利。如果再这样下去，我们都得饿死。我们这样做本来是为了过世外桃源般的生活，不想让世人打扰，但现在的社会分工太明细了，我们做不出来所有的东西，必须得买，或以物交换。

流浪汉听得入迷，他似乎在考虑准星提出的问题。好半天时间，流浪汉道：

你提得有道理，我考虑一下吧。目前来说，必须考虑如何处理两个女子。她们有罪在先，尽管是别人骚扰她们，如果她们不轻浮，如何有这样的事情？我最担心的事情，还是发生了。如果任由事情发生下去，我不知道会有什么样的后果产生。感情的事情我最清楚不过了，一旦一男一女在一块儿时间久了，就是木头性格的人，也会想入非非；如果分开了，距离拉开了，爱情不可能发生的。

流浪汉说得十分精辟，说时，他想起了远在千里之外的千百爱。她一定虔诚地守候在住所里，等候自己的光临。可是，物是人非，世事难料，世界上的许多事情，无法根本融合，就像天离开地，天涯海角，天各一方。

准星十分机敏地反问道：先生，出家以前，您恋爱过吗？

流浪汉被人戳了一下，感觉心口闷得厉害，他站直身来，踱着方步。他不想讲出来，只是淡淡地说道：

有过。谁人没有过一段感情经历，现在看透了，不晚。

两个女子也是如此，得到惩罚后，再更改，不晚，永远不晚。

流浪汉见准星不答言，便继续说道：

我看这样吧，罚她们进入晚霜与妖妖的房间待一阵子吧。没有办法，也许，她们会悔过自新的。同时，你应该出去，找两个小子谈一谈，说我们这儿的规矩，不允许恋爱。让他们远去吧！断了源头，任凭一方情意绵绵，落花也是无意呀。

准星同意地点点头，不过他马上追问道：

如果下次再犯呢？或者是我们也会犯呢？我们都不是什么圣人。

一样的结果，如果首犯，只有关进那间房子里了；如果再犯，便是逐出村门，永不再用。

准星心里咯噔一下子，不安在脸上浮现。不过，他很快轻描淡写地省略过去了。

准星，我警告你，我们是想过古代人的生活，这一条始终不能更改。至于钱的问题，我们再想办法吧。我们自给自足，我们都要劳动，不能坐以待毙。等她们关够十五天后，我们再商议吧。

再则，你收敛起你的商业化思维。我懂你的意思，那样子，钱来得快，来得多，但一旦那样，就会失控。钱多了，不是好事，是坏事，人心会被隔膜。商业化的运作模式会同化我们的思维，会让我们掉入欲望的窟窿无法自拔。所以说，只要我活着，商业化的道路永远不可能进行。

准星答应了一声，退了出去。他盯着刚刚开垦过的荒地懊恼不已，这对于自己来说，算得上是一次致命的失败。

接下来，两个女子收拾了行李，去了自己的隔壁，从此后，在十五天时间里，她们要面壁思过，不再涉问外面的事情。

每天的饭菜需由准星准时送过来，流浪汉担当起做饭的任务。不过，流浪汉做的饭倒也好吃，平日里都是两个女子轮流做的，流浪汉知道两个女子这些天比较辛苦，便多加了油，将库存的饭菜尽数端了上来。

由于同时受罚，她们并不算孤苦，只是与两个死去的女子对话，她们感到有些恐惧。第一个夜晚时，星光点点，万籁俱寂，周遭一片漆黑。楚楚死死地搂住王一凡，一凡则担忧地睡不着觉，两人不停地说着话，害怕彼此睡着了，一觉不醒。

后夜时分，实在说不动了，便准备睡觉。外面却起风了，月光惨淡，一片鬼哭狼嚎之声传来，似野鬼在笑，似虫在深吟，又似万千种可怕的动物纠集起来，反对这世界的万千种种。

2012年5月19日星期六9：16。

51. 一波又起

我究竟想达到什么目的？准星突然间问自己。

是要将两个女子撵出千页村吗？当然不是。实际上，他十分喜欢两个姑娘，如果在古代，允许一夫多妻的话，他一定会奋不顾身地将她二人娶走的。可是，流浪汉不让结婚，根本不能提这样的问题的。

自己只是想利用两个姑娘的错误，打破流浪汉的一人专制制度，然后自己有机可乘，自己也可以破坏制度，最后以商业化的姿态引进大量外资。

这期间，红姑娘派人来了两次了，催促上次谈的问题，准星以各种理由给延后了。不料，红姑娘却派人送来了一大堆的钱，大约有十万左右，作为定金，约定什么时候有戏了，再生效，但钱已经是准星的了。

准星为这钱费尽了脑筋，不知道该放在什么地方，存银行的话，他没有身份证；藏起来，又怕老鼠咬坏了；有心公开大肆挥霍，消费、吃喝，找小姐，但又不敢，这需要时间与地点，如果让流浪汉知道了，他会气坏的。

准星又想到了另外一层关系，如果在两个姑娘身上下手不成，干脆用钱腐蚀流浪汉，让他不自觉间跌入自己精心设计的爱河里，如果他淹死了，这儿便是自己的天下了。只要流浪汉有七情六欲，就不怕没有机会。

现如今，那都是后话了，流浪汉暂时不可能答应自己出去的，除非两个姑娘得了自由之身，自己找个借口才可以的。

他想到了办法，上次运炭时，有一家炭老板，千页村曾经答应人家做法事，可是一拖再拖。流浪汉可能忘却了，如果给流浪汉提出来，流浪汉肯定不会失信于人的，他会去，我可以与他一块儿过去。期间，许多事情，就不由他了。

霸王李与亢龙又来找他了，亢龙上次没有成功，却挨了一顿打，心中自然不愿意。

霸王李钱出了，却没有得到一凡的芳心。

两人结伴而来了，这家伙，一时间气贯长虹。

准星正愁没有办法，两个家伙不依不饶的。亢龙说自己吃亏了，无所谓的，只是楚楚我是爱定了，无论如何，我都要再见到她，表明自己不是故意的，我可以等的。

霸王李一见这阵势，自己不能落后呀，哪能在另外一个男人面前甘拜下风呀。他甚至哭了起来，大声叫唤着：

我也爱一凡，哪怕我死，我都愿意的。

准星说道，这有啥用呀？我告诉你们呀，现在，她们都关了起来，流浪汉的主意，我没有办法。我是个执行者，知道吗？

我们要去找她们，将她们放出来。

两人想闯进去，准星拦住了。现在除了流浪汉以外，就剩下我一人了，如果放你们进去，我就得吃不了兜着走。除非你们将我打败了，或者是干脆将我杀了算了。

准星继续说道：现在，你们听不听我的安排？想不想成功？

想，你说吧。我钱出了，力也出了，却没有讨到好！霸王李一脸无辜。

亢龙也表示赞同，问准星到底如何办。

首先得放她们出来呀。如果不出来，你们能安全见到她们吗？如果你们直接闯进去，会使她们的服刑期延长的。流浪汉是啥人呀?!

干脆将流浪汉杀了得了！一丁点儿星光在他们的脑子里成型后，瞬间发泡，剧烈增大。这话刚一出来，准星感到自己的头嗡的一声，差点儿没有坐到地上。

霸王李搔搔头道：这可不好办了。打打杀杀，我们在行；动脑筋，我们都成弱智了。准哥，你给想想办法。

亢龙说道：干脆，找孕妇过来，就说要生孩子了。生孩子的事情，男人可帮不了忙。

那样做也不行，闹不起来呀。最好是发生纠纷了，这样才好。

这个好办了。准星伏下身来，在他们二人的耳朵边耳语了片刻，两人听后，会心地笑了，转身便离开了千页村的外墙。

准星一拍脑袋，自言自语道：人生充满了算计，这样做不知道好还是不好，但已经开始做了，覆水难收呀。无论如何，只要自己商业化的路线成功后，便会将脑袋收起来，再不与人为敌。人生为何要做树欲静而风不止的事情呢？安心点儿有何不可？

夜晚时分，准星去看望两个姑娘，两个姑娘不理睬他，似乎对他的表现十分不满意。

准星厚着脸皮，说自己也没有办法，现在自己也头疼得很，还得劈柴做菜，失去了两个姐姐的天空不叫人生了。

楚楚对准星越来越有意见，她表白道：

准星，你悠着点儿。我怎么感觉这些事情，好像是有人故意使坏似的。不要让我们姐俩查出来是你做的，如果真抓住了证据，不会饶了你小子。我们本来对你挺喜欢的，你是老兄弟。可霸王李与亢龙是如何进来的？就凭他们俩的智商，不可能有这样的办法。

2012 年 5 月 19 日星期六 15：04。

52. 闹心的事情

霸王李与亢龙下去后，便开始做着精心的准备，他们想做什么？不过是想一些刺激性的事情，让流浪汉放了两个女孩子罢了。

霸王李与亢龙两个人携起手来，才看到一抹黎明的曙光。原来两个人互不理睬，都认为对方是个孬种，不过是对自己的过高估计罢了。如今，同样的认识、同样的目标让他们站在同一条地平线上，他们只有选择相互协作。

霸王李对亢龙道：弟弟，我怎么感觉准星是在故意使坏水呀。他可是村里的人，他这样做，不怕先生怪罪他？

两个也都是不甘居于人后的人，在现场一个劲地想着应对的办法。但目前，准星想的这个办法倒是有效的。

第二天一早，山门外便来了一个妇人，此人人高马大的，怀着孩子，挺着个大肚子，敲打着山门。霸王李与亢龙躲在草丛里，亢龙担心自己老娘的表现不够精彩。老娘本心地善良之人，但一听说孩子是为了自己的将来与对象，便来了精神，装一回孕妇又如何？撒一回泼又如何？将故事演得精彩，便是她来的目标。我们姑且将她叫作小脚太太吧，因为她自称是中国最后一个缠脚的人。

流浪汉刚刚起床，梳洗在进行，准星则守在灶台旁边，将面条从锅里捞出来。按说早餐该喝汤的，但自从两个姑娘关起来后，这面条便成了日常主饭了。因为面条好做点儿，不需要炒菜，将鸡蛋扔进去，火加大点，番茄也加点，盐一扔，便是一顿饭。两个姑娘倒是送啥吃啥，一点儿也不感到无奈。流浪汉吃得也可以，唯独准星一闻到面条的味道便想吐，好想吃一顿开心的米饭。

流浪汉第一个打开了山门，看到一个女子守在山门旁边，泪眼婆娑的，嘴里面骂着负心郎的名字：清海，你快点出来！你做下的好事情，我这么大岁数了，你却如此对我，于情于理于天于地，你都得有个交代。不然，我可不愿意帮你。我找政府帮忙，找“妇联”去。你虐待我，不让我吃，不让我穿，将我关在小黑屋里接受煎熬。你却好，装清高，躲在这儿装清纯，装嫩，滚出来！

小脚太太并不认识清海，只知道骂。这全是事先编好的词，见一流浪汉出来了，年纪轻轻的，以为是小流浪汉，便上前堵住了门嚷道：

清海呢，去哪儿了？一个老流浪汉，不敢出来，让一个小的出来，成何体统?!

没说便漏了，清海心里面好笑，觉得天下好事者太多了，但如果找不到合适的杜绝的理由，你的好事便是一种敷衍。

施主，请起来。你认识清海？

准星从后面绕了过来，他对找这样的一个妇人，感到十分不满意，清海年纪轻轻的，如何能够与这样一个女人有瓜田李下的事情发生？

我当然认识，人高马大的，清瘦，帅气得很，像猪八戒先生。

施主与清海有何事情发生？能否先行告诉我？流浪汉看到了准星，仿佛抓住了救星，他对准星使了个眼色，吩咐他照实记录。准星找了个地方，拿了张纸，咬着笔，然后听着写着。

妇人道：我是个多事的妇人，以前遇到过几位男人，有的是我自愿的，有的是人家愿意的，我没有办法；还有一任是选出来的，当时抓的纸条，最后对方赢了，我便跟了人家，后来还生了个孩子。

与清海绝对是一段孽缘。清海好色，是个老不正经的家伙，去我家理佛事，一来二去的，眉目传情，顾盼神飞，一时间想不开，便上了他的贼船。如果是一般性条件，我便妥协了，但最后我发现，我怀孕了。这算什么事情？他的冲击力太大了，我现在上天无路入地无门呀！你说，我怎么办？

施主，你是说，你怀了清海的孩子？

谁说不是呀！人呀，都有七情六欲，流浪汉又如何？现在后悔晚了。我不过是想过来让他承认罢了，我会走的。他只要认了，我明天找个广播嚷一阵子，也算了。孩子我养得起。一个野流浪汉，没有家财，只有一块破地方，也没有经营，你说他哪来的钱呀？

什么时候的事情？你眼中的清海长什么样子？流浪汉见缝插针道。

准星一想，坏了，事前忘了告诉他们了。流浪汉机敏过人，稍微一疏忽，便会露出马脚。

世界上的事情，大多如此，精心编造的，一定没有正常发生的那样圆满。这就好像有人故意在一枚西瓜上套了一个方框，想让它长成方形的，可西瓜的本质规律便是以圆形示众，虽然长成了歪瓜裂枣，但毕竟不是一件物体的本来面貌。

反正他长得十分老，老得走不动了，但身体倒壮实些。如果我见了，肯定会认得他的。

流浪汉插科打诨起来，他用手一指准星道：你看他像吗？

不，太年轻了，不是江湖老手。我绝对不会要的。

我像吗？流浪汉指着自己的鼻子，现场的气氛瞬间尴尬。

准星直冲着她使眼色，示意她点头，因为他就是清海本人。但妇人不解，直看草丛里的儿子，流浪汉催得紧，她便随口答道：

刚才我说过了，你不像嘛，太小了，像我的孩子。

哈哈哈哈……流浪汉的笑声响彻云霄。不攻自破的一场谎言，不过是好事者的伎俩罢了。准星，你应该告诫有些人，不要无事生非。妇人，我便是清海，你不认识我，为何说我害了你。快点走吧，诽谤的罪名，你可是承担不起的。还有，你一点儿也不像一个怀孕之人，有喜的人，身体不会如此敏捷，不会有这样的脾气。怀孕之人，有着快要做母亲的欣喜，她们会笑，会如月光般华贵，即使是一位老来得子的人，也会表现相同的。

2012年5月20日星期日16：19。

53. 准星与流浪汉的畅谈

上午时分，准星刚想离开这儿，去找寻亢龙与霸王李周旋下一步的事情时，流浪汉却突然间叫住了准星。

流浪汉道：准星，你我是千页村里少有的男性，我们应该谈谈了。择日不如撞日，就现在吧。山门外，你去取两瓢水来，我们小酌。

流浪汉不喜酒，但喜欢喝井水，他说那种滋味才是最纯正的味道。泉水在山中，会受到污染，因为会有人涉猎其中；井水却在地下面，不会有人的足迹光临。凡是人类到过的地方，灾难、污染不可避免地会发生，至于说地下面的怪物与动物们，它们也许会破坏水资源，但它们不会对自己的食用水下毒手的，至少，水也是它们赖以生存的重要因素。

流浪汉道：准星，你给我说一下你的过去吧，我对每个人的过去都十分有好感。我听说你是一个演员，演过不少的剧目。

是的，先生。准星有些不知所措，坐着，脸却不敢看流浪汉，因为他们有隔阂，他们之间有着鸿沟，所以说，他会感到不好意思。

我以前做过演员，喜爱一个女孩子，却害了她，她走时依然对我恨之入骨。我知道自己该死，做下了不该做的事情。

一念成灰，一念成恨呀！既然已经受到了伤害，就该静下心来，敛气静神地去接受惩罚，去洗心革面。我想，这也是你到这儿来的原因吧。如果心如沸水，灾难与烦恼不请自来，你是不会安生的。

是的，先生，我也是这样想的，我之所以留下来，参加四人会，就是想使自己赎罪，使自己的心灵得到冷却。至于说下一步如何做，我不清楚。但在这儿，我已经找到了春天。

你的表面上是春天，你的内心深处依然涌动着一条暗流，它在无情地吞噬着你的细胞，让你欲罢不能。知道吧，你不说，但我清楚，我能够通过人的脸面，看到他的内心深处。

先生，我知道错了。准星还想反驳什么，却见流浪汉已经将脸朝向了太阳升起的一边。远方有多远？远方就在脚下。

无须说对与错，路就在脚下摆着。

流浪汉甩了袖子，准星站在原处无地自容。

正当他准备返回时，亢龙与霸王李跑了过来。身后，那个老婆子不依不饶地骂着亢龙不是人，竟然想出这样的馊办法来，让我的老脸往哪儿搁呀？

准星刚才受到了教育，正心烦意乱呢，他不想搭理他们，转身想走，却被亢龙拦住了。

没有效果呀！先生，你这样让我们做了，却一点儿效果也没有。流浪汉太厉害了，如果来软的，恐怕不行的。

霸王李也说道：先生，是呀，我们可是都听你的，你不能半途而废呀。我们的目标是一致的，你得到你的位置，我得到我的女人。如果我们娶走了我们的最爱，这儿便成了你的天下，你想如何做，是你自己的事情。

我没有办法了，你们走吧。刚才你们也看到了，我差点儿也被流浪汉发现了。你们再这样逼我，是想让我死呀！

已经上了贼船，想反悔，谈何容易！

世上的许多事情，要么就涉入其中，将错就错，一错到底，要么从一开始就抗拒住诱惑，哪怕对方是美女、金钱抑或一座城和一个国的许诺。

还想解释，已经不行了，准星感觉三张嘴将自己围起来，两个男人数落着你的过去是与非，一个女人更加变本加厉地说你的主意害了我的名节！如何挽回颜面？

你们不要一直找我好吗？你们有本事，去抢呀！软的不行，来硬的！你们以为自己是天吗？准星扔下最后一句话后，头也不回地走了。

小脚太太仰着头，一脸不高兴，因为她没有得到想要的答案。

亢龙也云里雾里。对于自己的表现，他认为可圈可点了，为何没有挽留住一个男人与一个女人的心？

霸王李却好像发现了什么事情似的，他大叫着：有主意了，刚才准星走时，不是说了吗？我们是什么出身？强盗呀！我们就发挥我们的技术特长呗，软的不行，硬的。生米煮成熟饭，我们将人抢走，拜堂成亲，这不是皆大欢喜的事情吗？等孩子生出来了，说什么也晚了。

亢龙一拍大腿，嚷着：好办法！可是，我们没有兵，如何抢呀？

霸王李一拍他的头，说道：

我有呀，我有一大批的人，正给流浪汉干活呢。我们趁乱杀进去，将两个女孩子抢走，不管三七二十一，让她们上了我们的床，不就行了吗？

好办法，好办法。小脚太太一听说要抱孙子了，欢喜得不得了，从地上捡回了破袄子，准备回家便给孩子做衣服。

准星心里面感觉难受，好想找个地方大哭一场。晚饭过后，他堵得慌，竟然一阵错觉来临，他想起了自己的父亲。他好想找个机会，给父亲打一个电话，报个平安，不然，父亲以为自己早已经不在人世间了。

这样想着，心绪难平，他趁着夜色，便出了山门。他需要徒步攀行二十余里地，才能够找到那家网吧，那儿有一个电话亭。

2012 年 5 月 21 日星期一 14：43。

54. 荒唐的抢亲事件

两个女孩子呆坐着没有事情，便一直想着法子打破僵局。她们想找一点儿乐子，可在两个亡人面前，如何取乐才能令彼此笑起来，才能打破掉这儿的阴森气氛，便令她们十分头疼。好歹，她们都是有学历的人，她们会想办法，就算是被关到了一座孤岛上面，也要学会寻找快乐。

楚楚对棺材里躺着两个魂灵十分好奇，她一会儿过去拍拍李晚霜的脸，一会儿摸摸钱妖妖的手镯。她们都是古代女子的打扮，这儿仿佛一夜间成了古代统治者的天下。

我们不如将她们搬出来。我听说西方有一种趣事，就是模拟死亡。我们也躺进去，享受一下死亡的气氛，如何？

这样呀？王一凡年轻点儿，也觉得好玩。

两人抱了李晚霜与钱妖妖的尸体，好不容易才将她们挪出来，平躺在两张床上，两人的皮肤白皙，有一丝灵动划过耳际，好像两个睡美人。

她们二人便钻进了棺材里，可是，她们没有料到，棺材里面放有迷香。这种香味是流浪汉特意研制出来的，能够驱赶不良空气与蚊虫，阻止腐蚀的发生，但味道难闻，能够使人昏迷，却不足以置人于死地。

子夜时分，月亮上来了，大地瞬间华美无比。许多时候，一片月光就可以带来一片肃杀的气氛。

四个家伙，像狸猫一样钻进了房间里，撬开了房门，似乎对这儿的地形不太熟悉，差点被两具尸体绊倒在地板上。等他们睁开了眼睛，看清楚房间里的摆设后，他们吓了一大跳，其中一人小声说道：

吓死我了。两个棺材，抬谁呀？

另一个嚷道：笨蛋，抬谁，难不成要抬死人吗？抬床上躺的，一定是两个小美人。

不容分说，采取办法，两人抬一个，一起一落之间，两个人便被抬了出去。两个人一见空气，脸上的粉底顿然失色，苍白无色，其中一人低下身看时，心里面直嘀咕：怎么女孩子一到了晚上，睡着了，都像鬼呀？

与此同时，准星刚刚到达网吧前面，他拿起电话，匆匆按响了父亲的手机，却发觉是个空号，难道父亲……准星不敢想了，他转而打了父亲的座机电话，好半天工夫，通了，一个女人声音。准星问：全星呢？对方说，什么全星？早走了，这个地方早倒闭了。影音公司，一个坏女人与另外一个坏男人，能做出什么好事来?!

挂了电话，是对方先挂的。准星也挂了，电话架子被摔得山响。网吧老板不乐意了，非说准星摔坏了电话，要求赔偿，两人吵了起来。

正当他们吵闹之时，忽然见月光下来了一队人马，四个人，抬着两个女子，正逶迤而来。为首的男人，一身夜行衣打扮，怎么看怎么像江湖传说中的强盗。

老板不敢说话了，最近地界不太平，时常有鬼魂出没，便想闪开。准星也感觉害怕，便躲在了电话亭里面。

有两个男人的声音，一个说道：我们今晚就待在这儿了。告诉他们，就说是霸王李的人，让他们悠着点儿，挪个地方。

后面的人嚷着：老板呢，听清楚了没？老板颤抖着从旁边闪了出来，问道：

我听说霸王李喜欢千页村的小姑娘了，改邪归正了，怎么又学坏了？

放屁，什么学坏了，他本来就是个坏人，现在失恋了，为何不学坏呀？一个失恋中的人，经常会失控，会失控杀人，失控骂人，更会失控打人呀！

准星听出来了，竟然是霸王李与亢龙的声音，他们沆瀣一气，是想做杀人越货的买卖，这我可不会答应的，管他呢！我就是想与他们理论一番。

与这儿同时进行的还有一桩事情，是关于十八公的。

十八公自从贪污了一点钱后，便对流浪汉感激涕零，他没事可做时，就跑到钱富贵的家里。钱通常是在散发银两，十八公受用无比。

钱富贵这些日子一直有病，十八公便日夜陪伴。今夜，十八公需要到百里之外的一个镇上去给钱富贵取药，本来是想开车过去的，十八公却说道：

流浪汉先生说了，为了显示虔诚，取药时最好是徒步前往，这样最灵了。

钱富贵答应了，觉得十八公够意思，止不住老泪纵横。

十八公紧赶慢赶，哪知道竟然在网吧这个地方迷路了。他左转右转，心想着今晚无论如何也不能够返回去了，他便想到了网吧的贺老板：这小子鬼迷心窍惯了，准是现在正与一帮老娘们在网吧里裸聊了，让他请个客再说。

没承想，竟然发现了准星躲在桌子下面，他刚想发作，问候对方，竟然又发现了一帮江湖人物。

在明处出场的四人，依然没有停止吵闹，吩咐贺老板准备饭菜，撵走这儿一帮子没有父母掌管的孩子们，他们正在网络上接受一场血雨腥风的洗礼。

孩子们不服，有几个竟然想与四个江湖侠士过招。霸王李不杀孩子的，他也想要一个孩子，他走过去，摸摸孩子们的头问道：多大了，小鬼？

我十一了，你呢？李寻欢大侠，还没结婚呢？

四人坐在桌子上面喝酒，一边欣赏着网络上精彩的电影。酒足饭饱后，霸王李说要去看一下两个姑娘，亢龙也跟了过去。

准星与十八公都躲在暗处，他们早就发现了床上躺着的两个女子。准星奇怪呀，如果是楚楚与王一凡，她们为何不醒？难道是两个家伙施用了江湖蛊术？

不管如何，不能不救！他趁着四个家伙喝酒的空当儿，跑到两个女子中间去，有心叫醒她们，却蓦地发现，她们手脚冰凉；再看脸蛋时，大惊，竟然是她们！

准星吓死了，急忙闪到黑暗处：他们真是该死呀，竟然对两个死去的女子下手，这是怎么回事？

2012年5月21日星期一15：09。

55. 斗争

十八公也想上前去，但这样会暴露自己的行踪。现在看起来，两个家伙之所以将人抢过来，是想强行与对方成亲。这样的事情，怎能见死不救？

十八公趁了个机会，还是上前去了。当时的一帮人，正躲在里屋吆五喝六地入迷入醉。

准星瞅见了一个老头子，他猛然一惊，这不是十八公吗？坏了，如果让他发现钱妖妖被人绑架了，他一定会回去告诉钱富贵的。

怎么办？如果不阻挡他，自己可能会自身难保，又一想，我阻碍他干吗？矛头指向了流浪汉，有何不可，连人家女孩子的尸首都保护不了，如何成为圣僧。

但又想了，不行，十八公一定发现自己躲在暗处的事情了，他一定会认为自己与他们是一伙的，矛头首先会指向我，再指向流浪汉，这可如何是好？

十八公傻了，晕了，蒙了。他没有想到，一个男人除了对女人下手外，还会对男人下手。同样的性别，男人何苦为难男人呢？

这个时候，四个家伙早已经走了进来，霸王李与亢龙撵了两个帮手出去，两个家伙过意不去，便站在门边等候并且观察。这样的人到处皆是，既然我得不到，但我可以闻得到味道！

十八公昏了过去，但他无意中抓住了对方的手腕子，硬生生地将一串佛珠拽了下来，然后拼了命地压在自己的身下。他在昏迷前的一刻，心里依然冷静：这人一定是想阻碍自己发现两个女孩子的身份，而这两个女孩子的身份一定维系着一段人间傻事。

准星将对方打昏了，便将他扔进草丛里，马上回转过去。

霸王李与亢龙早已经急不可耐了，一边嘬着嘴，一边指引着自己的道路，但当他们的手互相抚摸到女孩子手时，他们竟然愣住了，冰凉不说，且没有温度。只有死人的手才呈现这样的感觉，他们二人小时候都摸过死人的手，曾经做过盗墓的勾当，但现在，无论如何都已经表明，要么是自己的灵魂已经死了，要么是自己刚刚遇到了世间精灵。

再看对方的脸，仔细地看时，两人傻眼了，竟然是陌生的两个人，不是楚楚与钱妖妖。难道她们尸变了，她们变成了两具可怕的尸体？

准星躲在暗处发笑，觉得这两个家伙愚蠢至极。现在看起来，他们可能遇到困难了，如果自己出手的话，一定会帮助他们，对自己也有利；如果不出手，他们一定会把尸体扔掉。对了，等会儿，待他们处理事情时，便马上出现，抓住了他们的把柄，要挟他们，转被动为主动。

二人果然慌了手脚，匆忙叫了两个帮手过来。两帮手高兴呀，以为可以有汤喝，便马不停蹄地踢开了门，可当他们看到二位老板的表情时，竟然大惊失色，从二人没有得逞的脸色上来看，他们一定是受阻了。

是两个尸体，埋了吧？霸王李哀求着。

亢龙也道：是呀，你们二人，赶紧处理，一定要埋掉。我们真是作孽呀！

二人颤抖着身子，不敢近前，终于迫近了，却不敢下手，终于还是被威逼着将两个女孩子背上了后背。他们二人佝偻着身子，不敢高声语，不敢过分踩土地，生怕土地爷出来，向他们二人兴师问罪。

二人到了草丛里，准备刨坑，却突然间被一个人从后面吹了几口凉气。准星的嘴唇翕动着，将二人吹得脊梁发麻，耳根子发软。

“妈呀”一声，人跑向了远方，顾不了李晚霜与钱妖妖。远处，霸王李与亢龙听到声响，也赶紧跑，跑了一阵子，感觉不对劲，是不是有人使坏呀？便返了回来，到近处时却蓦然发现二人的尸体旁边站着一个人。此人人高马大，一脸的明星相，容颜如月。

是谁？亢龙举起了棍子，试图打下去。

此人从月光下走了出来，指着二人的鼻子，二人看了半天时间，轰然倒在地上。

准星，是你呀！没事了，我以为是流浪汉或者警察呢。

你们两个蠢材，竟然做这样的事情，是要下地狱的。两个死去的女孩子，你们竟然也敢动，这是对死者的大不敬。赶紧拖回去，放到床上，不要污染了她们的身体。

唉！两个帮手上前，手搭手地将李晚霜与钱妖妖放了回去。

准星坐在一把椅子上面，问他们：你们因何抢人呀？还将死人抢了出来。

霸王李道：我们也不清楚呀，看到床上有人，便抢了出来。

你们知道啥？那屋子里面有四个人，棺材里面也有人，你们肯定是搞错了，阴差阳错，误将棺材里的人拖了出来，是不是？

不是！亢龙说道，一定是在床上的，如果在棺材里面，我们早就走了，我们害怕。

最后一句说得像苍蝇似的。

接下来怎么办？赶紧给人家送回去吧，负荆请罪。千万不能让钱富贵知道了，他会过来杀了我们的。他有钱，好些年没有杀人了。

可是，流浪汉知道了怎么办？

他知道不要紧的。他没有看守好，也有失职罪责。他现在生怕这件事情闹大，他想息事宁人。

还有，其他两个女孩子呢？你们是不是打了掩护，故意欺骗我的？你们抢走了两个活人后，故意使的坏办法，将两具尸体也搞来了，是想欺骗我们。两个女孩子去哪儿了？

没有呀，我们真没有抢活人，全是死人。我们现在也不知道如何是好。

你们两个蠢材，以后得统一听我的，否则，我就将这件事情说出去，让你们去见警察，去蹲班房，让你们知道什么叫作生不如死。

是，我们肯定听。可是，这如何是好呀？

一定要守口如瓶。对了，草丛里还有个人呢，得赶紧去找出来。他已经发现刚才的事情了。

十八公早已经苏醒了，草丛里不见了人迹。准星一皱眉头，心里面说道：坏了，如果他走了，告诉了钱富贵，我们可要全完了。又一想，不要紧的，他又不清楚是我做的，一定会怀疑是流浪汉与他们二人的勾当。对了，我必须想点办法。

2012年6月22日星期五11：54。

56. 巧遇

流浪汉属于悠然自得的人。流浪汉一路飞奔，一刻也不想使自己的脚步停下来。这样的徒步，是治疗高血压的良药。

流浪汉于两个小时以后便已经接近网吧。这是一条必经之路，流浪汉不知道自己的人也在这儿，准星更不知流浪汉会突然光临。

准星刚刚收拾好残局，准备将两个女孩子的尸体收好然后送回去。流浪汉路过网吧时，眼角的余光扫动着。这儿黑灯瞎火的，但却暗藏着玄机，流浪汉不由得停下了脚步。

流浪汉躲在暗处，不停地寻找着，因为凭借直觉，这儿一定会有事情发生。

月光下，五个人出动了，准星在前面，一边叮嘱着，一边叫唤着，好像一头受伤的牲口。

霸王李等四人抬着两具尸体，直接杀入月光里。

流浪汉惊呆了，有心想奔过去阻拦，但觉得凭自己一人之力，一定无法左右局势，便在后面跟着，看着他们想去哪儿。

直觉告诉流浪汉，准星一定与他们几人在实施着一种阴谋。这种阴谋与女孩子有关，要么是他们故意杀害了两个女孩子，准备去毁尸灭迹，要么是他们去完成某种事件的发生。

于是，形成了这样的局面，流浪汉在后面跟着，还有两个人也在后面跟了良久。

十八公冒死逃了出去。他的口袋里装着准星手腕上的佛珠，跑到钱富贵家里，诉说了自己的遭遇后，钱富贵顾不得自己的病痛了，风风火火地与十八公赶了过来。

由于匆忙，他们并没有带人过来，钱富贵也忘了带通信工具手机。他们一路狂奔而来，却发现一个人影，貌似流浪汉。流浪汉的前面，正是十八公遇到的几个人。

无论如何，这都是一场杀人越货的勾当，更像是一份关于螳螂捕蝉、黄雀在后的经典传奇。

四个方面的人谁也不愿意打破这种宁静。有时候，一种久远的东西，就横竖发生在那儿，当事人谁都不乐意首先破坏这种安宁。

十八公按捺住性子，叮嘱钱先生小心点儿。钱富贵却不干了，心里面骂道：

该死的流浪汉，一定在与我演戏呢！我先抓住他们，看他们如何办。

十八公想阻拦他，不要操之过急，可是自己稍不小心，钱富贵便跑到前头了，二话不说，抓住了流浪汉的衣袖子。流浪汉回头一看，正好，小声说道：前面有人，有事情，我们得赶上去。

钱富贵大声吆喝着：你甭装了，前面是你的人。你这样做，天理何在？

话语声惊动了前面的人，准星一看，慌了，慌不择路地狂奔着。但后面的四个人跑得却有些慢，被年轻气盛的流浪汉抓了个正着。尸体扔在地上，钱富贵奔上前去，月光下，一下子发现了自己女儿钱妖妖的尸体。

哭声与抓人声交织在一起。霸王李与亢龙一看准星跑了，也想跑，可是，流浪汉却高声叫着：

知道你们是谁了！现在主要是解决问题，揪出幕后元凶，不是逃跑。警察的眼睛可是雪亮的。

二人一听，号啕大哭，觉得自己上了准星的当了。

钱富贵管不了许多，抓住流浪汉的衣领子问道：

流浪汉，你当初信誓旦旦，说在千页村里放着，没有任何问题，超度后可以让妖妖进入天堂。可是，两个女孩子有何罪过？她们已经走了，竟然在死后遭如此奇耻大辱，你如何给我一个交代？

钱先生，此事仍需调查。我真不清楚，一定是他们二人，将尸体盗了出来。你们说吧。

霸王李与亢龙仍然蓄谋着逃跑。这次事情比较大，一旦败露了，可能会被杀头。

钱富贵不容分说，从怀里掏出了一把匕首来，在月光下闪着清光。他走了过去，指着二人说道：告诉我，谁让你们这样做的，为什么这样做。你们对她二人做了什么？

什么也没有做呀！我们就是想娶楚楚与王一凡。我们去那屋里抓人，哪承想竟然是她们，抓错了。

都是准星的主意呀！他说过，会帮助我们成功的。

亢龙首先绷不住了，将满腹的牢骚说了出来：以前也是他教给我们的，他说这样做有好处。如果流浪汉走了，他便是老大了。

内讧。十八公说道：

流浪汉，你想逃避世事，行吗？当初我在的时候，你嫌弃我，你想要几个年轻人在你的村里，想过世外桃源的生活。现在看来，只不过是男盗女娼、自欺欺人罢了。你如何交代这件事情？

准星?！流浪汉终于发怒了，他头也不回地走，与此同时，大声命令着二人：

你们不怕死后下地狱吗？不怕两个女孩子的阴魂过来索命？还不赶快将她们送回去，原地安置好。

流浪汉带着人闯入山门，一直杀入准星的房间里，空无一人。看来，他是逃跑了，没有种的家伙。

再去楚楚与王一凡的房间时，却看到棺材里躺着两个女孩子，早已经昏迷不醒。众人七手八脚地将两个女孩子弄醒了，妖妖与晚霜的尸体重新入殓。

两个女孩子醒了过来，头疼得厉害。

看清楚了，却是一大群的人围着她们，流浪汉问道：

准星呢？

楚楚揉着眼睛回答着：他没在这儿呀！究竟是怎么回事？妖妖的尸体怎么从外面运回来啦？

大家议论纷纷时，霸王李的脚突然间伸到了床下面，大叫一声。大家看时，却发现准星的身体裹在一块席子里面，不知被谁扔在床下面。

流浪汉不解。十八公过来将准星绑着的席子解开，准星仍然昏迷着，且是深度昏迷。

流浪汉动用了先生传下的一种清醒药剂，准星好半天才恢复了清醒。

流浪汉问道：准星，你这是如何了？做了错事，竟然藏在这儿。

做错事，什么错事？准星好似不解地问道。

十八公二话不说，便将佛珠扔了过去，准星拿过来看时，才感觉到手腕生疼难忍。

2012 年 5 月 23 日星期三 14：45。

57. 阴差阳错

准星是如何被装进去的，自己也不清楚。这是所有在场人得到的最新一种答案。

有人伺机报复，抑或是准星故意装糊涂？流浪汉陷入深思中。

但结果谁也改变不了，两个女孩子已经遭受了侮辱。钱富贵现在需要一个交代，无论如何，这样做的原因与凶手必须找到。

十八公不依不饶，抓住准星的肩膀嚷着：

小子，你甭装糊涂！想将罪过转嫁给其他人吧？你明明在场，这串佛珠是不是你手上戴的？

准星怔怔地看着佛珠，表面上却一脸无辜的样子。他怔了半天时间，才回答道：

我不知道咋回事。我昨晚睡得好好的，就感觉云里雾里，睡梦中被人拖出去，好一顿毒打；还感觉有人追我，将我追得上天无路、入地无门，似乎是有人给我吃了什么药，我的意识被蒙蔽了。

十八公也无语了，旁边的霸王李与亢龙也不敢吭声。他俩理亏，害怕哪一句话说漏嘴了，会遭到报应。尤其是他们已经亵渎了两个亡者的魂灵，一旦两人怪罪下来，自己可能会马上下地狱。这样，不仅爱情得不到，生命也朝不保夕。

大家看流浪汉、钱富贵的目光咄咄逼人。楚楚与王一凡才明白过来，原来在她们睡着时，竟然有人将两个女孩子的尸体错当成她们拖了出去，好险呀！

流浪汉回答道：事情已经犯了，错在我。人是从我的地盘里走出去的，我要承担责任。这样吧，我接受惩罚，钱先生，任凭你处治。

处置你，有何用？我女儿的尸体已经受到了侮辱，这两个家伙得死。还有流浪汉你，不管是不是准星做的，都与你有关联。你是这儿的主人，如果没有人为这件事埋单，我宁愿报官，让他们去处理。

十八公道：我看这样吧，事情已经发生了，准星刚才也说了自己是意识上受到了操纵，这件事情恐怕无从查起了；流浪汉要承担失职的责任，要求他给两个姑娘超度亡灵七七四十九天，法事结束后要对两个姑娘鞠躬至地，磕头谢罪，如何？

这件事情，以不愉快的方式告终了，流浪汉赢得了七七四十九日的超度日子。

准星郁闷至极，却不回答，这不代表同意，也不代表反对。准星学会了按捺住性子。

楚楚与王一凡瞪着准星，似乎对他的表现一点儿也不满意。

流浪汉关了门，屋子里烟雾弥漫。楚楚与王一凡猛然抓住准星的身体，将他拖入灌木丛中。

2012 年 5 月 25 日星期五 8：45。

58. 交易与谈判

准星一直在失落着，不算是失败。失败其实是失落的哥哥，他们是相行并生的两个角色，一旦他们同时降临某个人身边，当事人肯定会以急匆匆的落幕告别一场属于个人的传统盛会。

十八公完全不理会这个小子的反应，只是继续问道：

我们也许可以以合作的方式告别仇恨。你想做什么，能否告诉我这样一个老头子？难不成你想当老大，做这儿的一把手？其实这儿穷得厉害，一点儿值钱的东西也没有，如果说有的话，就是这些地方值点儿钱，可就是没有开发。

准星摇了摇头，这次故意没有露出破绽来。他现在明白了，不只是自己的眼睛盯住了这块肥肉，一旦自己处理不好，恐怕会出现弱肉强食的热闹场面，到时候，自己就可能失控，并成为这儿的罪人。

准星接下来沉默着，一声也不吭，好像自己受了某种强烈力量的束缚，不敢讲出来，不想讲出来。

十八公大笑起来：内敛的孩子，值得合作。我告诉你吧，也许你想要的东西在我这儿呢。你一点儿也不了解流浪汉的过去，流浪汉的过去是一张好牌，可以好好地打一场的。如果你乐意，我可以帮助你的，但出了问题，你得兜着。

什么过去？准星这次按捺不住了，他内心的激动在深处涌动着，生怕有丝毫的遗失。

终于肯开尊口了。你们的拜把子，属于这个社会的一场小型闹剧，怎么可能成功！既然这种传统已经落伍了，作为当事人，一个铁骨铮铮的汉子，就该有勇气站出来，对这种传统说个不字。我愿意帮助你完成这种事实。

准星郑重地点了头，表示尊重十八公的意见。

十八公与准星坐在一块儿，抬起头来看天：当初流浪汉来的时候，求助的我，我们是各怀心事，我是想利用他的名望，达到我的个人目的。村里人富了，不听从我这个老领导的调遣。我费尽心机地达到了这一切，村院盖起来了。通过钱妖妖失踪的事件，我当了村里的一把手。钱先生开始听从我的话，这些已经够了。可是，现在我却觉得这一切如过眼烟云，一点儿意思也没有。所以说，我已经改变目标了。我一生的无数才能，到了晚年却失传了。我没有后人，守着偌大的家业每日里失落着。我只是想认个干儿子，有个继承人罢了。

准星有些动容，他转回身来看十八公。

准星终于说话了，我开始时就认为可笑，但当时头已经磕了，没有办法。

错误的东西，就要想方设法让它死掉。死了的东西，并不是所有的都是坏的，有时候是历史检验后的结果。所以说，我们要想办法，让这儿变成欢乐的海洋，让商业化的浪潮铺天盖地地形成一种风尚，直至让繁荣昌盛走进来。

准星呀，如果想达成这种结果，不容易呀。历史上每次农民起义，都是牺牲了无数人后才达到的成功。所以说，我们要学会当历史的掘墓人。我们努力吧，达成协议，共同完成这个目标。

我们如何做？难道敢直接引人进来吗？

你不清楚，这就说明，流浪汉的心是软的，他有可能搁置他原来的想法。再者，这可以当成我们与流浪汉谈判的砝码，如果告诉他，对方已经来了，就在我们村里面，看流浪汉是何反应。

准星眼前一亮，觉得如果这件事情被自己一个人抓住就好了，十八公的出现着实是件好事，可坏事一旦做起来，人不可以多的，人多嘴杂，容易被外人所不齿。最好的办法便是，准星蓦地想到了杀人，逼着这个老家伙走向死亡路。

十八公笑着，阴森森地说：如果你愿意认我做干老子，我们就成功了一半。事情是人算计出来的，就看你的智商如何。

准星想了半天，最后答应下来，跪在地上，喊十八公为父亲。

这世上许多艺人的成功，都与认老子有关系，不管是女星还是男星，这大概就是一种潮流与进步的方式吧。如果你不认，没有这层亲戚关系，人家就不用你，或者干脆让认的人与自己相亲相近。所以说，为了成名，为了自己不可告人的目的，许多艺人都有一段尘封的往事。这些事情不敢轻易抖搂出来，但经过时间的发酵，却能够将人的魂灵淹没。

十八公继续笑，他的笑一旦公布开来，便像粉笔末子一样漫天飞舞，无法收拾。这些人的笑，通常藏着刀子。

十八公道：我会安排所有的事情的，干儿子等好吧，会有好的事情发生。

准星拽住了十八公，他有些不安。自己做坏事，倒是没什么感觉，但一旦别人帮着自己做坏事，自己却于心不忍，这种担心有两类：一是害怕事情败露，掖不好；二是怕事情真办好了，真破坏了别人的事情，自己的良心难安。所以说这世间最难做的行业便是军师这个职业了。

你想对流浪汉如何？我们可不能做杀人越货的勾当。

不会，我这么老了，如何杀人？我就是想让流浪汉找回自己的真爱。

真爱，你难不成想让他的旧爱过来吗？准星接着问道。

不，我没有那种本事。北京太远了，我不习惯坐高铁。我就是想让报社的人过来，对流浪汉进行采访，就说他过去的事情。一旦事情传出去，他这个住持的位置就无法坐稳了。一个心里面仍然想着旧爱的男人，如何能够当你们的老大呢？

2012年5月25日星期五14：52。

59. 准星与流浪汉

准星无论如何也坐不下去了，他想退出去，想全身而退。他发现周围的人经验比自己丰富。开始时，自己只是想进攻流浪汉，取得想要的东西。现在看来，与自己一样虎视眈眈的并非一人，他们都像狼一样吞噬着这个充满磨难的人间。

当他准备回自己的房间时，却突然间看到了流浪汉，门开着，刚刚做完法事的流浪汉正在垂泪。由于有蜡烛的光芒散射着，准星看得分明，折射的光与眼泪成了一种正三角形关系，在流浪汉的眼睛里定格成一抹凄凉的风景。

准星突然间觉得流浪汉好可怜，本来是件好事，只不过是对现在岁月的一种挑战罢了，人家何罪之有？你不想参加，可以退出四人会，为何难为一个流浪汉的前世今生？

准星犹豫之时，却听到流浪汉淳厚的男中音：谁呀？进来吧！

准星推了推半掩的门，悄无声息地来到流浪汉面前。另外有一扇蒲团，准星盘腿坐在上面。

准星，你想商业化，我知道你的心思，可是你清楚没有，如果商业化了，这儿人肯定会多，钱是挣了，可是清静没了。我们每个人都有一段凄楚的往事，之所以选择逃避现实，恐怕就是因为现实伤害我们太多。一些不想遇到的问题，总会不请自来。如果我们封闭了自己的门窗，不与外界交流，孤独是在所难免的；可是，我们却赢得了安宁，安宁也是一种美丽呀！这个地方如果保持千年不败，保守千年的风俗，一定会出类拔萃的。我圆寂之后，这儿便成为另外一个地方，至于那个时候怎样，我就管不了了。

人的心灵其实是最纯洁的。小的时候，孩子啥也不懂，见人就笑，但长大后，因为受到了外界的干扰，受到了利益的蛊惑，就有了哭与笑的交融。这个世界上，笑十分容易，但如果你要学会哭，却是一件很难的事情。

准星问道：她现在如何？你离开她后，她一定会伤心欲绝的。

她一直追着我。我离开北京时，她也跟了出来，我们在高速公路上做着殊死追逐。我很后悔竟然深入到一个女子的心中，这是一种挣扎。

准星脱口而出：一个流浪汉，要么不爱，要么爱得死去活来，这真是一种境界。

说完后，感觉有些无理取闹，急忙像个女生似的捂住了嘴。

流浪汉道：不要紧的，说了又如何。说了不做，却是上策。有些人心里面想的，总要做出来，尤其是恶事，这就可怕了。

那么，先生，现在她如何？还在北京城吗？我没有去过北京，好想去。下次，你要回的话，我们一块儿去。

已经回不去了，不敢回，不能回，不奢望回。一旦回去，万念成灰呀！那儿住着一个会杀人的精灵，你如何敢回？如果回去，这儿偌大的家业谁来看管？

2012年5月26日星期六9：05。

60. 形势咄咄

准星听了流浪汉的一席话后，决定改恶从善。人有时候就是这样一种动物，善恶其实就产生在一念之间，让你哭笑不得，却又不得不屈服于理念的压力。

准星去找两个女孩子，由于时间还不到，两个女孩子依然自我裹足在那间房子里，不肯外出。她们在延长自己的禁闭时间。

流浪汉没有回话，流浪汉作为执法者，也不会放话的，倒是准星想劝两个女孩子出来。因为现在的形势十分吓人，准星有些控制不了自己的思维。如果有了两个女孩子的帮忙，共同抵御外来的力量，恐怕形势会有好转的。

准星于是便推开了门。两个女孩子正就着月光说话，商量白天发生的事情。她们议论的焦点便是偷尸事件谁是始作俑者。她们将目标瞄向了准星。两个女孩子商定，要拿准星问罪。

正好准星来了，二人不说话，就着皎洁的月光，一览无余地展现着自己的全部实力。

准星低着头表示不好意思，他能够感觉出来，这儿不欢迎他。

好半天时间，没有人说话。楚楚想打破僵局，好好教训一下这个家伙，王一凡却拉住了她，示意她不要轻易开口。

准星说道：两位姐姐，我刚从先生那儿来，先生给我上了一堂深刻的人生课。我想通了，我要留下来，好好留下来，不再有其他非分之想。

什么非分之想，你能够控制得了？楚楚的性格刚烈，终于像炒熟的花生一样，将壳子扔在一边。

楚楚一把将王一凡的手推开了，站起身来，大声骂着：

你说你是什么人？你胆敢将两个女孩子的尸体运走，亵渎已经死去的人，你怎么想的？有能耐自己做呀！这世界上最可恨的人就是军师，知道吗？出谋划策，自己却没有胆量去做，只做一个口头上的政治家，有意思吗？

准星的哭声十分响亮，在黑暗的天空里弥漫着。这个男人一定受了伤。

楚楚拽准星的衣袖，王一凡却铁石心肠。

准星说道：我已经知道错了。看下一步吧，我不会再与他们为伍。至于商业化的事情，我不会再想了，至少暂时不会想。先生说等他百年之后，这儿可以改变，那时候已经改换天日，他管不了许多了。

楚楚也跟着哭了起来，诉说着：

准星，先生多好呀，替你承担罪责，忍受屈辱，并且还准备在他百年之后将这儿全部交给你。你没有看出来吗？

我是继承人？准星转悲为喜，似乎看到了另外一层曙光。

当然是如此。先生说得十分明白，等他百年之后，不管这儿的事情了，不是放任你去胡作非为吗？王一凡终于将自己缄默的弦拉断了。

准星一夜无眠，他没有办法让两个女孩子出来。女孩子表明了自己的态度：不到时候，不能出去。何况昨天又发生了闹剧，按照常规，应该加罚三日。

还有，找到红姑娘，告诉她自己做的蠢事情，让她也收起原来的想法吧。钱妖妖需要的是安宁，而不是过分的喧闹。总而言之，自己已经想通了，经历过这么多的事情，也该长大成熟了，让尘事远离自己身边，让身心静下来，开始一次与和谐相关的爱的旅程。

准星第二天早上去看了先生。流浪汉刚起床便进了超度室，他的超度声音此起彼伏，好像是在倾诉世间沉浮。

霸王李与亢龙像两个幽灵一样接近了厨房，他们过来的目的十分明显，问准星下一步如何做。他们是两个不达目的誓不罢休的男人，任凭你世间有万种容颜，原来他们选择的竟然就在这里，语言撵不走，任何勾当也无可奈何。

准星明明白白地告诉他们：自己已经洗手了，不再做恶事，你们自己看着办吧。但如果与千页村有关的坏事，就不许做，否则自己就不客气了。

两个大恶人如何受得了，蹦起来，跳起来，像两只哈巴狗一样将脸蛋贴在地上，仿佛要寻找缝隙。

2012年5月26日星期六13:30。

61. 长枪短炮

准星的心稍微冷却下来，但外面的因素却没有因为他的停歇而休止，反而以一种更凶恶的力量压制过来。

三日无事，两个姑娘躲在房子里静修。流浪汉只管做自己超度分内的事情。准星则一直以谦逊的姿态面对着几个人。送饭的时候，不敢说话，害怕两个姐姐动怒，放下饭菜，抹了抹脸上的黑色，便急匆匆扔给她们一片墨色。

准星深知，时间是疗伤的最佳工具，如果放任时间自流，所有的伤痕都可以抹平。

四日下午时分，一辆车停靠在山门外的荒地前，车上下来一大帮人，他们举着摄像机和话筒，仿佛是要拍戏似的。

有人过去敲门，看到高大的山门外面贴着一则告示：恕不接待外来人，此村清修。

记者们有些不依不饶起来，有人议论着：

还没有我们记者进不去的地方。我们守吧，或者是一直等下去。

还有个《生活问题报》的记者说道：流浪汉也谈恋爱，这个世道的确匪夷所思。我们先接到的素材，各位兄弟报纸，你们可得记住啊。

什么你们先得到的信息，我们也不迟呀！一个小个子男生嚷着，瘦弱的身材好像随时被一阵风便可以吹向天庭。

大巴车的司机走了过来，挨个要收钱，说道：

我可要走了。你们不是包车，只是收的路费，就连过路费都是我出的。这个鬼地方，如此遥远，从银川跑过来，竟然跑了三天三夜时间。每人交三百吧。

你讹人吧?《生活问题报》的记者十分不悦：我们在你的车上，啥也没有吃着，现在还饿肚子呢。

我收的就是车钱，啥时候包吃包住啦？有能耐，你找流浪汉理论去呀！

司机不停地吆喝着，要求加钱。众人皆不理，有个记者从怀中掏出一片小面包来，还没有等他反应过来，便被小个子记者抢走了。另外一个女孩子大哭起来，她一天一夜没有喝一口水了。

上这么个鬼地方采访，还要最新的素材，我们领导真是疯了。

我们领导也是，接到举报素材，竟然说这是天底下最新鲜的事情。我看没有什么嘛，不就是一座破村，几个落魄的青年男女躲到这儿清修，假装着躲避红尘。可能没有几天便想回去了，抱着孩子，办个幼儿园，都有可能的。

司机从后备箱里拖出一箱矿泉水来，众人上前去抢，司机大声拦阻着：

这可是有条件的，你们得掏钱。路费钱，谁掏了，领一瓶矿泉水。

没有人理会他的无情，矿泉水瞬间被抢空了，只剩下一瓶破裂的瓶子在太阳下闪着吉祥与清辉。司机长吁短叹着，骂道：早知道这样，不过来呢！拉这么一趟差事，苦死我了。哥哥姐姐们，你们可以呀，你们有工资，我得回去呀。我回去的油钱也没了，你们得可怜我一下子吧。你们都是文化人，不能让我饿死吧，我家里面还有八十岁的老婆呢。

小个子记者笑了，将水吐得遍地芳菲：八十岁的老婆，你这小子喜欢吃枯草呀？

无论他怎样将故事讲得天花乱坠的，大家都不予理睬。小个子记者说道：先生呀，您甭讲了。有大家吃的，也有你吃的，我们同甘苦吧。如果你留下来，我们走的时候还有一辆车，总比徒步走强多了。如果现在走了，我们也不拦着，你钱收不到，并且会一个人开着车走几百多公里，况且路况不好。你看着办吧。

司机捂着脸，苦痛并忧伤着，好半天不敢看天上的太阳。

小个子道：这儿的人烟稀少，的确是个藏身的好去处。我们得抓紧点时间。我们四家媒体，与其互相斗争，倒不如合作起来。再说了，我们都是地方性报纸，不存在地域性竞争的问题，我们的目标是采用好的素材，然后卖出去，得到好的价格。

几家媒体的记者们同意了，有一人道：小个子，好是好，如何进去呀？我们总不能像江湖人那样攀着墙壁进去吧。

都听你的！我看出来了，瘦子能成事。大家面面相觑着。

瘦子不可一世地自诩着：那可是，瘦子精力好，虽然胃肠不好，但是不耽误喝酒。今天晚上，如果大家能够进去，我便请大家喝一场，但前提是流浪汉要同意才行。

有个二十多岁的女孩子正低着头，听到他讲话，便看他，但她一眼看到了刺眼的阳光，由于看不清楚，她只好仔细看，想躲避太阳的光芒。可是，小个子误会了，以为是姑娘一直在看着自己，飞扬跋扈起来，一边走着，一边踱着方步，似乎忘乎所以。

小个子在阳光下面，好像一把枪，闪烁着凌厉的光芒。

如果谁能够叫开山门，就是大家眼里的英雄。

小个子自告奋勇，不甘落后。

司机睡着了，没有人理他。一大帮男女，在太阳下面不停地喘着粗气，他们想打进去，却无法得到自己的目标。

2012年5月28日星期一14：52。

62. 流浪汉的自我坦白与推荐

流浪汉昨天夜里不舒服，或许是着了风寒。

流浪汉支撑着站起身来，去开超度室的大门，却半天没有拽开。流浪汉看见一块玻璃，这是当初建村时钱妖妖坚持要装在门框上的，流浪汉当初不肯，说这是现代化的东西，如果用在一座村院里面，简直是对这座建筑的侮辱。妖妖说流浪汉死板，不变通，拿来的东西是好的就要用。妖妖装这块玻璃的好处是为了检视自己，在超度室坐累了，起身走的时候，好好审视一下自己的外貌。

流浪汉坚持着来到了大门处，要拉开比自己身躯高几倍的大门栅，却没有成功。

外面的小个子早已经不耐烦了，他们等候了大概一上午时间，喝光了这儿全部的矿泉水。小个子被大家数落得体无完肤，他感到没面子，尤其是在女孩子面前丢了脸，这是一辈子的羞耻。

小个子想骂，但骂不出来，毕竟这儿是清修之所。

一座大门难住了流浪汉与外面的人。在这世上，难住我们的事情，大多如大门一样。我们去办事情，门槛高的单位多得是；我们去相亲，对方的大门关得很紧，让你半天时间仍然找不到位置所在。

小个子开始了国骂，标准式的记者风尚，骂起来文绉绉的。小个子道：

流浪汉开门，我们是记者，无处不在的记者。我们要采访你，你不是号称天下最后一处原始部落吗？让我们进去呀，见识一下，否则，我们就不承认。记者的笔下可生花，也可以生蛆的。

流浪汉终于忍受不住了。他是个要面子的人，一听说记者光临，首先便有按捺不住的冲动与宣传感。一旦让自己的事迹大白于天下，自己便会成为一代名僧，这儿便会车水马龙，会享受人人景仰的感觉。

流浪汉是把双刃剑，他想传统，却又想将自己立为众人眼里的标杆。

门终于被流浪汉拽开了，大把大把的阳光肆无忌惮地从一帮男女的身上折射过来，塞入流浪汉充满渴望的眼睛里，生花，妙笔，瞬间繁华。

众位先生，流浪汉强忍着酸痛说道：小僧有礼了。

小个子来了精神，一马当先地冲过来。

先生，你早干吗去了？我们是记者朋友，想见识一下这儿的风貌。我们可是慕名而来的。

流浪汉笑了，一点儿也不尴尬。准星从厨房里冲了出来，一脸的傻笑，头一次在自己的一亩三分地上，他见到了这么多的记者。

流浪汉吩咐准星给客人盛水喝，然后招呼众人到会厅室等待。流浪汉去了自己的房间，换了件崭新的僧衣，他想给大家焕然一新的感觉。

小个子道：有人告诉我们了，说这儿是个名门。所以，我们想过来探望，并进行采访。

这儿从来没有公示过外人，不知道是哪位先生告诉您的。我们坚守的原则便是退避三舍，远离尘世。

小个子道：这个嘛，我们可不能说。这是人家的权利，我们既然知道了，便想过来看看。先生，能否介绍一下这儿的优势？

优势没有，就是一处所在。原来这儿是一片荒地，受某位老先生的垂爱，让我暂用。我想将这儿办成百年古刹。

那么，先生，这儿现在几个人呀？你们所需的物品如何解决？

我们四人，有两个人犯错误了，正在关禁闭。刚才那个孩子叫准星，是我的四弟。我们四个有八拜之交，不想同年同月同日生，但愿同年同月同日死。

那个女记者叫方兰，她站起身来，插话道：

先生，我十分关注这儿女性的生活。听说剩下的两位是女孩子，你为何这样考虑。既然是要遁世，为何不孤独地将自己关起来？干吗要拽两个女孩子进来？要知道男女间的问题最复杂的。我知道其他那么多名村，他们绝不允许女孩子进入。你是出于什么考虑？

我要做的，就是别人不敢做的。没有女孩子入世，是他们不敢，而我敢。我就是想让女孩子进来，能够处理男女间的关系，而不以爱的方式便是一种突破。这儿是传统，绝不是简单式的开放。我们是兄妹相处的，不以男女关系衡量。

方兰大笑起来：我倒是头一次听说。这儿真是好笑有趣！

2012年5月31日星期四8：49。

63. 心境

记者们将流浪汉缠了个水泄不通，盼望着从流浪汉嘴里得到一些好的素材，但流浪汉回答得十分得体。记者们纷纷提出尖锐问题，包括流浪汉以前的爱情问题。

流浪汉听到这儿，顿了一下，回答道：

每个人都有过去，不管光彩照人或者黯然失色，恋爱是每个人的权利。我过去有过这方面的阅历，但只代表过去。正因为此，我才营造了现在的境界，安心过自己的生活，不谈欲望，不谈钱，不谈爱情。

又有记者问道：你说不谈爱情，那么性呢，你能够控制得了吗？

小个子听到这个问题过瘾，便攀了上去，听个仔细。其他的记者也闻风而动，准备好了镜头与话筒。

对于这个问题，流浪汉沉吟了半晌，他最后说道：我觉得，这个问题由我的四弟来回答吧。我已经老了，对这方面没有奢望。如果年轻人能够忍受得了，相信老年人是没有任何问题的。

准星一听说要采访自己，未免有些紧张，但他以前是个演员，训练有素，便上前说：

这个问题十分简单，排斥性需求，不想就是了。看不见那些烦人的东西，安心做事情，不想，不谈，就不会去做了。

可是，年轻人，你别忘了，你有两个姐姐在这儿呢！你如何能够说环境优雅呢？

刚才先生讲过了，我们是兄妹关系，兄妹之间怎么可以谈爱情！这有碍于人伦呀！你们能够这样做吗？准星没好气地将问题扔了过去，流浪汉暗挑大拇指赞叹着。

先生，我们还有个问题，钱的问题。你们这样关闭自己，钱从何来？

我们不需要钱，钱是身外之物。我们当初结盟时，最重要的一个条件便是不谈钱，只谈人生。我们自给自足，如果有外需，便拿东西与外面兑换，物物交换嘛。实在不行的话，我们会每年开一次方便之门，迎接各位施主的布施。我们不贪婪，到目前为止，除了我们所需的炭资源外，其他物品我们一概不用钱交换。

我们还想采访一下两位女先生，行吗？小个子自告奋勇。

这一要看她们见不见你们；二则，她们犯了错误，不到时候，如果你们愿意等七天时间，七天后她们会出来，但凭自便。

小个子对方兰说道：我说，我们留下来吧，就当是一次旅行，别具匠心的方式，我们也将自己关闭起来。我们一则体会这儿的生活方式；二则等候两位女先生出来，接受采访。不然，如果现在走了，我们的采访故事不丰富、不生动呀！

方兰不喜欢小个子，说道：我愿意留下来，你不用劝，我早就有这个愿望。没准儿，我最后会完全留下来，记者岗位也辞掉了。我相信先生说过的话，这儿挺好的，远离尘世挺好。

有几个人举起手机时，十分失望起来，这儿竟然没有手机信号，移动也好，联通也罢，竟然没有辐射到这个地方。

流浪汉道：不是他们不想，是我们屏蔽了。我们这儿是原始的生活方式，不需要这个东西。放了吧，放下许多东西，便会生出许多美好。

一行八个人，连同司机九个人，便住了下来。他们要自己做饭，用村上的东西，但一下子多了这么多人吃饭，资源是个问题。于是，便让准星领着大家一起种菜。准星本来一个人累得慌，这下子好了，白天晚上干活，加班加点，通常是晚上深夜了，仍然没有停下来。这伙人平常在都市住惯了，锦衣玉食、灯红酒绿的，现在哪受得了呀，一下班便像只猫似的窝在棚子里睡着了，鼾声如雷。

小个子是个跟屁虫，不见了知己，到处寻找，问准星及其他人。司机道：去那间房子里了，流浪汉在里面呢。

小个子不放心，便在门后面偷听，流浪汉正与方兰说话呢。

方兰道：您太辛苦了，我真想留下来陪你。这儿挺好的，你们再添个人吧，五人会。

四人会是个劫数，才会有缘分在人间，好好珍惜吧。

这儿也是人间呀，我就在珍惜呀。先生，我在家里排行老小，从小接受了不好的教育，我怕见人，怕见光。虽然这些年接受了一些现实，不得不在外面跑，但从内心深处，我怕跌倒，怕失败。所以，我厌倦了，我想留下来，躲避他人。

你的家人呢，他们不想你吗？你现在的心境不是永远性的，是暂时性的，时间久了，你会憋出病来的。

小个子听得真真的，心中难耐，一下子推开了超度室的大门蹿了进去，大嚷着：

你们干什么呢？流浪汉，你好无耻呀，才几天工夫，竟然勾引人家留下来。你不安好心。

方兰跳了起来，跑过去，对准了小个子便打了几记耳光，打得小个子找不到北。方兰道：胡说什么呢?！你，我是自己甘愿留下来的，我被这儿的美景迷住了。哪个人没有离世的念头，不然，为什么那么多人自杀。遁世是一种变相的自杀，我知道的，可是我喜欢。都市生活太累了，亲情、爱情、友情照顾不过来。你难道没有想过自杀吗？

小个子脸疼得厉害，但被方兰一用激将法，便回答道：

我是想过这样做，但是，我现在明白了，因为有爱，所以我不想离开。方兰，我从一开始便喜欢上你了。我们走吧，我不留在这儿了。这儿虽好，却是别人的家。记住，别人的家里是不能够随便留下来的，我们不能走别人走过的老路。你如果想遁世，我带着你行走天涯，我们去西藏，走雅鲁藏布江，我们去北疆，但不是在这儿呀！

谁愿意随你走呀?！那样子，我会孤独而死，郁郁而终的。我需要人安慰，安慰人的方式多种多样。我喜欢这儿的香味，这种味道。

小个子痛苦地低下头去，脸上尽是泪水。看起来，他是真的伤心了。

准星从外面跑了进来，一把将小个子拖了出去，同时，大声对方兰道：你也快点儿离开！先生在超度亡灵呢，小心中魔了。

2012 年 5 月 31 日星期四 10：21。

64. 众人皆醉

终于有人顶不住了，还不到一周时间，司机大骂了起来，他实在受不了不能使用手机的生活。这儿连电也没有，摄像机使用不了了，只能用笔作记录。直至后来，他们的皮肤开始出现高原反应，有些人呼吸不畅。司机大声怒骂着流浪汉的名字，流浪汉不睬他，他则歇斯底里地狂叫着，像条疯狗一样。

小个子也受不了了，他喜欢吃肉，瘦子通常喜欢吃这个。整天干活，吃蔬菜，吃得皮肤发痒；盐也少得可怜，嘴唇开始泛青。小个子看着一脸无辜的方兰，怒在心头，不停地踹千页村的土地。什么破村，只有几个人，方圆几十公里全是野兽，说不定哪一天就没了。周围全是山，一旦下大雨，泥石流下来，让你们都得死。

司机在第八日准备离开，他说再不回来了，光是孤独与欲望就能把人害死。几个受不了的记者，到处疯狂地寻找方兰。因为方兰长得漂亮，如果不是流浪汉与准星拼命保护，肯定会发生兽行。小个子自己也管不了自己了，他也想找到方兰，带着她离开是非之地。这儿是魔窟，受不了这份宁静与安详。

方兰对流浪汉道：瞧瞧他们是什么人，才几日，便露出了狐狸尾巴。

流浪汉道：众人皆醉，唯我独醒。你也走吧，这儿不适合你们。回去后好好过日子，好好生活。珍惜现有的幸福，比什么都划得来。

方兰不想走，小个子过来叫她，方兰说他愚蠢。在第八天的关口上，司机与一帮人离开了，只剩下方兰，还有小个子。小个子本来想走，可一想到回到大都市里女方择偶的条件傻高，自己无论是金钱还是身体能力方面都经不起折腾，便留了下来。他瞅准了，他喜欢这个叫方兰的女孩子。

小个子不敢再缠方兰了，便整天缠着准星帮他想办法。准星心里骂自己，为什么找自己的都是拈花惹草的买卖？霸王李与亢龙找自己，结果失败了，现在他们还不依不饶。如果不是山高路远，他们一准过来闹腾。爱情是双方的事情，与第三方无关，你能找一个第三方机构去介入爱情与婚姻生活吗？我估计他们一定接受不了这种审核。

准星对小个子道：我觉得，你们还是走吧。你看其他人都忍受不了，早跑远了。你们留下来，能够坚持多久？

不，我要坚持到与两个姑娘见面，问她们一些话，这正是方兰等待的目的。

你呀，方兰是想留下来，你没看出来呀？她是想真真正正留下来。她喜欢这儿，更喜欢我们先生。

可是，先生是不准恋爱的。小个子沉吟着。

谁说一定要与恋爱有关呀？你笨呀，她是喜欢这儿的气氛，不张不弛，不枝不蔓，清静，安宁，享受，知道吗？

小个子动了气，道：早知道不来了，遭这么多罪，写东西的心情也没了。这次出来的差旅费，估计也难报。

你真是个小心眼，自己挣那么多钱为了啥，不就是消费吗？挣多点儿，消费多点儿，这便是人生路。

我恨死那个举报你们的人啦，如果不是他的电话，我还懒得来呢。

举报我们的人，谁呀？他说啥？

按照规定，我是不能讲的，可是，我太受不了了，我要报复他。他的手机号在这儿呢，你瞧。

准星看到纸条上写着一个手机号，十分熟悉的样子，准星看了半天时间，明白了，竟然是十八公的电话。

他举报我们什么？准星假装爱理不理地问道。

说什么男盗女娼，假慈悲，假清修，是另外一个天堂，让我们好好曝光一下，还从我们社领走了一千块钱的爆料费，你说气人不？

你回去后，可以随便写呀，写这儿的恨与痛，你们看到了什么写什么。甭瞎写，我们这儿可什么也没有，倒是你们的同行受不了了，差点儿在这儿发生一些男女事故。

是的，一下子离开老婆这么长时间，谁受得了。真佩服你们的定力。

这不是清修不清修的问题，你们的心太浮躁了，像浮萍一样，风吹哪儿，去哪儿。你们这些小报社呀，一点儿容忍的气度都没有，我看迟早得关门。

再不说话了，风吹过原野，小个子突然间痛哭起来。他想走却不敢走，他不忍、不舍，舍不得爱情，拿不起放不下。生命有时候就是这样，人很少能够拿得起放得下。

深夜时分，流浪汉叫准星，流浪汉道：我们得让他们走呀。这儿容不下他们。

准星笑了：先生，我看是您受不了了。我真佩服您，那么多女孩子喜欢您，如果我有这种能力，就好了。可惜，我长得不算丑，就是没有魅力。

别瞎说，准星，注意点儿形象。我说了，你劝方兰走吧，不管用什么方法。

准星说道：我试试吧。可是，不知道行不，她对我爱理不理的。您去劝一下小个子吧，我们分开劝。流浪汉点头表示同意。

流浪汉问小个子喜欢不喜欢方兰。

小个子道：喜欢，当然喜欢了。可是，先生，我没有福分，她不喜欢我。

缘分是可以修来的，这需要时间。小子，我告诉你，我算过了，你与她有缘。只是，你们现在要走，如果不走，会有危险的。

危险？什么危险？泥石流吗？小个子头皮紧紧地难受。

这儿闹鬼了，你们所住房间的背后，便是停尸房。如今我正在超度她们的魂灵，如果你们不走，发生了撞车事故，就完了；与死者的灵魂撞在一起，会有不好的后果。

你刚才说我与方兰有缘，这可是真?

当然是真的，如果不信，看时间吧。你一定会追到她的，只是要尽力尽心，不可胡来。

小个子信服了，道：我信你了，先生。我去劝方兰马上走。

流浪汉为自己的胡诌感到羞愧，他这样做，是出卖了两个人的利益，一是对死者的不敬，二是对方兰与小个子撒了谎。他感到自己的心境无法控制局面了，才以外界的力量作为驱赶的对象。

2012年5月31日星期四15：30。

65. 闹鬼事件与手机号码

方兰是决意不相信这儿会有鬼存在，如果说真有的话，一定藏身于别有用心人的心灵里。方兰不想走，任凭小个子如何劝说也不听。小个子最后破罐破摔地说道：

我是喜欢你才这样说的，要不然，我早就离开这儿了。你看看，就剩下我们两人了，其余人全走了，说明这儿是个是非之地，不可久留。

方兰不说话，对小个子一点儿也没有兴趣。

准星全部看在眼里，流浪汉安排自己将这个女孩子支走，他必须执行。想了想，他走近了方兰，拍了拍女孩子的肩膀，煞有介事地利用起自己独一无二的美男风采。

方兰看到是另外一个男人，脸上有些笑容，泛出春意。

准星没有想到自己在男人面前拙嘴笨舌的，在一个女孩子面前口才竟然发挥得淋漓尽致，恰到好处，这简直是神来之笔。

方兰心动了，她没有想到自己的驻留可能会引起一场新的人事变革。她终于站起身来，小心翼翼地说道：我会走的，请你们放心吧。我见过两位女先生后，便马上走。后天，她们的时间不就到了吗？

她说话时两眼无神，充满了不忍与不舍。准星没有想到，流浪汉领导的千页村居然有如此大的魅力，吸引这么多的人前来。

两个女孩子出来的前夜，却发生了一起闹鬼事件。鬼一直跟踪着方兰，小个子在救方兰时却被鬼撞了个趔趄，然后昏迷不醒。方兰有些胆小，觉得这个地方果然不可思议，两个女鬼一溜烟似的将自己逼入了绝境，如果不是流浪汉出手，恐怕鬼早已经缠绕了自己的身体。

流浪汉轻念佛号，鬼消失得无影无踪，流浪汉站在方兰面前。

方兰怔了半晌，才说道：果然有鬼，被先生言中了。

流浪汉一脸赧色地说道：是的，这儿并非普通人能够待的地方。你心不清静，才会有鬼。

可是，您也看见了，这能够证明什么？

我虽然看见了，她却不曾追我。这说明你红尘事未了，鬼才会轻易上身的。如果你心无杂念，它是不会得逞的。

我就是想留下来，别无杂念了。

这本身就是一种欲望了，你能说你心无杂念？

流浪汉等方兰走远了，捡起纸条来，上面却是一个人的手机号码，11 位数字，这是何意？流浪汉想追，却没有上前，他害怕自己的贪恋会引起另外一场误会。

流浪汉从来未曾波动的心灵起了皱纹，手机号码，是她的，还是滋事人的？他想起了楚楚，便头也不回地赶到了停尸房。

楚楚与王一凡刚刚起来，头也没梳，傻坐着。她们这段时间的禁闭收获良多。人要学会忍受孤独，才能够成就个人传奇。

流浪汉走了进来，纸条摆在两个女孩子面前，楚楚看后，对两人说道：这是十八公的手机号码。我和准星给他打过一次电话，在网吧里，当时他还是这儿的经纪人。

王一凡道：是他的。一定是他举报我们的。他被先生撵走后，一定是心里面对我们有排斥感。先生，我们不能坐视不理，应该找他去理论。

2012 年 6 月 1 日星期五 8：28。

66. 杀人计划

准星一夜无眠。这是心事过多的人的通病，睡不着，胡思乱想，内心深处是一片波澜。

准星觉得自己突然间被别人拉进了胡同里，然后听从别人的摆布。许多年不用，自己这只狼发现竟然落伍了，毫无狼性可言。

准星指的人是十八公，一个糟老头子，竟然将我玩得团团转。说好我认他做了干爹，怎么着这么长时间，也得与我理会一下，告诉我进展程度如何。他真拿我当棋子使了？

准星越想越气，觉得没觉了，便起了身，没有给流浪汉讲，便兀自向前方走去。他想找到十八公，问他一些情况。

与他同时出发的，还有两个人，是楚楚与流浪汉。王一凡留守村里，因为总不能唱空城计。楚楚坚持去找十八公问个究竟，村里待他不薄，为何要找人过来，毁坏千页村的名声，这对他有何好处？

流浪汉不想追究，但架不住两个女孩子的死缠。你不究，人家却步步逼入，世事由不得你个人的胸怀。

流浪汉一路上不说话，他们与准星没有走一条道。

准星腿快，走得也有些早，因为他想去一趟网吧。他上次已经发现了网吧的老板怕自己。这是一件好事，找几瓶陈年老酒，已经半年时间滴酒未沾了，越想瘾越大，欲望越深。

顺便再打一次父亲的电话。人活在世间，哪怕再艰难，再不是人，也总得牢记父母的恩情。

准星一路上小跑，来到了网吧里，虽然是后夜了，但仍有一些孩子们在天真的虚幻网络里寻找刺激。他们不惧怕家长的长棍，或者干脆是瞒着家长，借住校之名，去放纵自己思想上的单纯与假想的浪漫。

准星一声怒吼后，现场一片狼藉，几个孩子吓破了胆子，被准星高大的身材震住了，忙不迭地收拾东西仓皇出逃。老板刚从梦中醒来，可能是梦中做着娶媳妇的勾当，一声大喊后，以为是媳妇不请自来了，便跑上前去抱着准星想亲一口，准星朝着他的身子狠狠踢了一脚。

老板清醒过来时，发现已经晚了，准星早已经将他放置的几年佳酿搬了出来。半瓶酒进肚后，准星有些控制不了自己的言行，想睡觉，又一想不行，他必须尽快地赶到十八公的家里。

准星提了半瓶酒，假装去厕所，逃之夭夭。老板追出来时，准星早已经跑远了，老板大骂着，煞有介事地追逐着，以印证自己依然是个强者。可准星折过来追时，老板却又返了回来。现在除了伤心外，只剩下眼泪了。

老板一直在悲伤着，好似有人将自己的媳妇抢跑了。这几瓶酒是自己失恋的时候买的，想将来重新恋爱的时候再喝，可现在居然被这小子给抢跑了，还喝了自己的酒，等于说将自己重新恋爱的机会给断送了。

哭了不大会儿工夫，流浪汉与楚楚赶了过来。女扮男装的楚楚很远便听见了这儿的哭声，流浪汉道：半夜哭声，不吉祥。

楚楚说：半夜哭有几种情况，一是家里有死人了，半夜要哭魂；二是半夜夫妻吵架，这是感情问题；再者，就是喝多了酒。据我推测，可能是酒喝多了。

流浪汉说道：因何这样断定？

你没喝过酒，先生，酒的味道就是风中的味道，香甜，有些无奈且有些悲伤的色彩。

流浪汉贪婪地吸吮着，这便是酒的味道，好香呀！

到达时，却见老板伏下身子，在板凳上痛苦地呻吟着。见有人过来，老板抬起头来，拼命地搂着仅剩的两瓶酒，害怕别人抢走自己的幸福。

我说对了，先生，果然如此。这时候还喝，肯定是老婆跑了。

流浪汉与楚楚头也不回，一直向前方走。

准星在跑着，因为喝了酒的缘故。酒是最好的兴奋剂，能让人兴奋起来，顾不得烦恼，顾不得疲劳。这虽然是一种透支，但世上没有几个人不爱好这个。

十八公近几日有病在床，兴许是做了坏事的缘故。当初，鬼使神差，他竟然在网上疯狂地找寻着附近小报的电话号码，他想报复流浪汉，想让他们变成一无所有。

十八公是在一念之间开始恨流浪汉的，恨了便会产生行动。

但行动过后，却是良心难安。他觉得自己之所以有晚年的重新爆发，与流浪汉的威望不无关系。这样做，是在恩将仇报，但已经做了，只好以病作为借口。

人做了坏事，总会刺激心灵，心理会影响身体生理，生病便是再自然不过的事情。

十八公感觉自己老态龙钟了，他胸口闷得厉害，十分想给钱富贵去个电话。因为今晚自己感觉十分不好，可在手上的电话却无论如何也不知道怎样表达自己的感觉，让人家过来何意？会有议论的。

只好作罢。后半夜时分，天凉了，有风侵蚀着机体与神经。

三时许，有人砸门，像风一样，将鬼门关的门打开了，等待一些无所事事的人光临。

十八公以为是错觉，但仔细看时，却吓了一跳，在风中竟然站着准星。

十八公喜出望外，正想来一个人陪自己呢，干儿子居然来了。

坐，准星。

十八公勉强爬起来，一股子酒劲冲着十八公迎面袭来，以万夫不当之勇，摧毁着十八公自以为固若金汤的城池。

干爹，你这样做有什么意义吗？你让人去村里闹，你有什么想法，为何不告诉我？

我就是想给你个惊喜。我已经老了，这样做，完全是为了你呀。你要知道，我要这么多钱有何用，还不是送给你，落个好的名声罢了。

准星的火气正大，他一边将酒瓶再次举起来，将酒倒进嘴里，一边拍着旁边新买的沙发座暗中运气。冷不丁的，失去了控制的准星将沙发抻了起来，扔到了旁边，沙发上坐着的十八公应声倒在地上。

我听人说了，你与人签了协议，你想撵走流浪汉后，独自开发千页村，可有此事？

十八公辩白着：没有呀！这是子虚乌有。我能与谁签协议，孩子，你可不要妄猜呀。你说的事情，我真的不知道。我就是想让记者们过去，找到破绽，将千页村的名声搞坏了，你不就是名副其实的主人了吗?!

你这也是在搞坏我的名声。我现在看出来了，你最阴险了。没有想到，现代社会文明程度如此高，竟然还有这样坏的老头子。

我真没有呀！孩子，我垂垂老矣。十八公感觉胸膛起伏得厉害，捂着胸口痛苦地呻吟着。

准星一心想找到协议，便开始乱翻着，一看老头子捂着胸口，便知道可能自己要找的东西在他的身上，便冲上前去，撕扯十八公的衣服，任凭十八公大声骂着。

这一幕，被外面恰巧赶来的两个人看了个正着。他们看到的，正是准星厮打十八公的事实。流浪汉想干涉，楚楚却不让，楚楚小声道：活该，他们都是坏家伙，让他们内斗吧。

流浪汉叹着气，摇着头，里面，准星高亢的声音此起彼伏。

2012年6月2日星期六16：23。

67. 弑杀

流浪汉做梦也没有想到，自己与楚楚只在外面稍微观察了一小会儿工夫，危险便发生了。准星喝多了酒，在与十八公的推搡中，由于用力过猛，将老头子推倒在桌边上，桌子上面有一把水果刀，无意中刺入了老头子的后脑勺。

许多坏事的发生，并不是肇事者情愿发生的，只是一个度没有把握好，观看的人以为没事，当事人以为是句玩笑，受害者以为对方不敢，就在这样的倏忽间，厄运以凌厉的姿态降临人间。

准星傻眼了，酒醒了一半，双手颤抖着，跑到十八公面前，不知所措。

流浪汉想冲进来，楚楚却拉着流浪汉，不让他进，双方僵持着。

在这种僵持中，准星像一支箭一样，逃之夭夭。他从流浪汉与楚楚身边跑过时，甚至没有发现两个人的身影。

流浪汉与楚楚也想跑，可楚楚第一反应是马上要报警叫医生，也许十八公还有救。

楚楚拉住流浪汉，流浪汉六神无主，跑不起来，眼瞅着准星消失了。

楚楚道：十八公也许没死呢，叫医生吧。

流浪汉浑身打着冷战说：不行！如果叫了医生，报了警，我们便全完了。准星一完，四人也便完了。难不成让世人笑话我们吗？

可是，如果不叫医生，会死人的。

死了，就死了吧。十八公自作孽，也算是自作自受。流浪汉恨自己的人生观竟然发生了改变，原来疾恶如仇，如今却包庇准星，其实都是面子作祟。

楚楚也没了主张。一个女孩子，没有经过太多的事情，面前却是一具尸体，只好听流浪汉的话，明哲保身。

流浪汉道：马上造个自杀的现场吧。我们得帮助准星，至于内事，我们回去研究，不然，他会死的。他走了，我们如何处理？

流浪汉动起手来，戴着手套，将现场布置成十八公不小心造成的误伤事件。楚楚在旁边不敢说话，只是瞧着流浪汉娴熟的动作。

流浪汉这是怎么了，为了保护自己的名节，竟然在隐瞒事实。

流浪汉做完了这些，与楚楚疯也似的向外面跑。外面没有人，但有天，有地，有天有地的地方就有神灵。

准星一口气跑进了村院大门里，一想，不能让流浪汉发现了自己的行踪，便想躲起来。后来他又想到了停尸房，那张床，楚楚与王一凡早已经离开了。准星马上推开了门，借着月光与星光，胡乱地躺了下去，开始时心境难平，可是，一股难闻的气味马上充斥了他的鼻子，他不知道如何形容自己的感受，想呼吸却没有成功。最后一刻，时间戛然停下来。

流浪汉与楚楚回来后，却不见准星回来，王一凡见他俩惊魂未定的样子，问他们怎么了，二人都不说话，找了个地方继续安定心情。

第二天下午，依然不见准星回来，楚楚道：先生，看来他是跑了，不想回来了。我们帮助他，他居然这样做。

不，不会的，我不会看错人的。他一定是想回来，半路上出了问题。也许此时的十八公家里，警察早已经堵住了门。我们戴着手套，不会有事的，没有人发现我们。再说，一个老头子，不小心摔倒了，撞在了刀子上面，不管到了什么时候，这个现状是改变不了的事实。

两天后的一个傍晚，霸王李与亢龙却出现在山门外面。两人煞有介事地小声议论着什么事情，然后拍着山门。楚楚看到他们，气不打一处来，大声骂着二人的脏名，让他们滚远点儿。

亢龙道：小姑娘，做出了恶事，不要怕人议论呀？你小心着点，如果不满足我们二人的愿望，恐怕千页村会不复存在的。

什么意思？楚楚的心蓦然一怔，她马上想到了那天晚上发生的事情，难道是他们在现场？不会的，当时根本没有一个人，他们是胡诌的。

我没有做亏心事，怕什么？楚楚反驳着，不过语气有些缓和。

相信也好，不说也罢，我们掌握有证据，我们有录像的。那天晚上，你自己想吧。如果想拯救千页村，明天下午到网吧里找我们，不然，后果自负。

两人渐行渐远，楚楚表面上哼了一声，不屑一顾，内心深处却激烈斗争着：难道，果然是他们发现了什么端倪？

楚楚想去找流浪汉，但觉得如果将此事告诉了流浪汉，流浪汉必定会恼火，我看他们会如何。明天下午，我就过去，如果果真是事实，想尽了办法也要将录像带毁了，不能让他们坏了千页村的声誉。

楚楚晚上睡觉时，王一凡见她心神不宁的，便问道：

你怎么了，从外面回来，便一直这样，遇到啥事了？

没，没事。一凡，我们认识这么长时间了，也算是姐妹情深吧。姐姐有件事情托付你，你一定要听我的。好好照顾先生吧，他心地纯正。

这什么话呀?! 姐，我们四人当初可是发了誓的，共同照顾爱与人生。你这话好像诀别似的，别吓唬我。

我总感觉这两天会有事情发生，我想我们四个人是不能分开的。如果一个人分开了，就应该马上遗忘了他，将另外一个适合的人补充进来。

这话说得越来越离谱了。一凡有些不耐烦了，钻进被窝里要睡觉，楚楚再想拉她时，一凡却睡着了。楚楚无奈地摇摇头，为王一凡掖了一下被子。

2012 年 6 月 5 日星期二 9：00。

68. 钱富贵到访

又一天上午时分，钱富贵却过来了，一脸的光彩。流浪汉起身相迎，钱富贵道：

流浪汉，十八公死了。现在警察在到处搜寻死亡证据，我是村里的领导，自然此事影响甚大呀。

钱富贵说完，并不再说话了，只是用眼睛看流浪汉的眼睛。流浪汉没有睡好，眼睛周围全是眼屎，看得流浪汉十分不自在。

流浪汉道：十八公先生也算是个有造化的人，不会是仇人谋杀吧？

警察判断是误杀，可是，有一个疑点，他的身上竟然有人戴着手套抚摸过。警察判断不出什么结果，自然也下不了结论。我想着，这件事情，自然要与您商量一下。因为要给他做法事，他无儿无女，生前与我关系要好。再加上我一直在做善事，我想让您去超度他的亡灵。

流浪汉脱口而出：这个，不可。

钱先生道：啫，这就奇怪了，为何不可？这是您的工作呀！再说，这有助于你们千页村的好名声。

村子近日有事情发生，人心也不稳，我一直在整顿，是这个原因。

我以为是什么呢。不过，还有个风声，先生可曾知晓？

什么风声？流浪汉问着，但眼睛不自在。

有人看到准星当晚去过十八公的家里，千真万确的事实，所以说，这件事情恐怕与他有关系。

谁说的？流浪汉不禁一怔，好像对他这样的判断有些恼怒。

是我自己看见的。我当晚想去十八公家里，我去时发现了准星。因为他是十八公的干儿子，我没有在意，便马上走了。而第二天上午，便发现十八公死在家里了。

这一定与准星无关的，您是看花眼了，准星一直在院里。

在院里，不会吧。我可听说了，他一直没有回来。流浪汉，你说实话吧，不要包庇任何人。我不是个坏人，就是想了解一下真相。真相，懂吗？十分重要。

钱富贵转移了话题：我是来看看我的女儿。我觉得，将两个女孩子的尸体放在这儿，有些不太好了。上次丢了尸体，这次杀了人，说不定将来还会有其他的事件发生。我想将妖妖与李晚霜挪走。

不可，先生！我这儿是有问题，但是绝不像您想象的那样复杂。

钱富贵不等流浪汉回答，便自顾自地到了停尸房，他打开了房间的门，马上闻到一股子木香的味道。

钱富贵诧异地发现，准星竟然半躺在床下面，脸已经有些麻木了。流浪汉一看，马上大惊失色道：这个家伙，犯了错误，一直锁在这儿。我是不想告诉您。

流浪汉施了药，准星醒了，脑袋有点儿疼，暂时忘却了近几日发生的事情，只是一些梦境让他十分难受。

钱富贵道：他一直在这儿吗？

流浪汉道：当然。他躺了两天两夜了，他与亢龙勾结，上次犯的错误，正在接受惩罚，如何能够到十八公的家里呢？

钱富贵不放心地上前辨别，问准星：你在这儿有多长时间了？

准星脑袋十分疼痛，不假思索道：我躺了好些天了。头疼，这儿的香味太浓了。

流浪汉道：根据香味深入的程度可以判断出来，准星至少躺了三天时间了。这个时间点，恐怕不会去杀人吧。

钱富贵懒懒地笑着：我说呢，看花眼了。幸亏我没有告诉警察，不然真的会坏事的。人老了，可能是脑筋转不过来了。

准星起身想走时，流浪汉道：你待在这儿吧。还有十三天时间，知道吗？接受惩罚，继续。

准星蓦地怔了一下，忽然间脑海里掠过杀人时的场景来，他感觉罪孽深重，自知有愧，老实地待在原地没有动弹。只是，他站了起来，不敢让木香的气味再次过多摄入到自己的呼吸系统里。

送走了钱富贵，流浪汉一个人来到了停尸房，他坐在一把椅子上面，看着准星。

准星被看得发了毛，半天时间，才问道：

先生，怎么了，您老有事吗？不就是接受惩罚吗，我认了。

难道一个惩罚就可以了吗？流浪汉怒斥着。

难道还有其他惩罚吗？我一并认了，谁让我犯了错误。

流浪汉一本正经道：是罪过，不是错误，罪过大于错误。

那天晚上，我与楚楚跟在你的后面，你所做的任何事情，都没有逃过我们的法眼。

啊，准星一下子瘫在尘埃里，他的双手不停抽动着，试图想抹平自己的伤感，可是却没有成功。他的双手无意中触及了妖妖的脸，感觉到一种冰冷油然而生，马上收回手来，抱着身体，无助且凄凉地蹲下身去，想哭却哭不出来。

好了，事情已经发生了，我已经替你圆了。现场，我已经替你布置成了自杀的现场。钱先生过来明着是来看望妖妖，其实就是想摸清事实，已经被我打发走了。

可是，警察来了怎么办？我是会死的。准星终于哭了出来。

你还知道害怕警察？你只要认准了没有去过他家，不就行了。

流浪汉转身走了，准星待在现场，心情一时也恢复不过来，一会儿是十八公索命的面容，一会儿是妖妖坐起身来与自己平起平坐，或者是干脆将准星踢到一边去，自己要坐稳这儿的江山。

一凡这些天感觉村内的气氛十分诡异，她一直觉得大家对自己隐瞒了什么东西，便追问着楚楚，但觉得楚楚回答问题口不应心，一会儿东张，一会儿西望着，好似要会什么人似的。太阳向西偏移时，楚楚起身走了，去哪儿，谁也不清楚。

王一凡不放心地跟在后面，她一直看着楚楚出了大门，径直向网吧的方向赶了过去。

2012年6月5日星期二9：24。

69. 爱的别致表白

霸王李与亢龙的确发现了一些端倪，这些端倪来自于一个小屁孩。这个孩子叫马龙，他平日里无所事事的，总是喜欢网罗一些没用的消息，然后卖出去。比如说他会告诉钱富贵十八公今天的动静及安排，排了几次尿，或者是去了几趟洗手间。就是这个没有事情做的小家伙，将这些消息整理出来卖给一些有钱人。

开始时是卖给有钱人，但有钱人不喜欢出钱，他后来便想到了卖给恶霸。卖给这些人需要勇气，但好歹马龙有个亲戚，关系十分紧密。他的一个远房亲戚在公安局里混，据说还是个管事的，曾经有一次误打误撞地破了一个案子，得到了上司的力挺。后来经过打听，小屁孩居然是他的亲戚。

因此，霸王李与亢龙平日里看到这个十来岁的孩子，也有些害怕，躲得远远的。

马龙那晚一个人睡不着觉。缺少管束的孩子，晚上没事情时，便到处瞎转悠，但他只看到了后半幕，就是流浪汉躲在十八公的家门外面，与另外一个女子窃窃私语。后来，十八公居然遇害了。

他没有将这个消息传出去，因为在他看来，必须有一定的价值才可以，否则宁愿不说，烂死在肚子里。

一个恰当的时机，马龙发现了霸王李与亢龙，知道他们对这样的花边新闻有兴趣，便想说给他们听，条件是两人必须给自己说个老婆。

呸，我们还没有老婆呢！你才多大，小设备还没有发育成熟呢。

故作成熟的马龙再不说话，就是等着，你不答应下来，我就是不说。

亢龙道：这事情刚才他说了一半，与十八公有关联。没准儿我们可以利用这层关系，大发一次横财的，答应他如何？反正他还小，等过了几年再说吧。

他们答应下来，但马龙并不傻，说道：给我立下字据，否则，我上公安那儿告你去。答应下来的事情，如果不办成，便是小狗，一辈子受穷，生个孩子没屁眼子。

两人自认倒霉，便立了字据。马龙说了出来，两个人吓了一大跳。当他们听说流浪汉领着一个女子的时候，他们笑了，拍拍马龙的肩膀道：这个媳妇，我们给你说定了，等着啊。

两人计划了半天时间。自从被村里的人戏弄过后，两人便自发地结交在一起了。他们潜伏了好长时间，主要是当时受了伤，身体上的伤与心里的伤。两人对楚楚、王一凡一点儿也没死心，总想着用什么样的条件才能够获得对方的芳心。现在机会来了，流浪汉竟然掺和进去了，如果让大家知道了，警察会将流浪汉请进班房里的。

网吧里，亢龙与霸王李将老板支走了，扔给了老板几十块钱，借他的地方一用。

老板觉得自己的网吧有些像“新龙门客栈”，但不敢乱说话。他现在已经找到了另外一种生财的道路，就是利用自己这儿的黑、这儿的媒介来挣钱。

亢龙道：一会儿楚楚来了，霸王李你悠着点儿，看我的脸色行事。楚楚可是我的人。

霸王李道：我们得说清楚了，楚楚是你的。可是，我们并没有将王一凡激过来，你总不能让我眼馋吧。

两人还在争吵时，打扮得飘逸万分的楚楚走了进来，她问道：

有人吗？你们两个在不在？滚出来。

亢龙应声走了出来，道：楚楚，你果然来了，坐吧。这儿风太脏，我真想让你坐在我的身上。

你们请我来，不是说这些无耻的话吧？说吧，有什么事情？

我们发现了一件流浪汉的秘密，不知道该不该将它讲出去。

什么秘密？楚楚七上八下，心里面想着：他们果然发现了什么吗？

十八公死的当天晚上，有人发现流浪汉出现在十八公门前，这可是件真事儿。听说还有个女子与流浪汉在一起，至少这里面有两件事情可以揣摩。

霸王李接话过来：一是流浪汉与十八公的死有关联，至少他是嫌疑人；二是流浪汉与另外一个女子有染。这两件事情如果让媒体记者们知道了，相信他们会闻风而动的。

楚楚：卑鄙！有什么条件，讲吧。不会是请我来听故事吧。

亢龙道：这就好。我们一定会守口如瓶的，不讲，一辈子不讲出去。可是，我喜欢你，你也知道的。

霸王李道：楚楚姐，我喜欢一凡，你也知道的。我们为了保全村里的名声，是绝对不会讲出去的。只是，我们喜欢您二位，能不能让我们亲一口，然后嫁给我们？

楚楚爆发出来：放屁！你们两个丑样子，拿这样的事情做条件，无耻！有种的话，你们自己光明正大地追我们，如果能够追到手，算你们成功。

亢龙道：我们是地痞，不是正人君子。

我们也不怕落骂名，我们就非礼了，怎么着？

对，有道理。我们就今天晚上想入洞房，如果王一凡过来，我们成双成对入洞房。我们成功后，不会食言的。

对，流氓也有流氓的色彩。流浪汉不是自诩为天下最后一名流浪汉吗？我们也称呼自己天下最后两个流氓，大流氓，劫财劫色。

楚楚看着他们向自己走来，见他们走近了，抬起手来，将两记耳光温柔地送了过去。

两人恼羞成怒，马上围了过来，想抓住楚楚。王一凡在门外呢，没有等他们反应过来，便冲了进去，飞起板凳来，将他们两人打了个万朵桃花开。

二人被逼着离开了里屋，固守在外屋。两个姑娘将门堵严了，现场一片狼藉。

亢龙道：把你们二人饿死，我看你们咋办！

霸王李吆喝着：对，让你们熊，装清纯顶个屁用！我们就是当流氓了，我看这世道，当流氓挺好的，复古也挺好的。在古代，有几个流氓还是社会的中坚力量，还推动过历史发展呢。

这件事被躲在外面草丛里的马龙发现了。这个小家伙精明得很，觉得这个消息又可以引起另一段风生水起的故事来，他便连滚带爬地跑到了千页村。他爬过高墙进入村院里，到处找流浪汉，却找不到。他知道流浪汉手里没有钱，他便想起了准星，如果将这个消息卖出去，恐怕值老钱了。

准星刚刚从梦中醒来，睡了醒，醒了睡，失去自由的天空有些狭窄，准星这一次是彻底痛悟了，他告诉自己：无论如何也要挨过处罚期限，相信自己吧！这么多事，流浪汉替自己搪塞过去，是为了什么？

2012 年 6 月 5 日星期二 14：59。

70. 交涉

马龙在村里寻找人影，流浪汉此时正躲在超度室里，一点儿也不知道发生的事情。马龙径直在千页村里到处瞎转着，他还想着，如果我偷村里的东西，易如反掌。这么大的村院居然连个人也没有，他们的管理太松懈了。

正在想着时，他忽然感觉有一处房间里传来了一阵打鼾声，这是疲惫不堪的准星刚刚入睡后产生的动静。

马龙欣喜若狂地跑了过去，他想把消息告诉给村里的人，又害怕物所不值，便小心翼翼地试探着。如果你找到的仅仅是村里打更的小伙计，恐怕没有任何价值所言；如果找到了一位住持高僧，便可以趁机榨一些油水出来。流浪汉据说都有钱，听说还有个什么村想上市呢，你说能没钱吗？

马龙推开了门，门虚掩着，一个小伙子正坐在一把椅子上闭目养神，旁边停着两口硕大的棺材，不吉利。马龙马上反应灵敏地暗叫着，不过他马上将视线落在准星的身上。

放着棺材，必定有死人。马龙想看看棺材里到底有没有人，便壮着胆子挪动着步伐，生怕惊动正在浅睡状态的准星。

看清楚了，居然有两个女子，皮肤苍白，模样倒也动人，手指上戴着黄金色的戒指。马龙想顺手牵羊，便顺藤摸瓜去摘戒指。

哪里知道，妖妖的手却动了一下，吓得马龙大叫起来。

准星睁开眼睛，也是魂不附体，他一眼看见了一个小矮个子，便探出手来，将马龙的脖子掐得死死的。

你想偷东西？准星道。

不是。我是来报信的，有价值的信息，得给钱。

有价值的信息，什么信息？难不成是美国要换总统了吗？罗姆尼上了？

不是，是关于村里的两个女子的信息，她们有危险。

楚楚，一凡?! 准星睁大了眼睛，缩回去的手重新抓紧了对方的脖子。

说吧，她们两人怎么啦？

我可不说，谁给我钱，或者答应给我说媳妇，我就说给他们听。不过钱是现成的，媳妇需要打欠条，过期不承认可不行。

你小子怪精灵的。可是，你却来偷东西。如果我将这件事情告诉外面，你不仅连个媳妇也娶不着，恐怕你得进公安局。

我手是干净的，什么也没有拿。

我可没有钱，我从来不喜欢有人威胁我，否则代价十分惨痛。曾经有个小孩子威胁我，说我一辈子娶不上媳妇，我探出手来，将对方捏成了蚂蚁，扔进了蚂蚁窝里。从此后，这个孩子就消失了，世上多了一只蚂蚁。

这么厉害？马龙有些胆战，不过这小子是个江湖老手，马上说道：

我不害怕。我，你出去说也无所谓的。我告诉一半吧，两个女人，被霸王李和亢龙抓走了，他们知道了流浪汉杀人的秘密。

准星听清楚了，心里不安起来：流浪汉又在当自己的替罪羊，人明明是自己杀的。想到这儿，他继续问道：

我再问一句，告诉我，在什么地方？

我说过，我只说一半。你给我钱，或者是让我取走这女子手指上的戒指，我看这东西挺值钱的。

准星笑了：可以，你可以取。马上告诉我，我需要赢得时间。否则，我一把掐死你，扔进棺材里，让你和她们永久相伴。

在网吧里，门已经封锁了。他们人多，你去时得带一把家伙。

马龙说着，从怀里掏出一把匕首来，递了过去。

你小子不错。我可要走了。记住，一会儿马上走，不准惊动我的先生；如果惊动了，你就赶紧走，不要告诉他任何消息。否则，我一匕首宰了你。

你们这些大人，就知道杀杀杀的，难道这世上没有温柔与浪漫了吗？不好，我还是喜欢与女子待在一起。她们善良温柔可爱，就是说杀字，也会说天杀的，不是人杀。你太暴力了。

准星不再说话，拿起了匕首，头也不回地走了出去，出去的时候没有忘记将门带上。

马龙继续去拿戒指。其实人活在世间，都是在想办法拿一枚珍贵的戒指，你可以采取多种手段，你有钱的话，会买；没钱的话，你会想法子，要么去抢，要么去借，要么像提条件以物换物。总之，我们一辈子在崇拜这枚戒指，却没有几个人能够成功。有钱人虽然得到了，却感觉这枚戒指不是自己所要的，扔了后再找；没钱人，一直在奋斗，到生命的最后时刻拿到了，却感觉戒指也不过如此。

有珍珠！马龙猫着腰，继续接近了李晚霜。

他想通过一种巧妙又不失体面的方式得到这颗珍珠，他想用自己的唇摁在晚霜的唇上，既可以享受一下，又可以拿走珍珠。

他这样想着，这样做着，唇挨着唇，感觉冰凉。马上就要成功时，马龙睁开了眼睛，想看一下自己唇下的美女会是什么样子。

一双瞪大的眼睛，不遗余力地瞅着他，不说话，却似乎藏着刀子，眼珠子煞有介事地动弹了几下。马龙的魂瞬间飘走了，瘫在地上，爬了起来，丢了戒指，像一阵风一样消失在黄昏里。

有个女孩子坐了起来，将珍珠重新放好，将戒指给钱妖妖戴好。世界重新恢复了原样，就好像是两个时代的人在相互交错的刹那间，觥筹交错，时间静止后疯狂地流淌。

2012 年 6 月 6 日星期三 10：58。

71. 二次弑杀

准星是如何策划的？按照常理与进展，他是决然不能再犯戒的，因为他已经告诫了自己，听从流浪汉的吩咐，好好地在村里待下去。但现在却不行了，因为两个女子有了危险。

果然，网吧空无一人，周围警戒。有几个平日里游手好闲的家伙，被两霸雇了过来当打手，他们个个贼眉鼠眼，观察着周围，直到他们在同时看到了准星。

有人过来了，贼人们小声议论着。

他是谁？不认识呀，打电话的，抑或上网的？唉，这儿不营业了，这儿有人包了。

准星不管他们，径直向前方走，有人拦阻时，手臂便抬起来，见一个打一个。

门口的位置上摆着两张床，一张床上躺着一人，一个是霸王李，一个是亢龙。

二人听到吆喝声，头也不抬，似乎十分疲惫，嘟囔着：能是谁呀，给我摆平了。一天四十块钱工钱呢，要你们有什么用？

准星来到了亢龙身边，亢龙微睁着双目，感觉自己的视野范围内拥进一个怪物来。他没有想到会是准星，他以为自己的如意算盘马上就会打响了，准星正关着禁闭呢，他是如何也不敢出来的。

准星将匕首举起来，朝着亢龙的左耳朵划了一刀，马上就有一只耳朵掉在地上。

亢龙叫了出来，捂着耳朵大声反抗着，挣扎着。

霸王李听见出事了，便转眼坐起来。他首先看到了匕首的光芒，转身想跑、想抵抗时，准星早已经来到了他的身边。准星身材奇特，做过演员，知道一些三脚猫的功夫，匕首轻轻落下来时，霸王李的三根指头齐刷刷掉在尘埃里。

众人傻眼了，身影之快，没有见过，准星就像一位大侠一样，在电视里瞅过，现实中只是听说过，确实没见过。

让你们干坏事，两个女孩呢？

霸王李与亢龙痛苦地看着准星，却半天没有敢反抗，听见问话，忍着剧痛说：

在屋里呢，估计快饿死了。

你们的胆子太大了，叫猫吃了，叫狗撵了，竟然对我们的人下手。我警告过你们。要挟我，这便是明证，如果下次再让我发现了，我宰了你们。

霸王李一眼瞅到准星不过一个人，只是刚才的突然闪身没反应过来，他一使眼色，吆喝着：来人呀！将准星给我宰了，一只耳朵一千块钱，身上的一块零件一千块钱。快呀！

十多个人，冲着钱，冲着准星杀了过来。

楚楚与王一凡在里面大声叫着：准星，闪开，快走！他们疯了。

准星并不说话，举起旁边的一条板凳来，将三个家伙摁在板凳下面，一顿臭揍。又有三个家伙围了上来，其中一个将棍子砸在准星的背上，一条血痕分明耀眼；准星将那小子举起来，扔进旁边的水缸里。

十多个人，将准星的眼打开了花。楚楚与王一凡费劲地将门砸开了，她们两人举着各式各样奇怪的武器，加入战团里面。

准星杀红了眼，一口气放倒了七个，剩下三个跑远了。霸王李与亢龙也想跑，准星赶了过来，楚楚与王一凡喊道：别杀他们！你会偿命的！

偿命又如何，十八公也是我杀的，我今天再杀他们两人，也是在情理之中。他们害了多少人，我误入歧途，差点儿上了他们的当，今日报仇的机会来了。

手起匕首落，两个家伙捂着肚子，倒在尘埃里，瞪了准星几眼后，便一命呜呼，从此再无新的欲望产生。

楚楚与王一凡看傻了，她们没有见过这样的场景，只是听说过，今日身在其中，简直痛不欲生。现场的惨烈气氛不亚于一场大规模的战争。

二人准备搀着准星离开时，又一伙人冲了进来，他们可能是霸王李的下属。他们抄着家伙，向三人袭击。

准星推开了两个女孩，大声嚷着：快点回去，别管我！

再多的话也显得无力了，两女孩有些紧张，但不知道如何形容自己的心情，只好逃跑，跑得越远越好。

准星向着另外一个方向跑去，身后的几个打手，疯狂地追赶着准星。

准星失血过多，在一处矮树丛前面失去了知觉。

两个姑娘拼命地跑，直到看不到身后的人影后，才停下来。俩女孩开始哭泣，一个劲地哭，一是哭为何招来这样的横祸，二是哭准星不知还有命没有。

要告诉流浪汉，让他来决断。本来想报警，但又想不可，如果警察过来，最先受到伤害的便是准星。他杀了人，不管有意还是无意，人是杀了，这是要命的事实。

两个女孩一路飞跑着，眼瞅着千页村就在自己的前面。

马龙挡住了去路。这个小子刚才一直躲藏着，直到这个时候恐惧的劲头才过去。他看到两个女孩跑了过来，便想揩油。

你们两人，知道了，是你们，就是被他们抓住的人。我报的信，你们得救了。太好了，说吧，是给我当姐姐，还是当夫人？霸王李可说了，如果他死了，我便是他们那儿的新主人。我十分喜欢古代传统的生活方式，我想娶两个夫人，一个是正房，一个是偏室。你们说呢，谁挑哪个呀？

又是一个无赖的家伙！这年头，有病的人真不少，特别是某些男人。

楚楚一脸鲜血，抓住马龙弱小的身躯扔到一边，滚开，别惹我，我烦着呢！王一凡也举起拳头，无处施展愤怒的两个女孩子将马龙当成了出气筒，这顿揍呀。

2012 年 6 月 6 日星期三 11：37。

72. 准星的离开

两个女孩与马龙周旋着。马龙依然故我，拦着两个女孩小声啜泣着，楚楚无奈地，问道：小子，你到底想做甚？

我想知道那个哥哥去了哪里，就是准星。

他不知道去了什么地方，怎么了？

他答应我的，给我找媳妇。我才告诉他你们的消息，如果我不告诉他的话，你们救不了自己的。

王一凡道：好你个小鬼，你以为你是做了好事呀？我告诉你，你错了，你差点儿害死我们，我们满身是血。另外，根本没有见过准星去过那里。

楚楚看一凡冲自己使眼色，便明白了，也紧跟着道：是的，根本没去过，我们是自己逃脱出来的。

马龙说不相信时，两个女孩早已经冲过了最后一道防线，开了大门，冲了进去。大门瞬间关闭了，只剩下一个小子在风中叫喊着。

流浪汉早已经发现不见了两个女孩，去停尸房时，又不见了准星，偌大的村院就剩下自己一个人，正狐疑着，想出去寻找时，两个女孩回来了。

流浪汉问道：去了哪里？为何一身血迹？

我们，我们出去了，有事情。

你们遇到了危险，说吧，准星呢？他是不是与你们一块儿出去疯了，他去了哪里？

一凡控制不住了，嚷道：先生，您每天只知道躲在村里清静，却不知道我们二人差点儿被人害死。如果不是准星，恐怕我们早死了。

楚楚想拦着，却没有成功，索性沿着王一凡的话说了下去：

先生，准星误杀了人，跑了。如果不是他的话，我们两个人或者成了霸王李与亢龙的刀下鬼，或者就成了他们的新娘。

流浪汉一直听着没说话，似乎这些话对于他心灵的冲击力度不够。

楚楚又说道：准星跑了，我们让他跑的。他不能回村，现场一地尸体。警察会去调查的，准能发现准星。我想，我们来告诉您以后，也要走的，否则，会惹得村里不安宁。

流浪汉一本正经地说道：不，你们不用走。你们是自卫，警察不会怪罪你们的。如果警察来了，我自有办法的。

流浪汉再不说话了，转身拂袖而走。现在的流浪汉，与一年前的流浪汉判若两人，多了层生分与僵硬，少了些和气。

楚楚与一凡回到自己的屋里，整理衣裳与装束。楚楚正在清理时，一凡却坐在那儿大哭起来。

一凡道：这儿安宁，什么安宁呀?! 树欲静而风不止，我们不想惹他们，他们却惹我们，我们现在倒成了众矢之的。流浪汉的想法是好，可是，我们却无法独善其身。

楚楚拍了拍一凡的肩膀道：一凡小姐，你的心情可以理解。可是，当时是我们自愿留下来的，流浪汉又没有逼我们。现在做了，后悔也已经晚了。十年时间，眨眼而过，忍忍吧。

警察与钱富贵果然过来了。钱富贵是这儿的主要投资人，因此他在前头，两个警察在后面跟着。

钱富贵单刀直入道：准星呢？有人看见了他杀了人。政府来人了，老实点儿。

流浪汉道：准星早已经不是我四人会中的一员了，他上次由于犯了严重的错误，早已经被我逐出山门。他现在做的任何事情，与我村无关。

钱富贵不相信，便问后面的两个女孩，楚楚也点头表示认可。她知道流浪汉的用意。

警察问道：这两个女孩呢，听说昨夜网吧的恶性案件与这两名女孩有关系。

楚楚说道：霸王李与亢龙将我们骗了过去，差点儿害死我们。我们是自卫的，后来侥幸逃脱。

无论如何，你们是受害者。做个笔录吧。

钱富贵与流浪汉坐在一块儿，那边几个女警察与两名女孩做笔录。几个男警察到处观察着，似乎在寻找准星归来的证据。

钱富贵道：先生呀，如今看来，你的想法虽好，可是却没有成功的道理呀。四人会已经少了一人，在我看来，不如打开山门吧！将土地市场化，有何不可？

钱先生，这村虽是你盖的，可这土地却不是你的。再说了，村是你捐的钱，这钱岂有收回的道理？如果拿这样的投资当作条件与我谈判，我可不会承认的。

先生说哪里话，我是那种人吗？我只是觉得你的想法与现实距离太遥远。

四人会是先生留下的遗言，我自然不敢违背。如今剩了三个人，我自会有办法补进去一人的，否则，就会乱了纲法与平衡。

钱富贵道：还要再补一人，我劝你歇会儿吧。说完，再不说话了，就是瞅着天空发呆。好半天工夫，那边做完笔录了，警察们与钱富贵开着车走了。

2012 年 6 月 8 日星期五 14：25。

73. 另一场烦恼

准星一直在昏迷中，他发了高烧，嘴中喃喃自语。一个女子示意旁边的人退下去，她自己近前，去摸准星的额头，当确认没有大碍时，女子叹了口气，坐在了他的旁边。

准星一边吊着液体，一边昏睡。这种状态持续了一天一夜，直到又一个黎明降临人间时他才醒过来，却感觉浑身酸痛难忍。

红姑娘站起身来，示意他别用力。准星本以为自己掉进了狼窟里，不知道是否还有机会脱险。这是梦中的情节，可一看到熟悉的笑容时，他的心顿时放了下去，感觉温暖莅临身边。

红姑娘道：你别乱想。这儿挺安全的，是我的一处豪宅。这儿离千页村很近，离出事地点网吧也不远，你放心。

红姑娘继续说道：到处是对你的通缉令，你千万别出去了，什么也别想，有些细节我可以告诉你。你虽然杀了他们，可是他们该杀。这世间，最该杀的人就是忘恩负义的男人了。就像霸王李与亢龙，为非作歹，如果我是男人，我也会杀了他们。

还有我的男人，这个该杀的家伙，背着我搞女人，将我的钱大部分挪走了，自以为别人不知道。我不会放过他的。

说着又骂起了流浪汉。

准星似乎对她大骂流浪汉感到不理解，便动了动手，表示反对。

红姑娘道：你还替他说话呀？他明哲保身，不顾及你的感受。你明明救了两个女孩子，本来是立了功劳的，可他呢，为了保全千页村的名声，竟然将你逐出了四人会。你现在已经是局外人了，知道吗？

红姑娘继续说道：我不该讲的，可是，我现在也是自身难保。我的丈夫不要我了，在外面搞女人。我快要疯了。现在我知道了一些情况，不让我说出来，我恐怕会死的。本来我已经做好去死的准备了，现在你却来了。你来了就不要走了，他们不要你，我要你。我们应该振作起来，挣钱给他们看，让他们眼睛发红，眼睛发绿，知道吗？

准星道：本来我已经对钱看淡了，不想谈钱了。我已经下了决心，跟随流浪汉，做一辈子清苦的差事。可是现在苍天弄人呀，我想做啥，偏偏不来啥。人的命运大抵如此，不可交换呀！

其实你应该这样想的，也许你的离开，就是一个秘密与设计而已。红姑娘分析着。

你出类拔萃却傲慢不羁，流浪汉拿你没有办法，两个女孩子更是无计可施。可是，一个头磕在了地上，不能随便反悔呀。所以说，他们在找理由与条件，让你离开。比如说马龙的出现，霸王李与亢龙事件，如果没有人精心安排，会有这样的结局吗？你傻呀，小子，世间的大多事情是可以算计的，不是顺理成章的。这世上哪有那么多的事故，都是人用心良苦的结果。我的丈夫，如果不是巧妙安排，不会骗走我大多数钱财。到现在，他反告我不忠。幸亏我技高一筹，在这个地方为自己准备了一套养老的房子，否则，我会死的。你知道吗，准星，甭以为你安宁世间就安宁。有些人别有用心。我说过，这世上的男人，没一个好东西，包括我的父亲。

我的父亲，杀死了我的母亲，与钱妖妖的父亲狼子野心，运用自己手中的权力搜刮取了大量的钱财；可晚年呢，什么也没有得到，人走了，茶凉了，留下我一个人，我连个娘家人都没有。

准星不停地思索着，一脸的汗水淌了下来。红姑娘早早地看见了，一边说着话，吐着唾沫星子，一边跑过去，从仆人的手中接过毛巾，不停地擦拭着。她的温柔简直像将准星当成了世间罕有的艺术品，生怕一不小心将这件艺术品弄碎了、搞砸了。

他们不会这样做的。准星仍然不相信，想起自己以前设计的事情，本来觉得自己理亏，有时候真想找流浪汉说清楚，现在看来，是有这个苗头。这么多的巧合，难道只针对我准星一人，不可思议。

有时候，你精心设计的事情，却在结尾发现这只是一场梦境与虚空，于是，你原来的信心满满变成了不堪一击，你开始怀疑自己的思想与能力，开始觉得原来自己的心情就在别人的控制下。你会怒不可遏，摔东西，栽跟斗，甚至希望找个地方喝个烂醉，大骂一场，大病一场，然后一枕苍凉。

2012 年 6 月 8 日星期五 15：55。

14. 第四个人选与报复的开始

流浪汉的确相中了马龙。流浪汉的理由很清楚：他年幼，涉世事少，虽然表面装作想娶妻生子，可是他对爱情这个东西一点儿也不懂。

楚楚说道：三人有什么不好？为何非要再加一个人？

流浪汉回答：先生的遗言，是对苍生的保护与推荐。如果是三人会，就失去了存在的意义，我们的阵脚就会大乱，四人正好支撑住整座天空。

一凡也问道：如果再添一人，不是不可以，要不再要个女孩子吧？我看卖炭家的小女孩可以。她父亲说她从小与佛有缘，我看她也行，过来后，做饭洗衣裳，是没有任何问题的。

马龙起初不懂，后来流浪汉解释后才明白，原来他是老小，还有两个姐姐，还有一位大哥，大哥便是先生。

马龙对两位姐姐十分有好感，他弯着头问清海：

这儿可以结婚吗？我妈死的时候告诉我了，找个女子，结婚生子，传承香火。

不行，一定要放弃这种念头、可怕的想法。这儿不准结婚，你尚幼，不可考虑这种问题，否则会下地狱的。

地狱十分可怕，早早地便在每个孩子的童年时光里停留，因此，如果有人拿地狱吓唬一个孩子，是绝对会生效的。

马龙不敢说话了，在他看来，这个流浪汉没有人情味，他还是想去找两个姐姐。反正留下来也没有坏事，与女子玩耍，正是许多男孩子的追求。

当天晚上，四个人聚齐后，流浪汉给马龙上了一课，大抵讲了这儿的一些禁忌，不准滋事，不准与外界交往。由于有了准星以前的案例，流浪汉多了心眼，要求中多加了一条：绝对不允许与外界交往，如果需要购置相关资源的话，由楚楚与一凡前往；马龙不得私自外出，否则，关进停尸房里。

这期间，红姑娘来过一次。正是中元节时分，她过来给妖妖和晚霜烧纸钱。马龙头一次见到这么丰满的女子。红姑娘生下孩子后，浑身缠绕着一种妖娆与魅力，她路过的地方香气缭人，让人不自觉地想入非非。就连流浪汉从她身边过时，也是情不自禁。

流浪汉问自己：一年多时间，竟然让一个女人出落得如此妖娆？

红姑娘看到了马龙，更换了新人，她忙不迭地过来祝贺流浪汉，问流浪汉一些细节。流浪汉介绍道：准星已经成为过去了，现在，这儿已经改头换面了。以前的事情，我不想过多去褒贬是与非。可是，红姑娘，现在这儿空气清洁多了。现在我可以向大家宣布，这儿离我的目标越来越近了。

红姑娘讪笑着：如此说来，就是准星原来一直闹事吧。那个孩子挺好的，不过就是心眼子多，老想着女人。

流浪汉故作高深，继续介绍着：我敢这样说，不出两年时间，这儿一定会自力经营，不再需要外界的任何资源。我们将长期关闭大门，深研佛学，不再与外界有任何往来，到那个时候，恐怕姑娘再次过来，见到的我们，就是鹤发童颜、仙风道骨了。

说得怪吓人，难不成人变老了吗？

红姑娘掩嘴而笑。祭奠毕，红姑娘与两位女孩寒暄了半天时间，后来便起身告辞，走时，红姑娘又问流浪汉：

先生，贵村商业化的步伐是否可以迈起来呀？清修与商业是两个概念，井水不犯河水。

不，姑娘，您错了，这儿要保持最后一处净土，中国的最后一片纯净土地。我这儿永远不会城镇化，不会让商业化的污浊气息弥漫的。

谁也不可以！流浪汉重复着，最后一句话震得大家耳膜发疼发颤。

红姑娘回家时，准星刚刚起来，一脸的疲惫相貌。睡梦中，准星竟然奇怪地遇到了流浪汉，流浪汉头一次骂了人，说自己玩物丧志，由着自己的性子胡来，一点儿也不顾村里的清名。

准星想解释时，流浪汉却一点儿机会也不给，转身消失了。

准星看到了红姑娘，红姑娘从口袋里掏出一个录音笔来，煞有介事地插上了电源，让准星听，里面全部是白天与流浪汉对话的内容。准星听到流浪汉的谈话时浑身热血沸腾，可听到一半时，准星恼火了。

好你个流浪汉，竟然将所有的罪名扣到我的身上，该死！

不让商业化，我偏偏要做！准星喃喃着，听得旁边的红姑娘心花怒放起来。

红姑娘道：准星，我没有看错你。太好了，能够让那儿商业化，也是我当初冒险进入村里的主要原因。我已经查看清楚了，那儿可以盖十栋豪华的办公楼，会修成柏油马路。据说政府已经相中了，如果我们捷足先登，一定会卖个好价格的。

可是，流浪汉不允许呀。我们如何才能够进入那个地区呢？

这个好办。我们在周围这些地方盖起房子来，钱你不用管。我有一位有钱的表姐在温州，她会提供给我私人“黑贷”。你只要肯出面经营，一定会有好成绩的。

我可啥都不懂！！气归气，准星有些羞涩地回答着。

红姑娘兴奋地说道：光是这样不够，不足以弥补你亏欠的心灵。还有一个秘密，你知道了，一定会欣喜若狂的。

什么秘密？准星问着。

流浪汉的秘密。在我这儿，他的所有情感秘密，包括那女人的长相，那人是做什么工作的，如今在干什么，我都掌握得一清二楚。

红姑娘兴奋地举起一张照片来，一个叫千百爱的女子姣好的面容映现在准星的瞳孔里。

2012 年 6 月 8 日星期五 16：44。

75. 千百爱的矢志不移

千百爱在北京无法生存了，仅有的住所，却在一夜醒来之后，变成了一片瓦砾。一辆推土机疲惫地驶向了远方，印证这所平房从此后将会走向繁华。

千百爱没有了立足之地，她想回到自己原来的地方，却发现那儿早已经不是自己的了，百花将那儿整成了一片污水横流，一大堆的男人穿梭于雾里风里，接受着她不堪入目的爱情检测。甚至有些男人成了那儿的常客，也叫回头客。一个媒婆一辈子没有说成一次媒，却将自己给嫁了出去，一下子甚至嫁了无数个男人，这名女子的一生，绝对可以说是风光的。

千百爱与一群民工在一起，将自己的脸涂成了一张黑脸，顺便打几趟工，几天下来，便感觉骨头像散了架一样。

她辗转反侧之后，决定继续寻找流浪汉去。寻找流浪汉，也许正是目前一些女子的潮流思想。

几天工夫，论坛里，QQ 群里，便转满了这样一则消息：一名女子，搜寻一个叫清海的流浪汉。由于前缘未尽，此女子苦心寻找，希望再续前缘。

这则消息无异于一石激起千层浪，在互联网上引起了轩然大波。大家对这样的奇事都有猎奇心理，便疯狂转载着。半个月后，有一个叫红儿的女子加了千百爱的 QQ，要求与她单聊。对方几句话说下来，便惹得千百爱伤心遍地。

流浪汉居然在她那边的一座村院里，地点叫千页村。流浪汉正是清海，如今已经是那座村院的得道高僧了。

千百爱一路飞奔而来，倒车换车，直到无车可倒了，便沿着大沙漠一直向西走。她知道流浪汉在西方，西方是极乐天堂。

红姑娘兴奋地谈着自己寻找千百爱的过程，准星听得稀里糊涂，但他总算明白了，那个叫千百爱的女子竟然是流浪汉的旧爱，关系非同一般。

准星感觉自己重新陷入到一场与感情有关的旋涡里，他想脱离，却欲罢不能。生命中有些事情，就是如此让人难以捉摸，你想退时条件不允许，你想进时又受感情因素左右。事情总是在左右徘徊之间，在你的情绪迟迟未下决心之时，一个符合条件的人出现了。尤其是女人，她左右了你的心态，所以说心态决定命运。

准星想逃出去，本来他的心如浮萍，已经想漂流回去了，如果过了这个风头，他就想走，回到父亲的身边。父亲再风流，好歹也是自己的骨肉至亲。他会关注自己，送给自己一个充满希望的未来。

红姑娘的眼睛似水，一下子拥到准星面前，贪婪的眼中透露着一些惶恐与不安，等到终于心事落定之后，便无所顾忌地将准星的脸与唇拥在怀中。准星不能自已，这是青春惹的祸，不怪本人。

准星与红姑娘平躺在床上，准星不说话，红姑娘满足地笑着：准星，以后跟着我吧！我什么也没有了，只有钱，我的钱全部是你的。

有钱了，就不要再做挣钱的事情了。准星喃喃着：要那么多的钱，有何用？

有何用？我想与你将来要一大堆孩子，盖一大片房子，哪一样不需要钱呀。你想想，这是一种什么样的结果与逻辑。现在挣够钱后，我们就安度晚年了，提前退休，我们两个人快乐地过日子，什么也不想了，安心照顾我们的宝贝。

我可是什么安全措施也没有采取，并且这两日是受孕的高峰期。我精心计算好的，只是为了安抚你的心。亲爱的，你太可爱了。

红姑娘的唇凑了过来，准星无助地逢迎着。

2012 年 6 月 9 日星期六 8：46。

76. 千百爱的到来与商业化的开始

千百爱如期来到了红姑娘家里，红姑娘待若上宾。准星隔着屏风看这个女子，长得倒也中看，是那种古典式的传统女子，却在一举一动间隐藏着不易察觉的爱与温柔。

红姑娘问她：总算找到你了，真不容易。我平生愿成人之美，如果流浪汉知道你过来了，不知道会高兴成啥样子。

别，您别告诉他，我只求在远处看看他，这样就够了。他不会理我的，他一心在自己的事业上，而这个事情又不许女人介入。

红姑娘道：傻姑娘，你太傻了。既然有爱，何苦藏着掖着，你这样折磨自己，对己不公，对流浪汉是一种纵容。流浪汉就在千页村里，回头哪一天我带你去一趟。我可是他们那儿的贵客，有优先进入的权利。你扮作小童。

千百爱认真地点头。准星却一挑帘子进入了屋子里。

红姑娘没有防备准星进来，不知道如何介绍，准星却道：我是红姑娘的弟弟，这位姐姐好。

千百爱赶紧起身相迎，准星对旁边的红姑娘道：

姐，我们出去吧，有些事情商量。

红姑娘与千百爱打了个招呼，起身便随准星离开了。

千百爱便一个人坐着想心事，她蓦然抬头看时，竟然看见了一幅山水画，十分空灵的样子。仔细看那风格，却是流浪汉画的，右下方赫然印着流浪汉的法号：清海。

千百爱如同见到了老朋友，仔细瞅这幅画的一笔一画，生怕自己落下一丝一毫的地方。

千百爱一直狐疑着，她听红姑娘介绍流浪汉那儿的情况：两个女子陪伴着，还有个小孩子。办什么四人会，这是怎样的一种会议呀？如果同意我加入，我们可以办成五人会的。我只是想找个落脚的地方，哪怕流浪汉不愿意娶我，我只愿意留下来陪他，看着他，也好。

想到幸福处，眼泪汪汪地流下来。

准星是来与红姑娘协商盖房子的事情。准星已经去丈量过了，大约绕着千页村方圆二十里的地方，已经全部由红姑娘买断了。有个开发商画了个草图，准星已经看过了，周围全部盖成了商品房，还有一栋自家用的住宅楼。征求红姑娘的意见，红姑娘看也没看，说道：你自己做主吧。你也是主人了，以后办事情小心点儿为妙，先不要惊动流浪汉。

准星下去了，心里面却在想着，如何以一种特殊的方式告诉流浪汉，让流浪汉知道自己做错后的代价。

他这样想着，忽然想到了马龙。这小子，如果让他给流浪汉送个信，准能成的。

准星正在忙活着，却见千百爱远远地转了过来，老远便冲着他笑。他感到十分尴尬地摆摆手，示意千百爱到自己这边来。

只有一处新盖好的临时房子，权作指挥部用。千百爱坐在准星的对面，千百爱问道：

听说你也是他们那儿的人，是刚刚出来的。

准星听懂了她的话，是指他也曾是四人会中的一员。

准星没好气地回答道：以前是，现在不是了，退出了。他们说我犯了错误。

我来，是想问一下关于流浪汉的细节，比如说他胖了没，现在什么样子了。

准星本以为她有什么要事，却没有想到竟然是这些鸡毛蒜皮的小事情，他没好气地回答着：有什么好的，天天与一大堆女孩子挤在一起，没事也会有事的。

这番话击中了千百爱的要害，她做梦也不敢相信流浪汉会做出这样的事情。

千百爱怔了怔，又问道：告诉我地点，我要去找他。

准星说道，一直向前走，不要停下来，看到一处山门便是了。

准星说完就出去了。千百爱也转了出来，大步流星地向前方赶。远方，乌云飘了过来，大雨瞬间落了下来，千百爱被雨逼了回来。

雨越下越大，由不得人在雨中游，千百爱想等雨停了再走，便起身退到了那座房子里。

衣服全湿了，十分难受，千百爱一看周围没人，便将上衣脱了下来。恰在这个时候，准星也跑了进来，与千百爱撞了个满怀。

两个人的脸色瞬间红起来，不好意思地互相笑笑，将衣服彼此脱掉了，扔在旁边的椅子上面。

正在此时，流浪汉与楚楚狼狈不堪地跑了进来。楚楚跑得慢点，流浪汉在前面跑，便回身去拉楚楚。宛若一对情侣一样闯入了房间，胳膊来不及收回。四个人的目光相碰在一起，产生了一种莫可名状的复杂感。

千百爱失声叫了出来。一个女子正与流浪汉挽在一起。流浪汉也看清楚了，准星、千百爱居然光着半个膀子站在一起，两个人离得那么近，在咫尺之间。

2012年6月9日星期六10：25。

77. 流浪汉的决绝

流浪汉绝不会想到会在这样一个场合，这样一个地方，与千百爱再次撞击在一起。只是心情换了，那种感觉换了，现实却是两个人分别与异性站在一起，而且贴得那么近，彼此距离却那么远。

楚楚见流浪汉的脸色有变化。这是头一遭的经历，流浪汉经常不因一时一事改变自己的言行，现在，却由于对面一个女子而尴尬万分。

准星转身想走时，流浪汉拦住了他：准星，你也在这儿？这是怎么回事？

准星，如果你还听我的话，就马上收手，不要再做了。这样做，对你没有任何好处。关于你离开的事情，我也是为了保全声誉，不得已而为之。再说，你犯了那么大的错误，总该有个问责吧。这样做对你来说已经是最轻的处罚了，总比进公安局要好吧。

准星头也不回地走了，准星最后一句话是：我要走了，再见。

楚楚跑过去想拦准星，准星却绕过了她的胳膊。外面的雨仍然瓢泼而下。

流浪汉坐在偌大的办公室里，等候雨停下来，远远地，楚楚看见了那个叫千百爱的女子躲在另外一处偏僻的角落里避雨。楚楚道：先生，让她过来吧，别淋坏了。

她与我没关系。都是以前的事了，刚才的一幕大家都看到了。在无奈之下，她这样做也情有可原。这一切，已经与我没有任何关系了。

雨停了，流浪汉与楚楚出了门，千百爱看到了他，在后面嚷着：流浪汉，你等等我！我无家可归，你说怎么办？你现在有了新的情感，对我不管不问了，是吧？

流浪汉并不作答，任凭言语随着风在四处流淌着。

千百爱不依不饶地追过来，并且嘴没有停下来：

流浪汉，臭流浪汉，你说过的，如果你不顺心了，会回来找我。可是，你做的什么事情呀，你竟然在你的村里金屋藏娇。这个女孩子，就是你的相好吧？

楚楚看不下去了，回过头来骂着：放屁，你算老几呀，中伤我，小心割了你的舌头。

清海，你给我解释清楚，你到底是要我不要？这个女子，是你标榜的清修行为吗？她骂了人，你主张的四人会允许骂人吗？甭以为我是个傻子！我什么也没了，包括命运与尊严，现在连命也不值钱了，不值得你这样回过头来看我，是吧？

流浪汉头也不回地走了。太阳出来了，施工人员重新聚集在一起，开始了新一轮的劳动。

流浪汉并没有回家，而是与楚楚头也不回地往另外一个方向赶去，他要去找钱富贵。

钱富贵一直在生病，身体不舒服，咳喘厉害，看见流浪汉进屋，示意他坐下来。流浪汉一脸红润，明显是有病的迹象。

钱富贵道：流浪汉，你生病了吗？流浪汉小心回答着：每日发烧不止，浑身无力。

钱富贵转过身去，打了个电话，不大会儿工夫，一个医生来到屋里，钱富贵示意他给流浪汉瞧病，医生给流浪汉把脉、看脸色，然后开药方。流浪汉只是积劳成疾罢了，心里有火，几片药剂喝下去，不大会儿工夫，鼻塞有些通了，流浪汉的表情由阴转了晴。

你这么大个人了，竟然不相信科学。佛法与科学是两码事，有病要看医生，扛着算怎么回事？钱富贵批评着流浪汉。

流浪汉示意楚楚坐下来，楚楚照着做了。

外面热闹得很呀，不知开发商是谁？他们这样做，是要破坏我的安宁。如果开发成功了，我哪能够独善其身?!

流浪汉，这事不是我干的。我现在无力回天，自己的身体都照顾不了了，怎么能做那样的事情？你得去找一下准星，可能与他有关系。你们之间到底结了怎样的恩怨，他居然用这样的方式报复你？

说来话长，误会也好，故意也罢，反正是过去的事情了。如果真是他做的，我刚才见过他了，他若不听我的安排，恐怕我要得罪他了。

你想如何做，他有钱，有后台，你有什么？你去找他也没有办法呀！钱富贵咳嗽着。

也许，唯一的办法就是，你要牺牲你原来的决定。我并不是说你的决定是错误的。你也是人，收回决定，让准星重新回来，不失为一种上策呀。

流浪汉沉默着，楚楚道：应该让准星回来，他本来没有多么大的问题，是为了保护我们才……

话未说完，流浪汉使了个眼色。流浪汉害怕楚楚将准星杀人的事情说出来。

流浪汉道：先生所言极是。我考虑一下，只是……我害怕就是重新接纳他，也无法说服他呀。他的性格，是那种孤僻决裂型的。

楚楚挂不住了，又跟着说道：我与一凡前去说服他。没有问题的，我们两个姐姐的话，他还是能够听进去的。

从钱富贵家里出来，楚楚十分兴奋，对流浪汉道：一会儿，我们路过工地，我便去找准星，我相信自己的能力。

流浪汉说道：去哪里？回村里去。

先生，刚才不是说好了吗，去劝准星的，这才一会儿就反悔了。

我刚才没有答应这件事情，如果准星回去了，马龙如何处理？总不能让他重新回归原野吧。

他是个局外人，本来就是局外人。楚楚噘着嘴，流浪汉头也不回，大步流星地向村里赶去。

2012 年 6 月 9 日星期六 14：52。

78. 红姑娘的左右开弓

楚楚与王一凡商量着今天的事情，一凡也觉得应该去找准星说清楚，将这个叫马龙的家伙赶出去。

楚楚道：我们得先让马龙自己走，位置腾空了，流浪汉自然会让准星回来的。

一凡道：老办法，我们装鬼吧，让鬼将这个臭小子吓走。

深夜时分，马龙从流浪汉的屋里出来，一个人回自己的房间。他路过停尸房时，蓦地听见里面传来一声吼叫，马龙听说过此地，流浪汉也说过不让他随便进去，但现在这声响，却勾起了他的猎奇心理。

小小的年纪，不怕天不怕地。他小心地躲在窗下面偷听着，借着寂寥的星光，他看得不十分清楚，里面放着两口棺材，棺材里面影影绰绰躺着两个簪花的女子。

马龙这小子艺高胆大，自信得要命，推开门走了进去。

等到黑暗终于弥漫过来，视线稳定过后，马龙攀着棺材的沿子，准备向里面观看时，却感到有一只手从棺材里面伸了出来，直搔他的手背。马龙吓傻了，身子急忙向后面躲，后背却碰到了另外一口棺材，另一只手毛茸茸，直搔马龙的后脑勺。马龙大叫起来，夺门而逃，却在门口昏了过去。

楚楚与王一凡互相使了个眼色，两人到了门口，将马龙的身体拖了进去，将身体横在两口棺材之间，然后两个人掩上门走了出去。

楚楚道：一凡，我们趁着夜色走吧，争取明天早上赶回来。先不让先生知道，他心眼小。

一凡道：也好，我们走吧，去摸一下情况。

两人一直向前面走着，路过了白天施工时热闹非凡的场地。在值班室里没有发现准星的影子，向人打听时才知道，准星回家了，在红姑娘的家里。

红姑娘的家里？楚楚与一凡怔住了，她们不知道红姑娘家在什么地方。

二人一直向前方走，又看到了一所房子，里面却有灯光。二人挪着身子走了过去，灯光来自于窗户，灯光下坐着两个人，一个是女人，另一个仍然是女人。

红姑娘正在劝慰千百爱，千百爱说什么也不肯回红姑娘的家里，说是要在这儿守着，再去找流浪汉。

红姑娘道：你太傻了，不了解男人。我的男人，也是这个样子。什么臭屁流浪汉，表面上冠冕堂皇的，装孙子呢，其实是在故意骗你呢。他要整垮你的精神。你想想，他白天时为何那样做？那是一种习惯，随意性如此强，说明平日流浪汉已经糜烂成什么样子了。你甭去找他了，安心在我这儿住着吧。

千百爱骂着：不要脸，臭流浪汉，装清纯，原来却是伪君子。

你呀，心太善良了。我听你说过你俩以前的事情，你着了人家的道了。流浪汉不简单呀，他之所以这样做，一是为了满足自己的私欲，二是为自己的名声。还有，他拼命地反对商业化，其实是为了将来牟取更多的暴利。知道吧，地皮价格在飞涨，将来这儿都是钱呀！

这些我不懂。我已经开始恨他了，红姑娘，我想报仇。你说吧，我如何才能够出气？

你若想让流浪汉回来，办法只有一个，毁掉千页村，让流浪汉重新回到你的身边。撕破流浪汉的虚伪，让他改头换面。

可是，我该如何做，才能让千页村毁于一旦呢？

流浪汉告诫自己不会破戒的，你应该去找流浪汉，好好地劝他。你爱他吗？不行了，用女人基本的武器——爱与性，折磨他，看他就范不就范！

千百爱内心深处藏满了对流浪汉的不满与欲望，只是暂时没有找到发泄的良机罢了，如今听红姑娘如此一说，她马上心领神会。

外面躲着的两个姑娘，听得真真的。好毒的红姑娘！她们二人眼瞅着红姑娘离开了，只剩下千百爱一个人，楚楚想起白天的遭遇来，气不打一处来，没有与一凡商量，便推门闯了进去。

千百爱吓了一大跳，看着眼前的女孩十分眼熟，好不容易想起来了，居然是白天与流浪汉在一块儿的那个女孩，她竟然过来向自己兴师问罪。

千百爱爱理不理的，对楚楚道：你想干啥？难不成是流浪汉派你过来的，想赶我走？

你叫千百爱，是流浪汉的老相好，今天我才知道。楚楚一脸不在乎的色彩。

一凡道：流浪汉的老相好，也可以叫师母喽。

千百爱道：你们走吧，我不欢迎你们。我已经决定了，与流浪汉决裂。

楚楚解释着：你别上了那女人的当。我们清清白白的，与流浪汉只有兄妹的关系，无男女之隐私。

谁会相信?! 刚刚发生过的事情，就在我的眼前晃动着，唬谁呢？

一凡补充道：你相信也好，不信也罢，我们四人会是有约定的，不准谈男女关系。

两个女子，果然到齐了，流浪汉好福气哟，我说他为啥千里迢迢，置我不管不问地向这儿赶，原来他算计好了，有两个红颜知已躲在这儿等着他呢！

楚楚发怒了：你别胡说八道，小心撕烂你的嘴。

你发怒了，说明你心虚。你极力想解释，更证明了我的观点是正确的。谁会相信呀，流浪汉的定力你们没有我清楚，我与他同住一室，是以前的常事。你们与他住在一起，处在一起，耳鬓厮磨的，时间久了，不可能没有关系的。

谁会相信单纯的男女关系，你们别将我当成三岁小孩子。

楚楚解释不清楚了，一凡拉着楚楚道：走吧，别解释了，越说越乱。

2012 年 6 月 9 日星期六 16：52。

79. 准星、楚楚与王一凡

楚楚与王一凡决定去找准星说清楚，从红姑娘的话中不难看出，她是整件事情的幕后主使者，她在左右着准星与千百爱的思想。可惜的是，千百爱误信了红姑娘的谗言，她郁闷不得志，正好中了人家的下怀。

楚楚与王一凡一直寻找着红姑娘的家，恰巧的是，她们出来以后，竟然发现了红姑娘开着的车。她却没有坐车，而是信马由缰地一路行走着，让车子从自己的身边驶了过去。她这样做的用意十分明白，一是为了掩人耳目，不让任何人发现自己的行踪；二是不想让人知道自己的去处，包括自己的丈夫，如果让他发现自己在家里又养了一个准星，他一定会怒不可遏地寻衅闹事，准星不出事才怪。

她住的地方在一处窄小的弄堂里，周围到处是脏水。看不出来，这个名不见经传的破地方里竟然住着这样一位富婆，但里面却是曲径通幽、柳暗花明，地方大得邪门，光是住宅就不下几十间，如果将大观园里的名门闺秀们请过来，也一定住得下。这正是红姑娘的向往：她正是按照大观园的格局为自己设计的最后归宿，将来等钱挣够了，自由了，她便将这儿变成一片欢乐的海洋。大观园里女子居多，就一个宝玉厉害得很，呼风唤雨的。将来这儿男子居多，自己便是像贾宝玉一样有地位的女子，在这儿掌握着整座园子的发展方向。准星是自己的管家兼准情人，自己不嫁人，却在众多男人中间左右逢源，这的确是一种至高无上的享受境界。

红姑娘这样想着，却一点儿也没有留意到有两个女孩在破坏她的美梦。她的大观园里没有被更多的男人关注，却被两女孩倾注了更多的心思。

时间一分一秒地过去了，红姑娘装作若无其事的样子。她生怕有人跟踪自己，到了小河边，装清纯，洗尽了白天的铅华，还装腔作势抬起头来看天上三三两两的星星，出了会儿神。一想到今天晚上将会与准星进行一场别开生面的、别具匠心的活动时，她抿不住嘴唇而发笑，笑得身后的两个女孩不知所以然，只知道拼命地将头埋在脏水沟里，害怕这个女人发现她们的行踪。

好不容易折腾够了，红姑娘在一处小角门前消失了，这正好让两个女孩的视线出现了模糊迹象。

楚楚骂着：他奶奶的，居然让她跑掉了。一凡则在角门处停下了身子，然后招呼楚楚道：看，在这儿呢。果然如此，两个女孩如法炮制，推开了虚掩的门。

两个女孩摸不清这儿的具体位置，只好到处瞎转悠。这儿行人稀少，偶尔会有一两个值夜的从此路过，以证明着这儿依然有人存在，不是地狱就是天堂。

正当她们左右为难之时，突然间感觉有人拍自己的肩膀，接着，两双大手将她们的脖子掐住了，扔进了一处房间里。两个女孩差点儿没有吓昏过去，等到从地上拼命地站起来，想抵抗时，才发现准星竟然站在她们面前。

门外，有女子的叫声，正是红姑娘的声音：准星去哪儿了？有人见到没有？

值夜的叫道，刚才见他进男厕所了。

红姑娘怨怼地叫着：没出息的家伙，才几天工夫，身体便不行了。

准星示意她们别说话，楚楚听到外面没有动静了，便低声说道：

准星弟弟，你果然在这儿，这儿可是龙潭虎穴呀。快点，随我们走吧。

去哪儿？我已经无家可归了。

当然是回千页村呀，我们替你做主。流浪汉将你除名，是为了保全村里的名声，你要想回去，回心转意，我们替你打包票，一定会成功的。

有意义吗？我心已死，二位姐姐还是回去吧，没有意思了。

一凡道：准星，你失去信心了吗？难道刚才那女人说的是真的，你已经沦为了她的情人？可怜呀，准星，你刚刚二十多一点，却做出这样令人不齿的事情，让我们如何高兴起来。

我是绝对不允许她伤害二位姐姐的。虽然我不才，但我的良心未泯呀。我一定会将二位姐姐放出去的。你们别动，千万别动，后夜时分，我会想办法放你们出去。这院子里有机关，一旦你们踩错了位置，便会万劫不复的。

准星说完拉了门，小心地走了出去。

楚楚与一凡坐在破凳上面，一脸的郁闷。有蚊子在周围不停地运动着，以证明着这儿是它们的势力范围，由不得人类做更多的嚣张行动。

视线终于恢复过来了，楚楚与一凡瞅周围，才发现这儿竟然是仓库，到处扔着废弃的物品，有工地上的旧水泥，还有一些木桌子与椅子，在一处物品前面竟然扔着一大堆的女人用品，包括一些性用品，可能是废弃不用的。楚楚与一凡闻着这股子怪味道便感觉难受，楚楚道：这个红姑娘，以前一直乖巧无比，与妖妖在一起时，是一个标致的美娘子。现在看来，人都是会变的，尤其是思想，思想左右了人的面容，如果思想坏了，人的长相再装饰，看起来也狰狞无比。

一凡道：我看她就不是好人，口是心非，脸上如红云，内心却如同污血。准星不会有好的，下场一定会非常惨烈。我们还是在后夜时分走时，想办法将他捆走。这儿有一些线头，我们将线头捆在一起，等到后半夜用。

二人会心地一笑，开始忙了起来，在这一大堆怪味道中，她们寻找着最后一丝能够呼吸的清新空气。

2012 年 6 月 10 日星期日 19：36。

80. 一箭A雕

红姑娘睡着了，也许只有在梦中，她才会让自己休息下来。

准星于午夜时分起了床，他要去那间仓库里，无论如何也要将两位姐姐带出去。一旦两人落到红姑娘的手里，她便又多了张对付流浪汉的王牌。

准星摸黑起来，装作尿急的样子，临走时，还没有忘在红姑娘的脸上亲一小口。红姑娘翻了个身，又睡着了，均匀的鼾声四起。这是一个女子的春秋大梦。

准星先到室内卫生间解了小手，听见没有动静，他便开了门，将自己的身体扔进满天星光里。

四处装作转悠的样子，好像睡不着觉，三转两转，便到了仓库。

哪里知道，他刚刚进到仓库里，便被两个女子的绳子牢牢套住了。准星想说话，楚楚却没有给他机会，一只破袜子，可能是红姑娘用剩下的东西，塞进准星的嘴巴里。

准星挣扎着，他知道坏了，她们这样做，是想绑走自己。可是，她们如何能够出去，到处都是机关，机关里面有人，红姑娘一定会发现的。

他企图解开绳子，两个姑娘却较了真，绑得死死的，臭袜子将准星熏得差点儿没有昏过去。

二人带着准星开了门，三个人的身子同时被掷进满天星光里。周围没有人，没有人的时候通常是最可怕的时候。两个姑娘出门少，根本不知道这里的场景是如何设置的。她们走了没有两步，便四处灯光明亮，红姑娘一本正经地站在他们面前。

准星想：坏了，全部漏了。

两个姑娘也觉得完了，由于自己的任性，没有听从准星的安排，竟然惹下了大祸。

红姑娘道：来客人了，不过是晚上过来的，遗憾哟。竟然绑了我的人？我原本对准星有所怀疑，现在却清楚了。来人呀，替准星解了绳子，他是我们的人，是被这两个丫头绑走的。准星并没有出卖我，好事呀。

两个丫头，千页村过来的，流浪汉派来的吧。我的文章快要出炉了，明天的报纸上面，估计会有一个好的说法。千页村自诩清高，竟然派两个女奸细，企图勾引我的人。如果这个消息让流浪汉知道，恐怕他会高兴万分的。

楚楚道：我们是个人行为，与流浪汉无关。你不必大做文章。

无关，谁信呀？他可是主子，准星原来好好的，不是被他调教坏了吗？说吧，来我这儿有什么事情？

我们是来带走准星的。他不会留下来的，他是我们村里的人。我们四人会，是无论如何也不会解散的，你休想得逞。你刚才与千百爱所说的话，我们全部听到了。你太坏了，你想利用准星做坏事，让千页村附近商业化；同时你想利用一无所知且对流浪汉已经怀有恶意的千百爱，大肆攻击流浪汉。你不会得逞的，就是得逞了，老天爷也不会原谅你。

一凡也补充着：你原来好好的。妖妖比你强多了，她死得其所，死后仍然守着千页村。你呢，自从嫁人后，竟然做起了这样的勾当，迟早会下地狱的。

你们只知其一，不知其二呀。他表面上一套，可一到了晚上，又是一套。原来，我每天晚上成为妖妖的继母，白天时则假惺惺地与她称姐道妹的。是他逼我做的，他想让我这个没爹没娘的孩子成为他们的傀儡。我告诉你们吧，妖妖的死，你们知道是怎么回事了吗。我恨他们，我恨流浪汉。我之所以让千页村覆灭，其实就是想让钱富贵投的资化为乌有。

楚楚听着，觉得这个女子疯了，竟然谁都咬了起来。

谁会相信这样的事情，钱先生如此仁义，帮助我们出资修建村院，你休想污蔑他！

你恨钱先生，就应该去报复他，为何报复他的女儿与流浪汉？

哈哈哈，你太小瞧我了。我就是让他生不如死，我还要整死我的丈夫。等我有钱吧！在中国，我相信钱可以摆平所有的事情，包括亲情感情。我会让我的丈夫回来，舔我的脚，吃我的垃圾。哈哈。

刚才你说了，我是一箭双雕，没错，我正在计算着如何一箭三雕呢，你们来啦，还有你准星。我警告你，如果你想反悔，我就公开所有的照片，让警察去抓你。一个女人，一个已经毫不顾忌情感与尊严的女人，什么都可以做出来。

上帝让你灭亡，必先让你疯狂。楚楚想起了先哲讲过的这句话，她冷笑着说。她与一凡都没有想到，仇恨竟然毁了一个年纪轻轻的女子，让她从此生活在水深火热之中不能自拔，再无安宁的正常生活。

两个女子被人带下去了，准星转头也想走，红姑娘却拽住了他，说：

你可要想清楚了，我还是爱你的。我给你说过我的抱负，将这儿变成我们的天堂。这儿便是我们的大观园，我们叫上无数个美男子，从全中国海选，在电视台里选。我们可以上卫视选，你想要什么都可以，但除了女人。我是你唯一的女人，你可不是我唯一的男人。

我累了，想睡觉。准星头也没回，转身离开了现场。他回了自己的房间后，插死了门，任凭红姑娘在门口如何叫嚷也不开门。他睡着了，这一次梦境最为香甜。从此以后，这世上就再没有如此安稳的梦幻啦！

2012年6月10日星期日22：14。

81. 流浪汉与千百爱

流浪汉一直未见两个女子起来。流浪汉去叫马龙时，才发现马龙仍然昏睡不醒，身子居然在停尸房里，兴许是惊吓过度，他不停地抽搐着，嘴角吐白沫。

流浪汉知道村里发生大事了，现在身旁一个帮手也没有。他想了想，觉得问题是出在准星身上，两个女子一定是找准星去了，自己该如何处理？他想了半天时间，决定也去寻找准星。

他刚刚走出村门，就下起雨来。最近千页村雨水特别多，可能是大气污染的缘故。流浪汉一路小跑，很快地出了村子，迎面便是一大排正在集中建的商品房。雨却越下越大起来，他只好找个地方避雨。他无意中发现了一处所在，虚掩着门，人出去了，流浪汉推开门走了进去。

一屋子尽是女子的胭脂味道，流浪汉感觉不太好，便想出去，但大雨又将他重新逼了回来。他坐在一把椅子上面，想着庞杂的心事，想到痛处，禁不住站起身来踱步。他无意中走到床边，竟然发现了一件熟悉的衣裳。这是千百爱经常穿的一件衣服，当年他在时，她也经常穿，粉红色的，套在千百爱身上十分中看。

流浪汉越看越觉得奇怪，当他知道自己可能误打误撞地进入千百爱的房间里，想退出时，竟然晚了。千百爱推门进来了，她的目光与流浪汉的目光盯在一起。

千百爱做梦也没有想到流浪汉竟然会来看自己。千百爱将手摊开，想表白什么，却什么也说不出来。犹豫了几分钟后，千百爱哇的一声哭了出来，与流浪汉搂在一起。

这一幕场景，被外面的摄像机原原本本地拍了下来，没有开闪光，里面的当事人十分忘情地拥抱着，外面的场景他们没有发现。身在爱情当中的人，专注度绝对可称天下第一，这时候他们的脑海最为苍白无力，容不下任何与爱情无关的痛痒。

流浪汉想挣脱，却没有成功。千百爱爱得太深了，太久了，不是用一个人的力量就可以摆脱得掉的。千百爱一边搂着，一边吻着，直至嘴唇与流浪汉的唇压在一起，让流浪汉产生出一种压抑许久的力量。

千百爱说着：你随我走吧。这儿不适合你，这儿人太坏了，都在算计你，你不知道吗？

我不想走，也不能走，我要实现先生留下的遗言，如果走了，前面的努力就白费了。

千百爱一把将流浪汉甩开了，流浪汉的身子像风一样在屋子里穿梭着，从千百爱的身边被扔到了门边，然后一个趔趄，摔在地板上，生疼生疼。流浪汉索性不起来了，因为千百爱身在失恋的狂妄状态下情绪会失常，你起来的话，她一会儿还会摔。

你到底怎么想的？与一帮女子在一块儿，与性与爱无关，你哄谁呢？我什么都知道了，你为了一己之私，竟然牺牲了三个人的幸福。人家准星出来了，我看好，就是不想让你得逞。你说吧，我来了，如何做？

你不该来的，你受了蛊惑，如今身在危险之中。你快点儿走吧！我负于你，来生会有重报的。你到了北京，找个好人家，或者是干脆找到万金的父亲，将万金接回来，享天伦之乐。你何苦纠缠我于这片穷山恶水之中呢？

我不会这样做的。万金已经送给别人了，我答应的事情，不能随便改动。再说留在我身边，没吃没穿的，而她的病目前正在治疗的关键阶段。至于万强，他已经与另外一个女子瓜熟蒂落了，他们生了孩子，怎么还会管我的青春是否有浪费？

我如果不走呢。千百爱信誓旦旦。

流浪汉的眼前一亮，他期待着千百爱说出对自己有利的话来。

你将我收下吧，将马龙赶走。三个女子服侍你，你已经是天下最有造化的人了。虽然有些违背伦理与法律，但我认了，守着你，总比离开你好，哪怕我不能专一得到你，共享也行呀。

流浪汉摆着手，大声拒绝着：这不行，这需要缘分。你要知道，我们四人会是经过长期认真思考后的结晶，不是你一句话就可以改变的。

狗屁逻辑，哄小孩呢？你个流浪汉，虚伪的有邪念的流浪汉，你害怕我戳穿你的好事，你想做什么？你能够以正经的理论来说服我吗？为什么不能是五人会？

我说过了，这是我先生的遗言，我不能违背的。四人会正好符合先生临死前的刻意安排。当时，他刚刚组建完四人会，结果却因为一场变故永远失败了。他不让要那么多人，是有他的道理的，因为四人正好介于爱与被爱之间，再多的人便会有争斗，便会有爱情产生。友谊与爱是两个概念，如果千页村融入了爱情的成分，它如何保持长久不衰？

流浪汉没有等千百爱说完，转身便想走，他要找到准星。他想明白了，原始的才是最好的。无论如何，他也要说服准星随自己回去，哪怕许诺、表白与道歉都行。现在形势逼人，这么多的女子出现，对自己的将来越发不利。不能再进女人了，如果将千页村变成女人的天堂，恐怕自己将来无法以家长的身份发号施令，没有人会听的。

千百爱却拽住了他，他们的纠缠在照相机与摄像机的无尽热闹中胶着着，直至流浪汉的衣袖被拽坏了。流浪汉没有管外面的风雨如何狂妄，他转身进入了雨中。

千百爱没有追他，她只是狠狠地咬着牙，回味着红姑娘劝慰自己的话语：要反抗，要抵抗，要对流浪汉采取行动，不能这样一味地求着对方。爱情的一方一旦软下来，另一方便会以凌厉的攻势占领高地，让你高不成低不就。最好的办法就是反抗压迫，挣回一个灿烂如初的爱情观。

流浪汉头也不回地走了，他一直向前方走着，走了半天工夫，衣服全部湿透了，他竟然不知道该何去何从。去找准星，他住哪儿？这样漫无目的地走，不会有结果的。

流浪汉停下身来，张望着前方。前方有雨，雨后有阳光，但阳光后面还有雨，这便是人生。

2012年6月11日星期一11：03。

82. 逃离

楚楚与一凡重新被关了起来，还是那间仓库，空气异常郁闷。二人一进来便骂娘，一反常态，有人送饭时也骂，骂红姑娘绝情，为了钱简直不要脸了，是见过的女人中最不要脸的那一种，骂得红姑娘不顾众人的阻拦，跑到仓库外面对骂。女子的骂阵声音此起彼伏，就连院中的花儿也失声失色了。

几个仆人也跑到一边去，因为受不了这种高分贝的刺激。看院的狼狗也悄然无声地尴尬笑着，似乎对这样的场景不太习惯。

红姑娘骂累了，命人叫准星，准星拖着疲惫的身子，不情愿地走了过来。

红姑娘大声吆喝着：瞧你那贱样！告诉你呀，甭想放她们出去。我的商业化计划成功后，再放她们走，让她们与她们的先生看一下，这儿究竟会翻天覆地成什么样子。

准星有气无力地反驳着：还是放她们走吧。她们弱小无力，又不会阻挠什么，真正的对手是流浪汉。

无理，不行。如果她们出去声援，找来了报社记者。再者，如果说他们告诉了我的丈夫我们这点儿破事，天知道会发生什么。

准星无奈地摇摇头，对着屋里面说道：两位姐姐，我也没有办法了。你们放心，不会有危险，每顿饭都会待若上宾。

这个条件可以满足。另外，让她们吃肉，打破流浪汉的破规矩，让流浪汉心焦。

准星与红姑娘下去了，一进入房间里，红姑娘又恢复了千娇百媚的神态，气定神闲，像一个淑女。准星恶心于她这样的表现，不爱理她。

红姑娘则疯狂地冲了过来，搂着准星的脖子撒娇。

楚楚与一凡激烈地争论着，楚楚道：听明白没？看来，我们得跑出去，去报复她。

一凡回答：对，报复她。我们就是太仁慈了，流浪汉主导的理论有问题，都什么时候了，还明哲保身，不顾外面的变化。我们要去找红姑娘的软肋，去攻击她，阻止商业化的运作。如果有什么事情，来软的，我们没有办法。不怕的是硬办法，她硬，我们要更硬。打起来又怎样，我们还怕她?!同样是女人，就是摔跤她也不一定是对手。

楚楚说：刚才她可说了，她最大的弱点是她的丈夫。他不知道她藏着一个准星，如果我们跑出去，想方设法告诉她丈夫这件事情，恐怕会有转机。我想她的丈夫不会不管不问的。

可是，我们如何逃出去呀？这儿守卫森严。

不，想想办法，会有办法的。

楚楚看着一套衣服出神，她跑了过去，将自己的衣服脱了下来，然后套了一套仆人的衣服。她示意一凡也这样做。

这儿什么行头都有，包括仆人值夜用的灯笼，如果打扮成仆人，恐怕可以顺理成章地逃出去。

她们惊艳于自己这样有理智的主张，三下五除二收拾妥了，便从窗户跳了出去。

外面果然有仆人值夜，听见声响过来查看，一看也是仆人，他们便笑着问道：

不到时候呀，你们怎么这么早呀？

楚楚捏着嗓子道：我们在家里睡不着觉，便早来了。你们走吧。

唉，好事呀。我老了，主人也不说给我办养老保险。这样也好，这是钥匙，注意安全呀。这儿可关着两个女匪，主人可吩咐了，如果在谁的班上让她们逃脱了，便取消本月奖金。

楚楚嗯了一声，对方将东西扔在地上，一转身便没了影子。他们这儿高负荷劳动，仆人们每天工作二十四个小时，工作量极大，累得慌，所以说，每天不到下班的时候，便想着早早回家睡个安稳觉。

两个女孩顺利地开了小角门，来到了外面。臭水沟发出的臭味难闻至极，她们也顾不了许多了，没命地飞跑着，等到她们来到了千百爱住的房间时，才停住了脚步。

二人一商量，赶紧回村里，与流浪汉一起策划报复红姑娘的方案。

流浪汉嘴唇翕动，却说不出来话，屋里的温暖气息笼罩着流浪汉强壮的身体，他跟着钱富贵开始咳嗽，屋子里到处是咳嗽的声音。

流浪汉好不容易清醒了，对钱富贵说道：先生，我是不会改变初衷的，就是死了，我也会守到最后。我想通了，病好后，我便走，随便他们做什么吧。我一个人守着就已经够了。四人会在心中，不在现实里，他们想走就走吧。

你的女人呢？那么好个女子，你放心将她交给别人？

无奈呀，人生的许多事情，自己左右不了。我是决意不能结婚的，否则要下地狱的。

人死了都是地狱，天堂也是地狱。你都死了，还管那儿是什么境界？钱富贵跺着脚，似乎对流浪汉的执着一点儿兴趣也没有。

流浪汉不再说话了，就是傻笑起来。电灯泡在他的笑声中摇曳着，与钱富贵的咳嗽声音相映成趣，好不热闹。原来这世界上最温暖的声音便是有病的声音，有病以后，再不会去考虑纷争与金钱，只想着如何吃药救人。这种声音，最单纯。

2012 年 6 月 11 日星期一 14：48。

83. 两台戏的情感波折

两台戏在千页村门口上演，还是在同一天进行，都属于女子的感情对白。一个是千百爱，她请了无数人，包括一些包工头，还有一些报社的记者，在门口搭了个大台子，中规中矩地站在台子上面，将世间关于一个流浪汉的无耻讲了个淋漓尽致，说到痛处，竟然潸然泪下。

媒体自然不会错过这样的场景，她们疯狂地曝光，进行着编辑摘录，晚饭时分便会出现在晚报新闻栏目里，成为大家玩笑的话柄。

千百爱这样做，是为了逼流浪汉反悔，这也是红姑娘诡计中的一条。

身在爱与恨挫折中的人，最希望遇到一根救命稻草，哪怕这稻草是陷阱也在所不惜。他们通常会沉迷于忘我的境界中，只希望达到自己的目标，哪里管他人的死活。

红姑娘的表演是送给千百爱的最后一根救命稻草。

马龙从角门口出来了，他个头小，没有人发现他。他这些天一直高烧不退，但流浪汉不在，只剩下他一个人，恐惧加上饥饿使得他失去了主心骨。不得已情况下，他从地上爬起来，便去厨房里找吃的，连老鼠吃剩下的东西也不放过。猛然听到村门口人声鼎沸，他便忙不迭地跑了出来。

这个年纪的孩子，没有人生观，图个热闹而已。他径自卷入人群中，他一点儿也不在乎是否适合出现在这样的场合下。

有人兴奋地鼓掌，无所事事的人们喜欢摄取这种无厘头的爱情故事，他们兴奋的掌声代表着对自己的讥讽与对面前这个女子的肯定。

马龙也鼓起掌，他的耳膜受到了刺激，听不清楚，但见有人鼓掌，他便自己也鼓起掌来。有人吆喝着，他也跟着吆喝。这样的场景使得千百爱十分亢奋，她继续陈述流浪汉的种种坏事情，包括他年轻的时候曾经偷过人家的几两香油也原原本本地说了出来。

流浪汉没有出来，一个小个子出来了。有人看到这一幕后，告诉了千百爱，面前的这个叫马龙的家伙，便是四人会中的一员。

千百爱一把将马龙揪上了舞台，她问马龙：你先生呢？让他出来。

马龙听不清楚，看见有人笑他，他便高兴起来，手舞足蹈的。

有人起哄，在骂他不知耻，他则害羞地回道：我还小呀。先生不在，我便是先生，有什么事情给我说吧。

千百爱骂道：这村院有什么好的，大家跟我一起砸了吧。

众人兴奋过度，跟随着千百爱直杀了进去。马龙也跟在后面，等到他终于明白他们的坏心时，已经晚了，村门已经破损一个大洞，偌大的偏厅与厨房顷刻间成了齑粉。除了停尸房外，几乎所有的角落翻遍了，就连流浪汉睡觉的房间也砸个稀烂，流浪汉的衣服被扔得遍地皆是，院子里一片狼藉。千百爱指挥若定，似乎自己成了这儿的女主人。看到墙上贴着的四人会的盟约，千百爱将盟约撕下来，扔在脚下，拼命地踩，直至将纸与自己的鞋都踩成了碎片方才罢休。

马龙哭了起来，不知道如何解决面前的危境。先生不在，自己就是先生，如果先生回来，如何向先生解释？

他不停地拽着千百爱的袖子，请求她停下来，但千百爱已经丧心病狂，根本听不清楚一个孩子的劝谏。

楚楚与王一凡回来时，院子里早已经乱七八糟的。楚楚看见马龙蹲在地上一个劲地哭，便跑了过去问他情况。马龙语无伦次，只是说有人过来，将村院砸了，把流浪汉骂了一通，是个女人。

女人，一定是红姑娘，我们找她复仇去。

王一凡道：我们去找她复仇，只能智取，刚才的话你忘了吗？走吧，村里待不下去了。马龙，走。

三人逶迤着出了山门，头也不回地走。楚楚到处打听着一个叫发财的男人，发财是红姑娘的老公。

他们路过千百爱的房间时，蓦地听到里面传来耳光的声音。红姑娘正在揍千百爱，千百爱反抗着：你为何打我？我这样做是为了我个人的事情，与你何干！

红姑娘道：我救了你，你居然不听我的。你的命就是贱，与流浪汉一样贱。我告诉你，我要利用你将流浪汉引出来。我要告诉这儿的群众，四人会已经成了空谈，一个谈了恋爱的流浪汉绝不是什么好流浪汉，让大家痛彻地了解流浪汉的卑鄙行为，要求流浪汉解散四人会，还这儿一片净土，将这儿的土地使用权重新还给李晚霜的公公。我已经决定了，我会与他签个约定，将这儿的土地使用权全部买过来，时间是五十年。

千百爱似乎明白了红姑娘的意思了，她白了她一眼后，说道：我明白了，你在利用我攻击流浪汉。我太傻了，竟然做亲者痛仇者快的事情。我对不起流浪汉。

知道了，晚了。告诉你，你今天做的副作用已经显现了，大家现在对四人会早已经恨之入骨，报纸、媒体都竞相报道这件事情。我要告诉你，你好好在这儿待着吧，看好故事，听好音乐。流浪汉会随你走的，你一定会成功的，这不正是你想要的结果吗？

红姑娘掩了门，坐了自己的大轿车，一溜烟似的消失了。

楚楚好想冲进去将这个傻子千百爱打得乌七八糟。

一凡拦住了她：看吧，红姑娘有多坏，为了达到自己不可告人的目的，竟然利用了一个弱女子的感情做文章。现在，我们多一个帮手，则对我们有利一点。

楚楚点头同意一凡的意见，她们推门走了进去。马龙一眼瞅见了千百爱，示意她就是白天砸村院的人。

楚楚控制住怒火，说道：千百爱，你有多傻呀！情感本来是好事情，你竟然被人利用，来制服你心爱的人。

千百爱也哭了起来：当时做时感觉十分爽快，现在想起来，的确错了。

这个可恶的红姑娘，以为救了我，便拼命地摆布我。可是，对流浪汉的不良影响已经散布出去了，我该如何弥补？

一凡道：我们走吧，去找流浪汉。我们要说服流浪汉，去揭穿红姑娘。你看吧，空虚的千页村，一定会被红姑娘占领的，如果我们在短期内找不到好的办法，她的阴谋就会得逞。

千百爱道：我见过流浪汉，他病了，不知道去了哪里。

马龙道：有病的话得去看医生。钱富贵家附近有一个诊所，我们去看看吧。

四人相约趁着夜色，往诊所赶。诊所里仍然有人，问起流浪汉，诊所医生说没有一个流浪汉过来瞧病。不过，你们应该去钱富贵家看看，他乐善好施，他有私人医生。

楚楚道：流浪汉与钱富贵是好友，也许他会过去的。

2012 年 6 月 11 日星期一 16：01。

84. 红姑娘搬进千页村

红姑娘重新回到了千页村，这只是水道渠成的事情。有人报告说，千百爱大闹过以后，那里面便荒无人烟了。流浪汉不知道去了何方，始终没有勇气与千百爱一起来面对他们捉襟见肘的爱情。马龙是个孩子，据说当时就病了，跑得不知去了何方，去寻找自己梦中的媳妇了。

准星道：你想怎么做？难不成将这儿也开发了吗？

当然不是。慢慢来，我计划着本月底前将外面的事情做好，趁流浪汉没回来之前，先修一条柏油路，好让施工车驶进来。半年后，这儿将改头换面。

可是，这儿的主人是流浪汉清海，你没有经过对方的同意便占用这块地方，迟早会被政府发现的。我们可不占理。

红姑娘笑了，从怀里掏出一样东西，是一纸文书，上面居然是李晚霜公公写的条文：同意将千页村这块地方转与红姑娘所有，原有的文书一概作废。

红姑娘道：你可能不知道吧，我的丈夫与晚霜的公公是好朋友，忘年交。我只是去找了他一趟，他便答应下来。他有负于我，不敢对我怎样，我提的条件只好件件答应，包括他已经同意离婚了。现在，我们互不干涉内政。

红姑娘不知道的是，此时的钱富贵家里早已经是人声鼎沸。钱富贵一见人多起来，高兴得很。他说好久没有这样热闹了，命人做饭，素菜素饭排了一屋子。

流浪汉见大家进来了，分外高兴。楚楚讲述了这几天的经过后，钱富贵无奈地摇摇头：现代社会，女人比男人厉害多了，我看像是母系社会的回归。我无计可施。正如她骂的那样，我年轻时候做过一些错事，回避是没有用的。你们自己想办法吧。

楚楚说了自己的看法：必须找到红姑娘的丈夫，陈述相关利害。现在，只能牺牲准星了，让她的丈夫督促她收回成命。

流浪汉道：这样也好，人家已经动手了，我们如果不还手，岂不是让人家笑话我们。再者，我要亲自去会一趟红姑娘，我看她到底是怎样恨一个流浪汉，为何要恨天下所有的流浪汉。不是所有的流浪汉都是坏蛋，为何苦苦纠缠？

马龙道：先生，我倒是有个办法。我觉得应该去将准星哥哥找回来，我宁愿退出。我现在一夜之间长大了，我觉得有些事情是不可以做的，比如说出卖朋友，拿金钱作朋友交换的资本。

流浪汉拍了拍他的肩膀道：不，你也留下来，准星也要回来。这一场病让我彻底明白了，事在人为，规定不是一成不变的，要学会变通。

楚楚、王一凡去找红姑娘的丈夫发财，据说他住在离此地一百多公里的一个镇上，与好几个情人住在一起。楚楚与王一凡于早晨时分坐了车，一个多小时后来到了小镇。这座小镇叫油镇，据说这个地方盛产石油。她们找了家早点铺子，吃了早点，便向店主打听发财的下落。发财在本地是名人，两人不费吹灰之力，便找到了发财家住的位置。可是，她们却进不去，她们试探了，却没有成功。因为看门的人告诉她们，如果没有和社长预约，他们是进不去的。

他们叫发财为社长，不知是何原因。楚楚向看门人打听情况，看门的老头子倒也爽快地解释着：社长，就是他的手下有四个社，全部做大买卖的，学习韩国人的。他不喜欢人叫他老总。

楚楚道：我们是红姑娘派来的人，我们是红姑娘的好朋友。

那人一听，细想了一下，说道：既然是老板娘派来的人，我就实话实说吧。社长并不在此地，此时正在鸳鸯铺里喝茶呢。

二人沿着一条街一直走下去，看见一间叫鸳鸯铺的茶铺。早饭时分，没有多少人过来，她们顺利地上了楼，看见偌大的茶楼上只有一个奶油小生坐在那儿喝茶。他油面粉腮的，似乎对这样的环境十分在意。兴许是晚上长久坐夜的习惯不好，他的双眼周围长满了黑眼圈，但却无法掩饰住他的帅气。

楚楚与王一凡坐在旁边的一张桌子上面，老板过来问她们喝什么茶。楚楚看清楚了对面的男人喝的是龙井，便随口答道：与这位先生一样，龙井。

那男人看了她们两眼，似乎满不在乎的样子，转过身去，继续品茶。茶入肺腑后，新陈代谢加剧了，男人站起身来去洗手间。楚楚也站起身来，也去洗手间，二人擦肩而过时，楚楚瞧了那男人一眼，男人也瞧楚楚。楚楚觉得这个男人好熟悉，不知道在什么地方见过他。

出来后，男人径直来到了她们身边，对着楚楚说道：请问您是叫楚楚吗？

楚楚一惊。她自从那段故事发生后，就再也没有人亲切地叫过自己的真名，如今叫出来，有些遥远，却十分亲切。

你是……楚楚越看此人越熟悉。

我叫风帆，文友，看过你的文章，你的粉丝呀。

是你！楚楚想起来了，自己的书稿出版时，曾经有一名叫风帆的网友在网上疯狂地追逐自己。他提出见面时，楚楚犹豫了好长时间，但最后还是答应了他。见面时，对方送给自己一大捧玫瑰花。可就在当时，突然遭遇了变故，风帆的家人赶了过来，扯着他让他走，嘴里面骂着：让你迷恋写书的?！写书的都是傻子，你也是傻子。

怎么是他?!在这个名不见经传的小镇上，竟然遇见了故人。

你现在叫什么？楚楚问道。

我的真名叫发财，一个做生意的小买卖人。

王一凡惊讶得叫了出来：你的妻子叫红姑娘吧？

发财认真地点了点头，十分怀疑她们的身份，回答着：对呀，以前是，现在我们基本上离婚了。不难过，凑合着也是一种束缚。怎么了，你们认识红姑娘？

2012年6月11日星期一22：05。

85. 最后的对峙

流浪汉去找红姑娘，他路过千百爱的房间时，又无助地向里面张望着。他多么渴望面前的这个人能够稍微多一些善解人意，哪怕让自己迈过这个人人生的坎后，再好好地做一次关于爱或不爱的安排。在众多人的眸子里，她竟然为了爱，采取了不可一世的态度，她的嚣张偏偏是流浪汉的软肋。众多女子的疯狂，偏偏是许多男人的软肋，这正好是生命中的一个矛盾点。

千百爱看到了流浪汉，却没有出来。她很想出来，牵着流浪汉的手说：我们走吧，离开这个是非之地，为何要做最后一份坚守？她知道流浪汉不肯，也不会答应她的请求。

流浪汉一直在前方走着，千百爱却一直在后面跟着，她知道流浪汉的动机了，他要去寻找红姑娘，而如果想找到她，必须得到自己的帮助。

千百爱走了条弯路，拐到了流浪汉的前面。每当流浪汉出现迷途时，她就会跑出来，用手指着前方的路，指引着流浪汉。流浪汉的眼花了，眼瞅着前方有一个穿粉红色衣裳的女子，在指引着自己的方向。他不知所以然，只好跟着，就好像在无尽的黑暗中你找不到路，好不容易有人点燃了蜡烛。

流浪汉终于看到了一处宅院，不过这儿以及附近人烟稀少。流浪汉皱着眉头，想着最后的对付方式。他看到了处角门，想也没想，推门便直接走了进去。

红姑娘并不在这儿，红姑娘早已经去了村里，流浪汉不知道，红姑娘也不知晓，便直接将他引了过来。但有一个人在这儿，是准星。准星找了个借口，想回去拿些东西。其实，他是想离开，他已经准备了自己简单的行李，但这需要绕过红姑娘派来人员的搜索。红姑娘不放心他的行踪，老是派人盯着他。

流浪汉一个人在院子里到处乱转悠。这儿已经没有了危险性，因为红姑娘已经将大部分人员转移至千页村里。这儿几乎成了一座空城，仅有几个人员围住了准星住的房间，他们见准星躲在屋子里，有开水的声音传出来，都以为他在洗澡，便躲在树荫下面打扑克。流浪汉的到来打破了这儿的宁静，有几只调皮的鸟儿，惊起一阵灰尘。在这黑灰色的天幕里，流浪汉如同一颗炮弹，炸在院子里，将众人炸了个人仰马翻。

有人围了过来，问流浪汉：你是哪家的流浪汉？过来做甚？

我找红姑娘，我是她的好友。

没听说主人有个流浪汉朋友呀！她不在这儿，你快点儿出去吧。她在千页村呢。

流浪汉本能的反应便是：红姑娘果然占了千页村！他转身想走时，却猛然听到背后传来了开门的声音，准星从里面走了出来，两人的目光如电光石火般撞击在一起。

准星脱口而出：先生。

准星迎了上来，仆人们想阻拦，却见准星阴森着脸，抬手想揍人的样子。大家都知道这家伙是主人的老情人，不敢拦着。反正主人没有交代他不可以见其他人，只要人被控制在范围之内，这是无所谓的事情。

流浪汉与准星坐在一起，流浪汉的背上尽是针灸后留下的伤痕，准星看着心疼，脱口道：

先生，罢手吧。我们斗不过她的。

流浪汉无奈地仰起头来看天：我不想与人斗。四人会成立时说得非常清楚：不与人斗，不与天斗，不与己斗。现在看起来，那时的政策是有问题的。我们不想动手，对方已经扬眉。

她有钱，并且有李晚霜公公的亲笔文书。这儿本来就不是我们的，硬生生地占着，只能让我们自取其辱。

不，我要找她谈谈，到底为何这样为难一个流浪汉？我做我的事情，与她何干！

这不是谈谈就可以解决的。她要钱，利欲熏心，我们成了她前进路上的绊脚石。这已经够了，钱左右了一切。

你呢，准星，你难道甘心落到别人的手中任人摆布吗？

我当然不甘心，可是我又能如何？我自己压制不住自己的欲望，对方抓住了我的把柄，我有何办法？

流浪汉轻叹道：万恶淫为首。所以说，世间的男人，绝对不要轻易在陌生女人面前表白自己的爱情底线。性可以在短暂的瞬间操纵爱情观，你把持不住，便会有腐败现象发生，便会让你被迫低下高昂的头颅，从此过上水深火热的软饭生活。

准星，我劝你，先藏起来吧，不要再露面。相信我可以去劝说红姑娘的，我有信心。

准星道：我已经想通了，有自己的办法。不过，我决不会损坏您的利益与千页村的尊严。准星眼前一亮，忽然间想到了一个彻底解决问题的方法。

流浪汉似乎猜到了他的想法，说道：不管到任何时候，都不要破罐破摔，留下自己的清白，比留下财富要重要得多。

准星郑重地点点头，然后看着流浪汉转身离开了。

准星转身去了屋里，他已经想好了，能够牺牲个人利益，换得一个大好的江山，为何不行？流浪汉刚才的话中带着委屈，却哭诉不出来，红姑娘逼着自己就范，为何不将计就计，以自己的尊严换取集体的尊严？

准星想好了，回到屋里，闭目养神，不再说话。他将一把匕首藏在自己的怀中，然后转身便离开了。

仆人们迎了上来，一齐将准星拥住，生怕他无奈的表情中藏着激情与落寞。这种情况下的男人最容易冲动，做出一些意想不到的事情来。

准星的目标十分明显，去千页村，因为先生去了那儿，红姑娘也在那儿，他再帮先生一把。

准星不明白先生会拿出怎样的王牌来与红姑娘交涉，到目前为止，他的心里没有把握。流浪汉虽然表面上铁骨铮铮，但心里如何计划，谁也不清楚，流浪汉只是镇定而已。面对这样的攻势，恐怕妥协才是最好的选择。

2012年6月12日星期二8：45。

86. 楚楚与一凡的双簧

楚楚没有想到自己在这个地方竟然遇到了粉丝，更没有想到的是粉丝居然是红姑娘的老公发财。发财长得眉清目秀的，与红姑娘倒也算得上般配。楚楚直言不讳地问道：

你们为何要离婚？感情不好吗？

发财没有想到楚楚会单刀直入。这个女孩是自己年轻时候与许多少男一块儿追过的女孩，现在虽然徐娘半老，但毕竟风韵犹存。因此，他说话时的表情十分奇怪。

楚楚姐，是这样的，人的感情是需要缘分的。我们当初结合的时候，就是以金钱为基础的。我虽然有钱但对钱不是太感兴趣，红姑娘却迷于钱。我实在不敢猜测，一个终日里与钱为伴的人，将来如何获得真正的幸福。我们在一起谈话、吃饭，都离不开钱。她有大女子主义思想，十分可怕的思想。她想恢复大观园里的那种气势，你可以想象，我如何能够配合得了她？

一凡道：看来是你们的人生观不一样导致产生了感情隔阂。

发财继续说道：我梦寐以求的，其实就是一个码字的女子，有修养、有素质，美丽且大方得体。红姑娘除了美貌外，我找不到有内涵的一丝一毫的东西。所以说，我不敢苟同这份爱情。

一凡按捺不住性子，说道：你老婆现在又闹事了，她企图将一座村院商业化，正在兴风作浪呢。如果你不去，恐怕村院将不复存在。

可是，这些与您两位有关联吗？发财反问。

当然，实不相瞒，我们是千页村的人。清海流浪汉是我们的先生，我们签了四人会，想共同过美好无瑕的孤独生活。可事与愿违，有人一直破坏这份安宁。

楚楚感觉这个家伙有病，说的话听不懂，但中心思想倒是有些明了，他喜欢她们的出类拔萃。

一凡不耐烦地说道：有钱人，你等会儿再感慨吧。随我们走吧，去劝停她的所有行动。只要你去了，保证马到功成，她一定会听的。再说了，你的媳妇有个事情背着你。

楚楚想拦阻却来不及了，发财道：什么事情？难不成她外面有人了？

一凡口无遮拦：她骗走了我们村里的人，一个挺拔的小伙子，我们的师弟。她拉了他下水，替她卖命不说，还将师弟软禁起来，听从她的摆布。这是什么事呀?!

都喜欢村里的人，现在社会的人是怎么了？发财发怒地问着自己。

我也喜欢，当然喜欢。如果楚楚愿意嫁给我，别说是劝阻红姑娘，就是让我杀了她，我也愿意。

楚楚手里的杯子落在地上，在思想的天空上砸出一记深坑。

一凡嘴里的水吐了出来，洗了发财的脸。发财无不感动，没有动弹，任凭茶水在自己的脸上肆虐着、飞流着。

我没有听错吧？一凡问道。

你居然喜欢我师姐，可是，她年纪比你大许多呀！我们出家人不敢谈婚姻的。

发财一抹脸继续说道：这有什么，只要你答应了我的条件，我什么事情都可以做得到。我说到做到，我与红姑娘尚未离婚，只要我出马，一定保证让她撤出，从此不敢再踏入村院半步。

你这是要挟！有你这样的人吗，对你的偶像使坏心眼子。

你错了，姑娘。人崇拜某个明星，偶像也好，其实就是有性欲的成分在里面，爱本身就与性掩藏在一起。楚楚，我说的是真的，我就喜欢你这种真与纯。在村院里出来的女人，一定是天底下最有情感的女人；由于受到了佛法的熏陶，一定知书达理。我太高兴了。

楚楚站了起来，想发怒。她没有想到仍然是性，爱与性为何非要搅在一起？

你看错了人了。我没有想到，你竟然如此卑鄙，拿这样的事情说事。你喜欢我的书，但现在我已经不是一个作家了，我多年未曾出版书籍了。所以说，我们现在是平等的灵魂。你这样说，这样想，是对我的侮辱。

不是，姐姐，我是说真的，只是刚才失态了。你答应我吧，我请客吃饭。我马上与红姑娘离婚，我会扁她，揍她。我会将家里的钱全部投到村院里作为补偿。我保证那儿安享太平，再无恶事发生。

一凡捂着脸骂道：交易，又是交易。

你们来找我，不就是为了救村院吗，这有何不可？第一个流程让楚楚说爱我，第二个流程就是订婚，第三个流程我便与你们一起去千页村，第四是我摆平事情，最后一个是我离婚再结婚。村院安宁了，我们也幸福了，这是多善多美的事情。

一凡还想反对，恨不得给对方两记耳光方才解气，哪承想，楚楚竟然拦住了她：

好，我答应你。我可以嫁你，但有条件。

一，保证千页村安全；二，我虽然与你结婚，但绝不谈性事，我仍然住在村里；三，你要与红姑娘离婚，保证让她弃恶从善，再不对千页村有任何想法。

其余条件都行，但第二条不行，结婚是为了什么，不是为了互相得到对方吗？这不好，你得考虑。

楚楚道：这可是我的最后底牌了，你若不愿意，我就走人。我们去找红姑娘，告诉她你在这儿的丑事，恐怕她会十分动怒的。

告诉她又怎样，我不怕，只是太恶心了。我想想，好吧，同意了，什么时候出发？只是这条件太苛刻了。算了，先结婚再说。

一凡拉了把楚楚，说道：你这样做值吗？如果他真做到了，难不成你真要嫁他？

当然，我说的话是算数的。为了村里，我宁愿牺牲自己。

一凡哭了出来，她没有想到，一个弱女子，为了保全村里的安宁，竟然敢于牺牲自己的身体去保护，如果是自己，能做到吗？

一凡与楚楚在前面走，那个家伙在后面跟着，他开着车，楚楚说道：车扔家里吧，我们坐大巴车去，并且下车后要徒步走二十公里。

啊，这样啊！这个破地方，红姑娘这个鬼女人，真不让人省心。

2012 年 6 月 12 日星期二 10：47。

87. 泥石流到来的前夜

三拨人马同时迅速地赶往千页村，一拨是楚楚为首的三人。发财一路上便是炫耀自己如何欣赏楚楚的书籍，曾经夜里睡着了还在念着书中精彩的章节，可能是书中对爱情故事的描写、结局十分崇高。

楚楚忘却结尾了，一凡问发财：什么结尾？要么是合要么是散，估计是大团圆结局吧。楚楚姐姐可是喜欢这样的故事结局。

不，错了，大错特错。一凡小姐，您可能不懂什么叫作真正的爱情，真正的爱情是爱过了却什么也得不到，现实中很少存在。真正的爱情不是看中了钱，而是看中了对方一个优点。比如说楚楚的小说，男孩子喜欢上女孩子的一根脚指头，这便是一个突破点。脚指头有什么稀罕的呢？恰恰不被许多作家看中的这一点，居然导致了整个爱情故事的悲剧性结果。

结果到底是啥？一凡听得有些别扭。

结果是发财笑了起来：是女孩子脚指头没了。这缘于一场车祸，结果爱情也没了。男孩子不见了心爱的脚指头后，悲恸欲绝，他才发现他爱上的竟然是对方的脚指头，而不是对方这个人。

这样年轻时候发生的荒唐的爱情故事，楚楚想起来了，原本是个痛快的结果，要么是合，要么是散，结果却是出版编辑认为这样做不吸引人的眼球，硬生生地加了一个道具在里面。

发财道：现实中是不会发生这样的故事的，但是我喜欢作者的浪漫主义精神。

楚楚道：我看是发神经。这故事写得有啥好，只是有些标新立异。可是，有谁愿意看呀，除了你以外。

发财道：你错了。有人愿意看，而且人不少呢。你不知道，许多人膜拜你哟，包括一个老外，曾经缠着我讲明你的身份，我却不给他讲。

再者，比如生活，我看现在就像小说中的爱情故事一样的浪漫，肯定会成功的。放心吧，我有把握。可是故事如果再精彩些就好了。比如说一大帮人赶往了千页村，那儿却发生了灾难，地震、火山爆发等，死了人，这样就增加了整个故事的精彩程度。

一凡心里面说道：变态，简直是个变态狂。

另一拨人以流浪汉为首，马龙善后，最后面跟着个千百爱。千百爱走累了，不想走了，便在后面大骂流浪汉的处世方式。流浪汉听见有人骂他，回头看时，竟然是千百爱。他想了想，便转过身去，扯了千百爱的手向千页村赶了过去。

千百爱问道：你为何要帮我？走你的吧，我与你已经没有关系了。

孽缘，我也没有办法。现在目标是一致的，阻拦红姑娘摧毁千页村，其他什么事情都是多余的了。

还有一拨人，却是钱富贵。钱富贵在他们走后，十分不放心，好像有心事，睡不着觉，心事难平，后来索性让人开了车，赶向了千页村。那儿据说要换主人了，最起码要保护好自己女儿的尸体。另外，无论怎样做，都不可剑拔弩张，自己要当个和事佬，重新面对红姑娘需要勇气，但现在也没有别的办法了。

这个老家伙，一路上都是想着自己年轻时候的破事，想到自己害死诸多生灵后，他感到胸口闷得厉害，将车窗门打开，将头伸出去，无助地吮吸着窗外夜幕下的空气。

红姑娘彻夜未眠。她现在没有帮手，感觉心情郁闷得厉害。她命人请来了准星。准星正想找她呢，他在怀中藏好匕首，等待着爆发的那一刻。

红姑娘对准星道：据可靠消息，有好几拨人马同时赶往这儿，所以说我们要做好准备。

他们过来做甚？想抢走千页村吗？我看不可能的，论人他们人少，论财力他们更不行。

话虽如此，也不得不防呀。流浪汉诡计多端，我们必须做好充足的准备工作。

几路人马于第二天下午同时涌进了千页村的大门。流浪汉看着山门有个大窟窿，十分心疼，伏下身去抚摸着。千百爱觉得这村院好大呀，兴奋地到处平移着弱小的身子。

马龙则到了自己的房间里，发现衣物完好，又去看流浪汉的行李时，却发现东西全没了，被人扔到了后院的垃圾场上。

红姑娘与准星站在偌大的正堂前恭候大家，见有人过来了，红姑娘居然拱手作礼。流浪汉清海觉得这个礼节有点儿搞笑。

红姑娘站在正中央，流浪汉、马龙还有千百爱站在西边，钱富贵坐在一把椅子上面上下眼皮子打架，楚楚等人还没有过来，东边空着。

红姑娘道：感谢各路英雄光临寒村。我要说几句我的思想话。这村原是流浪汉的，不假，但这土地可是我红姑娘的。本人已经得到了土地使用权文书，各位上眼。外界有人说我占了流浪汉的村院是违法的。我承认是有些唐突，但我在我自己的土地上使用，有何不可？最多让流浪汉将这些东西全部搬走。我与佛家有缘分，进来后，首先拜会了诸多神像，不敢有丝毫懈怠。流浪汉也要放心，我开发的只是这儿的土地，不会破坏这儿的分毫。但凡我的下属们谁破坏了一草一木，我决不轻饶。

千百爱首先站了起来，大声吼着：各位，这个蛇蝎心肠的女人，骗了我，说流浪汉对我不好，两面三刀，与其他女子有染。可是经过调查，她的话全部是假的，大家不要相信她的话。她为了钱，什么事情都能做出来。

红姑娘嘲笑着：你倒好，你背着流浪汉做出来的事情，你以为大家不知道吗？

我做什么事情？千百爱反驳道。

你在北京的时候，就与好几个男人有染。流浪汉走后，你更是变本加厉地贪婪。我请人拍了数张照片，这些照片你不想让流浪汉与大家知道吧？

卑鄙！千百爱纠缠着，想解释，却一眼看到了那些熟悉的照片。她瘫坐在地板上，半天说不出来一句话。

流浪汉站了起来，对红姑娘道：红姑娘，您刚来时曾经给我乐善好施的印象。我不清楚我们之间到底有了什么样的过节，现在的你让我好陌生。

流浪汉，我与你没有任何仇恨，我想打破的就是这种不让商业化的僵局。你自诩为一代高僧，你很完美吗？没有呀！你有许多不光彩的过去，谁都有许多不光彩的过去，既然如此，清高有何用，虚伪有何用？难不成掩饰自己的过失为了得到自己的清誉吗？我讨厌流浪汉，讨厌天底下所有的伪装过的男人，包括曾经侮辱过我的可恶的老头子。

她的目光直指钱富贵。钱富贵不说话，他在等待良机，现在说话无异于雪上加霜。

流浪汉站在原地，半天没有动弹自己的身体，他在思忖自己如何应对红姑娘的话语。

突然间，东角门有人闯了进来，却是楚楚和一凡，身后跟着一个奶油小生。红姑娘一愣，此人竟然是自己的丈夫发财。

2012年6月12日星期二15：58。

88. 大结局：泥石流

发财的话沿着红姑娘的话说了出来，红姑娘一愣怔时，发财的声音便传了出来：

曾经有一个女子，告诉过我一个世界上最动听的爱情神话，但她却背叛了。我不知道面对背叛，她该以怎样的话回答我。

红姑娘的脸通红，她试图想说什么，可一旦面对心爱的人时，竟然讲不出来。发财却咄咄逼人：红姑娘，我现在可以答应你签离婚协议书，但你要讲清楚，你喜欢谁？你这样做究竟是为了什么？是什么使得一个思想端正的女子到了这步田地？

雨下了起来，声音铿锵有力。马龙从外面跑了进来，忙不迭地告诉大家：我看像有危险呀，后面山上的石头不断地落下来。

人群骚动起来，有些胆小的人想离开，红姑娘却大声喝止住了，她歇斯底里地吆喝着：

怕什么，你们不是信誓旦旦地想问责吗？不是想问我究竟为何如此恨一个流浪汉以及他的四人会吗？我告诉大家，如何？

流浪汉的嘴唇动了几下，他似乎对红姑娘将要回答的答案有些想法，但却没有讲出来。时间的镜头无情地落在他的额头上，泛出青紫色的光芒。

准星在身后讲道：我知道是什么原因。你讲过的，你小时候的遭遇与流浪汉有关，可你也不能贬低天底下所有的流浪汉呀。不是所有的流浪汉都是坏的。再说了，我们四人如何招惹你了，你出这样的底牌来拆毁我们的前途。

准星从旁边转了过来，走到了红姑娘的正面。红姑娘一个人疾言厉色地面对着众人，她成了孤家寡人。

楚楚说道：我当什么事呢，没什么大不了的。左右你想法的是你自己的自私，你太想钱了。钱可不想你，你以为这一片地方全部交给了你便成为你的财产了吗？

王一凡道：对，红姑娘就是利欲熏心，不顾一切地收拾别人，想使自己的利益得到保障。

你们胡言乱语。这一张文书是如何来的，大家知道吗？一年前的一个黄昏，一个流浪汉到了李晚霜的家里，李晚霜正在做丧事，当时也是乌云滚滚、雨水肆意地冲刷着时间与每个人的脸。流浪汉于深夜时分见了李晚霜的公公，他阴沉着脸告诉他，你的儿媳妇受了秽气，不能下葬；如果能够给我一片地方，我建一座村院，会超度她的亡灵，将来可能起死回生。

三个月后，李晚霜的尸体进入停尸房，而我和妖妖则有幸与她为伴。我们两个平日里古灵精怪的，喜欢与尸体打交道，更喜欢尝试与另外一个已经失去生命的女子为伍，因为这样的人生才有别致感。

但一天夜里，妖妖发现了流浪汉的秘密，流浪汉与李晚霜的公公见面时，他们的讲话被妖妖听见了。李晚霜的公公竟然垂涎自己的儿媳，失手杀害了她。而这一幕场景正好被路过的流浪汉看见了，流浪汉与他达成协议，土地归他所有，而流浪汉则帮助他掩饰所有的过错与罪过。

人群中有人哇地叫出声音：不可能！准星听着好像评书一样精彩。可是，这样精彩的章节怎么会与流浪汉有关联呢？

红姑娘继续讲着：是不是，问流浪汉，这还不够。妖妖发现他们的故事后，受到了惊吓，从此惶惶不可终日。她几乎夜夜喊叫流浪汉的名字，都是一身冷汗而吓醒。我回家一星期后，妖妖便病得一塌糊涂，胡话连篇。我开始时以为妖妖就是有病了，病得不轻。流浪汉是想帮助她。直到后来，我才发现妖妖竟然于每天午夜时分大声喊叫着有鬼，有鬼，快点儿让它走。

我好奇地看着窗子，什么也没有。终于有一次我发现了秘密：一个长得像李晚霜一样的女子，居然站在窗外，她张开着身躯，小声地叫着妖妖的名字。我去追那人时，那人居然跑得远远的，轻盈可爱。我们无论如何也抓不住她。

妖妖是活活被吓死的。妖妖死后，我便永久离开了那儿。我害怕鬼，我好害怕鬼将我的生命也带到妖妖的世界。

我婚后与丈夫的关系一直不好，我每日里都梦见妖妖呼唤我的名字，我无法过正常人的生活。我知道妖妖死得冤，我便暗下里派人调查这件事情的经过。终于有一天，我发现了一个秘密：在村院后面的山峦里，居然住着一个会轻功的女子，她轻盈地上树捉鸟吃。我大惊失色，忽然间想到了她的身躯居然像极了那晚那个装鬼的女人。

我终于请来了一个武林高手，与这女子交手，几次都失手了。但最后一次我却成功了。我软硬兼施，终于弄清楚了这件事情的来龙去脉，大家想知道吗？

这个女子是流浪汉的老相好，她从遥远的北京过来后，就一直住在山后面。她爱流浪汉，却不敢表白。流浪汉需要她的帮助，因为有一个女子发现他不可告人的目的，女子迫于爱情便答应了流浪汉。女子利用自己凌厉的轻功帮助流浪汉吓死了妖妖。经过就是这样。

众人的目光惊愕着，大家实在想不通，流浪汉居然可以做出这样的事情。女子是谁？她有这样的轻功，实在是让人错愕。

众人在人群中搜寻着，楚楚、王一凡还有千百爱，谁是这名奇怪的女子？

红姑娘血红的眼睛逡巡着，她的目光直指向弱小的千百爱身上。千百爱抖动着身子，不敢看众人的脸。

准星大声叫着：狂言，胡说八道！谁会相信这样的事情?！先生，这是假的，是吧？不是千百爱，不是你造成的。

清海脸色发青，高声颂了声佛号：罪过，一念错，全部错。百爱，我们的时间到了。

狂风怒吼着，暴雨倾盆，泥石流以凌厉的速度占据了千页村。众人像疯了般豕突狼奔，准星扯了流浪汉与千百爱疯狂地向外面跑。

一天时间，暴雨持续了一天时间，这个弱小的村院忍受着暴雨的煎熬，巨大的泥石流掩埋了千页村。准星一个人站在塌陷的山门前，到处搜寻着幸存者的影子。

流浪汉与千百爱的遗体找到了，两个人死死地搂在一起。

楚楚、一凡逃了出来。马龙这小子腿快，是唯一没有受到任何伤害的人。

红姑娘不肯走，死也要守住自己征来的土地。发财念着旧情，去拉她，结果瞬间被掩埋了。两个人被发现时，依然保持着扯拉的动作。

钱富贵的尸体与妖妖的尸体裹挟在一起，李晚霜的尸体不知道漂到了何方。

这一场缠绵纠结的四人会以这样的结果而告终。事在人为，却阻挡不了老天对命运的冲刷。

时间陡然过去了10年，2020年的春天，重新修整的千页村对游人开放。一个叫马龙的年轻人含着眼泪为众人介绍，楚楚、王一凡与准星过来道贺。准星由于认罪态度好，提前出了狱。楚楚已经是一个孩子的母亲了，一凡刚刚嫁了人，准星与父亲一块儿过来的。

马龙正在叮嘱楚楚的孩子：如果你真的厌世了，也要好好地孤独生活。你送给世界什么，世界便会反馈你什么。千万不可游戏人生。

山门外，时间悄然停止了。一个年迈的流浪汉，旁边一个女人，正迈着台阶艰难地行走着。女人问流浪汉：休息下吧？我们该回家了。

他回答道：回家，我们还有家吗？

女人笑着回答道：当然，我们的家叫四人会，就在千页村里。

2012 年 6 月 12 日星期二 16：42。